JAMES BOND
007典藏精选集

霹雳风暴

[英]伊恩·弗莱明　著

赵波　译

北京联合出版公司

图书在版编目（CIP）数据

霹雳风暴 /（英）弗莱明著；赵波译. — 北京：北京联合出版
公司，2016.5（2019.3重印）
（007典藏精选集）
ISBN 978-7-5502-7352-8

Ⅰ. ①霹… Ⅱ. ①弗… ②赵… Ⅲ. ①长篇小说－英国－现代
Ⅳ. ①I561.45

中国版本图书馆CIP数据核字(2016)第058962号

霹雳风暴

作　　者：伊恩·弗莱明
出版统筹：新华先锋
责任编辑：李艳芬　徐秀琴
特约编辑：王亚松
封面设计：吴黛君
版式设计：朱明月

北京联合出版公司出版
（北京市西城区德外大街83号楼9层　100088）
三河市嘉科万达彩色印刷有限公司印刷　新华书店经销
字数147千字　620毫米×889毫米　1/16　15印张
2019年3月第2版　2019年3月第2次印刷
ISBN 978-7-5502-7352-8
定价：59.00元

007 目录
CONTENTS 霹雳风暴

1

2

第一章
忙 里 偷 闲

很长一般时间内，詹姆斯·邦德就像一个失魂的人，丧妻之痛彻底淹没了他的智慧和敏锐。

由于常常混迹于酒吧，如今邦德的身体状况很差，就像一台老迈的机器，他的头部和各关节常常隐隐作痛，咳嗽的时候依然吞吐着大量的烟圈，他在喝得酩酊大醉时会不知不觉吸很多烟——一个个白色的烟圈萦绕着邦德。当然，有些人大量饮酒，可以警醒自己不去干那些疯狂的事，邦德先生却并非如此。虽然已经喝了十多瓶威士忌，但他喝酒的时候仍然像喝水一样，一饮而尽。解决了最后一杯酒，邦德摇摇晃晃地站了起来，可能是喝醉了的缘故，表情有点痛苦。但是邦德仍然我行我素，他放下酒杯，走向牌桌，漠然看着一张张 K 打败 Q，或者 Q 打败 J，最终他在赌局上赢了一百英镑。对邦德来说，这稀松平常而又毫无乐趣。

也不知怎么回事，邦德发现自己的下巴受伤了，他涂了些止血药，整理了一下伤口，在洗脸的时候抬起头，盯着镜中的自己，他觉得自己看上去就像一个废物！这种感觉是不知不觉中产生的。如果要考证这个想法产生的过程，恐怕要花上一个月的时间。

邦德还是一直虚掷光阴，脑子里浑浑噩噩。有时上级传达命令，他居然会在电话里顶撞那个老头儿。邦德的秘书因为感冒病倒了，上头不知从哪里请来个看上去更笨的女人，她总像舌头下面含着石子儿似的，十分拘谨地与邦德说话。现在是星期一的早晨，新的一周开始了。五月的细雨敲打着窗户，淅淅沥沥的雨声搅得邦德心里烦躁不堪。这个可怜的人吃了两片安眠药刚睡下，卧室的电话就响了。电话是直接从总部打来的。

尽管总部就在伦敦，詹姆斯·邦德接到通知后还是感到一种许久没有工作的冲动。他焦虑地等待电梯升到第八层。进入房间之后，他立刻拽过一把椅子坐下，然后便看着那双冷静而睿智的眼睛，想读出将要发生的事情。

"詹姆斯，早上好。很抱歉这么早打扰你。不过，一日之计在于晨，你得珍惜点时间。"

邦德的紧张与兴奋渐渐缓和下来。当M直呼邦德的名字，而不是代号的时候，一般总没什么好事。这种气氛就像私人的聚会，M亲切悦耳的声音一点也不会让人感到紧张。即使听到重大或令人兴奋的消息，M的表达依然十分有趣和友好。邦德一边这么想一边继续和M寒暄。

"詹姆斯，我很久没有看到你了。你过得怎么样？我的意思是你的健康情况？"M从桌子上拿起一张纸，一边看，一边问道。

邦德心里揣测着纸上的内容，然后淡淡地说："M，我想我还好。"

M平静地说："詹姆斯，这恐怕不是医生给你检查所得出的结果吧。如果你不想病入膏肓的话，我想你还是应该听听医生是怎么说的。"

邦德皱着眉看着纸的背面，上面写着：身体状况欠佳！邦德尽量控制自己的情绪说："M，你说得没错。"

M抬起头看了一眼邦德，将那张纸拿到邦德眼前，读着上面的内容："邦德先生的身体情况基本上合格。但不幸的是，他的生活方式正在严重威胁着他的健康。尽管先前已经提醒过邦德先生，他还是一天抽六十根香烟，要知道香烟里面含有对人体有害的尼古丁。当没有从事紧张工作的时候，邦德先生平均每日消耗酒精的量是半瓶。在测试的时候，还有持续上涨的趋势。他的舌头正在变硬，血压已经升至 160/90。肝脏的状态不是十分乐观。另一方面，当遇到紧张事态的时候，邦德会感到枕骨隐隐作痛，肌肉阵阵痉挛，那就是所谓的肌风湿病结核，我认为这些症状是由不良的生活方式导致的。邦德并没有对有些过分的关心做出任何反应。虽然从职业的角度来说，邦德的生活方式将会导致致命的危害，并且不利于他从事目前的工作，但是邦德本人并不认为有任何方法能够对此进行补救。我建议邦德先生放假两到三周，试着过一段有节制的生活，可能会恢复到以前高度健康的身体状态。"

M 将健康报告扔进垃圾桶，板着脸，盯着邦德，然后严肃地说："詹姆斯，你觉得有问题吗？"

邦德尽量克制住情绪，用比较平和的声音说："M，我觉得我很好。每个人都会偶尔头疼，大多数周末打高尔夫的人都有肌风湿病结核。你要是让他们不去打高尔夫，让他们静静地坐着，估计也能坐出什么病来。阿司匹林和擦剂能够缓解病痛。M，这也许没什么大不了的。"

M 严厉地说："詹姆斯，你就别妄想仅仅通过吃药来恢复了。要知道药物并不能从根本上治疗病痛，只能够暂时缓解而已。一段时间之后，你只会更加依赖药物，那无形中加重了慢性疾病。所有的药物都是对身体有害的，还会产生副作用。同样的道理也适用于我们日常食用的食物——面包中的原始成分被完全去除，白糖中的精华通过机器被抹杀，牛奶经过高度提炼，流失了大量维生素，食物如果过分烹煮的话，就会发生本质的变化。"M 从口袋里掏出个笔记本，参考上面的内容说："你知道原始的面粉在做成面包之后还蕴含多少成分吗？"M用指责的语气对邦德说，"它包含大量粉笔中的成分，还包含有毒粉末、氯气、盐氨草胶与明矾。"M将笔记本放回口袋，"你明白我的意思了吧？"

邦德感到十分困惑，小心翼翼地说："M，我一般不吃面包。"

M看邦德还是不开窍，只得继续耐心地说："可能你不吃吧，但是你肯定会吃磨碎了的麦子吧？酸乳酪也吃吧？没有经过烹饪的蔬菜、坚果和新鲜的水果也吃吧？"

邦德笑着说："M，那些东西我都不吃。"

"我不是在跟你开玩笑。"M有点生气，用手指在桌上敲了几下，希望引起邦德的重视，"仔细听我说，不通过自然的方式，绝对不可能获得健康，不良的生活方式导致的疾病，只有自然的生活方式才能治愈。"邦德打算反驳，但是M抓住邦德的手继续长篇大论起来："严重的毒血症主要是不健康的生活方式导致的，曾经有人得过这样的病，很多人你可能都听说过。"

"M，没那么严重吧？"

"一点也没夸张。我告诉你，你应该明智地向健康的人学习——有着健康生活方式的人——他们的生活方式总是值得你学习的，这一点是不容忽视的。幸运的是，你现在还有机会挽救。"M的眼神变得充满希望，然后说："在英国有许多人正接受这方面的治疗。以自然的方式生活，对你的健康来说再好不过了。"

邦德狐疑地看着M。难道自己的身体状况真的已经糟糕到像病人那样需要接受疗养吗？难道凭这张健康报告上看起来莫名其妙的数据就有足够的证据给自己下衰老判决书吗？M的目光十分犀利，仿佛足以刺穿邦德那张自以为对健康有独到见解的脸。甚至M银灰色的头发看起来都有了新的生命，时刻准备让邦德接受那神奇的治疗。

M坐在办公桌前，做出了似乎要打发邦德离开的手势，较为欢快地说："好吧，詹姆斯，就这样吧。有人已经提出了建议，两周的时间足以使你变得更加健康。当你再次回来的时候，我保证你可能都不认识自己了，你将会变得充满活力。"

邦德看着M，以几乎卡住的声音说："M，不要那样。"

"地点在灌木岛。那里有位著名的医生——威恩，耶和华·威恩，一位引人注意的家伙，六十五岁，看起来也就四十出头。威恩会好好关照你的，不仅会供给最新的设备，而且还会提供拥有花园的住处。灌木岛位于我国很好的地区——苏塞克斯郡附近。你完全不必担心这里的工作，毫无杂念地轻松度过两周吧。我会通知009好好照看这里的工作。"

邦德先生几乎不相信自己的耳朵："M，我觉得我的身体很好。你确定吗？我的意思是，你不会是来真的吧？"

"答案就是你必须服从命令。"M冷淡地笑着说，"如果你想要保持现在的职位的话，这是必要的，因为我可不会支付一毛钱给那些变成废物的军官。"M低头看着前面的盒子，取出了到灌木岛治疗的相关文件。"007，这是命令。"M没有抬起头，却斩钉截铁地说道。

邦德站起来，什么也没有说，以极其温柔的方式关上了房门。

门外，建议邦德休息的马尼班尼小姐甜蜜地望着他。

邦德缓慢地走到她的桌前，在桌子上打了一拳，打印机都险些跳到地面上。邦德生气地说："真他妈见鬼，这老头疯了吗？好姑娘，快告诉我，这到底是怎么回事？为什么他非要我到那疯人院去？"

马尼班尼小姐微笑着说："M下达这样的命令，恐怕也是为你好。他还特别给你安排了舒适的房间，是个十分可爱的房间呢，前面有漂亮的花园。你知道很多著名的人物都有自己的花园。"

"我知道那些见鬼的花园。不过，我一直认为你是个迷人的女孩，你毫无隐瞒地告诉我这些。那么，有没有什么办法能让M收回这个荒唐的决定呢？"

马尼班尼小姐十分同情邦德。她故意放低声音说："事实上，我认为那仅仅是过去的事情而已。但是我还要告诉你，这次遇上算你倒霉。你知道蜂巢中的蜜蜂的工作效率吧。其实我们所有人都要经历这样的身体训练课程。有的是精神病分析师，有的是心理分析家——你还好，已经错过了那些，因为你要去其他地方受训了。所有的部门负责人都会告诉接受训练的人，他们需要达到怎样的状态。训练不会持续很长时间，受训的人可能要在某些方面做出适当的牺牲。好的，上个月的时候，M的朋友——我说的是又胖又酗酒的那个人，"马尼班尼小姐小声地对邦德说，"对M讲述了灌木岛的情况。那个胖家伙告诉M，所有的人就像摩托车一样都需要维修和保养。胖家伙还说每年都会去那里，还说一周只要花费二十尼，比起其他方式来说，那令人十分高兴。好的，邦德，你知道M总是喜欢尝试新事物，他曾经在那里待了十天，回来后就对那个地方难以忘怀了。昨天，关于那个地方，M谈了很多，今早我就看到关于灌木岛的邮寄资料。我知道的就是这些了，上帝做证，我可是第一次看到M那么高兴，他整个人就像返老还童了似的。"

"我觉得他看起来就像鬼上身一样。我只是不明白，为什么非要拉我下水呢？"

马尼班尼小姐甜甜地笑了："你已经知道了M对你的评价——情况就是这样，一看到你的健康报告，M就跟我说要你去那个岛了。"马尼班尼小姐漫不经心地说，"但是，詹姆斯，你真是那样大量喝酒和抽烟的吗？你知道，那对你确实不好。"她十分关切地看着邦德。

邦德控制了情绪，若无其事地说："确实，我宁愿喝酒过量，因为我不愿渴死；只要吸烟，我就会情不自禁吸很多。就像对在死亡门前徘徊的人说的话一样，你们说的都是一些无关痛痒的警告。其实不要紧，你不妨也试试看，只要来双份的白兰地和苏打水就可以了。"

马尼班尼小姐温柔地说："才不信你的那些理论呢——我以前可从没听到过这样的解释呀。"

"你现在已经听到了！"邦德生气地走出了门，他突然转过身说："不要那样看我，当我从这个地方出去的时候，我会让你知道我的实力。"

马尼班尼小姐微笑着说："詹姆斯，我知道，你在那个岛上把坚果和柠檬汁吃到腻之后，就不会再像现在这样了。"

邦德嘟囔着发出古怪的声音，闷闷不乐地走出了房间。

第二章
疗 养 之 行

　　邦德将皮箱扔到老式的棕色奥斯丁出租车的后备厢，在车前面的座位上坐了下来。开车的是位脸上长满疙瘩、穿着黑色皮衣的年轻人。司机从上衣的口袋中掏出一把梳子，仔细地分着头发上的缝隙，然后将梳子放回口袋，靠在座位上，启动出租车。通过他用梳子的方式，邦德猜测，这个年轻人十分重视金钱和自己的形象。这是战后典型的充满自信的年轻劳动力的真实写照。这样的年轻人估计一周要花掉二十英镑，然后不管父母死活。这当然也不完全是年轻人的错误，他们出生在福利国家的保险箱里，同时步入了原子弹与宇宙飞行时代。对他们来说，生活是很容易，也没什么压力。邦德问道："还有多远到达'灌木岛'？"

　　年轻人其实十分熟悉去各地的路线，但这时他在故意兜圈子。他对邦德说："大约需要半小时的工夫。"年轻人很随意地落地踩上加速器，似乎故意让邦德体会点危险，然后准备在十字路口处追超前面的卡车。

　　年轻人瞥向路边，他之前以为那辆卡车的司机正在嘲笑他，其实人家并没有那样做，但小伙子可没这么想，他和卡车较上劲了。他一边踩着油门一边自语道："我爸爸从来不会鼓励我从事更好的工作，因为这辆破旧的汽车可能让我再开二十年，也许那时候还能支持二十年，事实上我一直在自力更生。哦，对了，现在距离灌木岛还有一半的路程。"

邦德看着玩梳子的年轻人在无聊地打发时间，有点不耐烦了。于是问道：

"你到底打算去哪儿？"

"在布雷顿有个比赛。"

"听起来是个好主意。"

年轻人放慢了车速说："我是说我曾经去过那个地方，很多有钱人要我带他们去那儿。他们还给我一个半镑的小费，还有一片蛋糕。

"那很正常，你在那地方通常能够受到礼遇。警察盯得很紧，在那里有很多残忍的黑帮，这些天发生了很多血案。

"到布雷顿赌博的人经历的情况从来都不会再次发生。"年轻人意识到，他正在对着与之前去布雷顿的那些人拥有相同处境的人说话。他向周围打量，然后饶有兴趣地对邦德说："你是经过灌木岛，还是要到那里参观呢？"

"灌木岛？"

年轻人解释道："灌木岛——苦艾灌木——灌木都是一个意思。你并不像通常要我带他们去那里的人。他们大多数都是肥胖的妇女和年老的古怪人，总是让我不要驾驶得太快，或者说那将会引起他们的坐骨神经疼痛。"

邦德笑着说："我必须得在这待上两周。医生认为这对我的健康有好处，让我到这里放松一下。和我说说他们都是怎么评价这个地方的？"

年轻人驾车向西面的布雷顿地区驶去。奥斯丁小汽车在坎坷的乡村道路上，发出嘎嘎的响声。"人们都说那些去'灌木岛'的人是一群疯子，他们并不关心那个地方。富有的家伙即使家财万贯，也不会为这个地区贡献一分钱。在喝茶的地方很难辨认出他们——尤其那些故意隐藏的人。"年轻人看着邦德说："你看起来有点令人吃惊，你是个成熟的人。那些曾经去过那里的人有时在市镇上肆意开枪，骑着摩托车在路上横行，甚至为了一点小事就会惹是生非。这些都是他们的行径，似乎就是天经地义的一样。另外，如果看到有人在隔壁桌子上吃黄油面包或者甜蛋糕，他们就会感到无法容忍。人们在储藏食品的时候都会战战兢兢，生怕那些人发觉。你可能觉得人们这样胆怯是可耻的，但是他们对此无能为力。

"为了寻求保护或者其他方面，当地人支付大量钱财，那确实看起来有点愚蠢，但也是没有办法的事情。"

"这是另一件事情了。"年轻人的声音变得愤慨了，"一周要交纳二十英镑才能保证顺利吃到三餐。但是如何才能用辛苦赚来的二十英镑，换来只用热水掺杂食品的三餐呢？真是欺人太甚！"

"我猜情况可能是这样。如果人们觉得这能使自己的生活得到保障，确实也值得那样做。"

年轻人怀疑地说："你是这么看的？当我带一些人回到车站的时候，那些人确实能够变得有些不同。"他窃笑道，"有些人在只吃坚果一周之后就变成了真正的老山羊。也许有一天我自己也会尝试一下。"

"这是什么意思？"

年轻人瞥了一下邦德，想起邦德对布雷顿的评论，然后说："你先了解一下从华盛顿来的女孩与当地的妓女有何差别，然后你就会明白我的意思了。当地的妓女在茶铺工作，总是盯着我们这样的人。如果你给她一英镑，她甚至还能与你玩一些法国人的游戏。'规范运动'这个词最近在当地十分流行。很多老东西十分愿意包养像波利·格蕾丝那样的妓女。通常情况下，如果你给妓女十英镑或者五英镑，她就会对你唯命是从。妓女在市场上都是明码标价的。一个月之前格蕾丝辞掉了在茶铺的工作，你知道为什么吗？"年轻人的声音变得异常愤怒，"她被一个开着奥斯丁车的残暴的城里浑蛋买去了，仅仅几百英镑就能够让格蕾丝跟着他流浪，就像报纸上经常提到的可胜街的伦敦妓女一样。现在她离开了布雷顿——去寻找安身立命之所。在工作期间，妓女们仍旧会与灌木岛上的寻欢作乐的老东西争吵！真是难以置信！"

邦德严肃地说："太不像话了。我真想不到那些衣冠楚楚，吃着果子，喝着蒲公英酒的家伙心里是这么龌龊。"

年轻人哼着鼻子说："我知道，你知道的到目前为止也就是这么多了。"——他觉得已经过分强调了，"我们都想要某些东西。我有个朋友对他父亲说了这种事——以十分婉转的方式，但他父亲认为那是不可能的。通常认为，'灌木岛'的清淡饮食，戒酒，充分休息，享受坐浴，都能够净化血管和增强体质。事实上，岛上存在很多令人厌恶的方面。让那些老东西警醒吧——让他们改变陈旧的看法才是重要的。"

邦德笑着说："对，你说的不错。没准就是那样。"

道路右边的标语上写着："灌木岛——通往健康之路、理想之地，请保持安静。"出租车穿过了大丛冷杉和常青树，高墙出现了，还有城垛的入口。山村里的小木屋冒着袅袅炊烟，萦绕着树木。年轻人将车开到月桂树旁边，在以树木为屋顶的门廊下停了下来。涂着漆的铁拱门上写着"禁止吸烟"。邦德从出租车上下来，然后从后备厢中拽出了皮箱，并给了年轻人十先令的小费，年轻人欣然接受了，说："谢谢。如果你想要用车，可以给我打电话。另外，布雷顿茶铺里的烤松饼味道不错，可以尝尝。"说完年轻人关上了车门，朝着来的路开去了。邦德拎起皮箱，径直走向台阶，穿过大门。

里面很热，也很安静。在前台那儿，一个看上去有点冷漠的女孩接待了邦德。登记之后，她带着邦德经过公共房间，沿着白色门廊到建筑物的后面。那里是扩建的部分，长长的低矮的廉价建筑结构，其中有几间不起眼儿的房间，门上面装饰着花朵与灌木。她带着邦德进入房间，对他说大约6点有人会来见他，然后就离开了。

整个房间十分简陋，家具和窗帘也相当破旧，床上有个旧电热毯。床旁边有个插着金盏花的花瓶，还有一本叫作《天然疗法解释》的书。邦德打开书，确认了书上的字母代表英国自然疗法协会。邦德关掉空调，将窗户开到最大。他看到外面有个花园，到处都是各种小型的、不知名的植物，邦德立刻笑了。邦德开始整理行李，坐在扶手椅上，耐心阅读如何将身体中的污垢清除的方法。他知道了很多从来没有听过的食品。他一章一章读下去，正在思考疗法应该如何操作，这时候电话响了。一个女孩说威恩先生五分钟以后会在诊查室等邦德先生过去。

一见面，耶和华·威恩医生热情地与邦德握手，并说了一些充满鼓励的话。他有着浓密的花白头发，清澈的棕色眼睛，始终保持慈爱的微笑。看起来威恩见到邦德真是十分高兴，对邦德也相当感兴趣。威恩穿着整洁的短袖罩衫，多毛的胳膊放松地垂着。下身穿着有些不太协调的细条纹布料裤子，有点保守的灰色的长筒袜。他是慢跑来到诊查室的。

威恩先生让邦德脱去衣服，只剩短裤。看到邦德身上有很多伤疤，他十分礼貌地说："邦德先生，上帝保佑您，您还真是久经沙场啊。"

"您看，人们之间的战斗真是可怕啊！现在请您深呼吸。"威恩先生查看了邦德的后背和胸部，测量了血压，称了体重，记录了邦德的身高，然后，让他趴在外科床上，用柔软而经验老到的手指检查邦德的关节和脊椎。

一系列检查之后，邦德穿上衣服，威恩先生迅速地在桌子上面写着。"邦德先生，我想没有什么特别要担心的。只是血压有点高，在上脊椎部分有点轻微的骨损害——大概会引起您紧张性的头痛，顺便说一下——我看这肯定都是由于您在某个时候遭受重创导致的。"威恩先生严肃地说。

邦德说："可能是吧。"他的思绪渐渐飘回那个让他遭受不幸的时间，大概就是匈牙利 1956 年起义的时候。

"现在，没有什么问题了。"威恩先生严厉地说，"一周之内要严格控制饮食，确保没有一丁点毒素流入血管，另外通过冲洗、坐浴、骨疗等活动能够让您尽快恢复。当然，彻底休息是必要的。邦德先生，放松些，我知道你一直在为公众服务，但是现如今你一定要暂时抛开那些工作带来的烦恼。"说着，威恩先生站了起来，"邦德先生，你需要每天到诊查室来半小时，那将会给你带来非常好的效果。"

"谢谢。"邦德拿着表格看了看，"请问，摩擦力治疗是什么？"

"扫描脊椎的医疗设备，非常有效。"威恩先生笑了，"别管其他病人对你说什么，有些傻瓜称摩擦力治疗为'毁灭'。你知道，有些人总喜欢危言耸听。"

"可能是吧。"

邦德从诊查室出来，沿着白色的门廊行走着。公共房间中的人们悠闲地坐着、阅读或者聊天。他们都是年迈的老人、中产阶级，大部分是妇女。她们都穿着朴素的裙子，这种温暖而亲密的氛围给邦德悠闲清静的感觉。他穿过大厅来到大门，外面新鲜的空气迎面而来。

　　外面的树木散发的清香，十分怡人。邦德能忍受这样的疗法吗？能有其他方法让邦德摆脱这样的治疗吗？正在冥思苦想的时候，邦德几乎撞到一位穿着白色衣服的女士。邦德突然弯下腰，与此同时，他瞥见一位令人感觉清爽和舒适、具有迷人微笑的女士。这时女士几乎被汽车撞到，邦德马上快步上前，将她抱入怀中，女士的嘴唇正好碰到邦德。那辆车停下来了，女士也安全了。邦德的右手正好握住漂亮女士的胸部。女士露出十分吃惊的表情看着邦德的眼睛。"噢！"然后她马上想到刚才发生的惊险场面，几乎无法呼吸地说："噢，谢谢。"女士转向那辆车。一位男士不紧不慢地从车上下来，镇定地说："很抱歉，你还好吧？"他狡猾地说："哦，贝特，多亏那位朋友行动迅速才救了你，你还好吗？你会原谅我吗？"

　　迷人的金发女孩与彬彬有礼的绅士由于一个小意外而梦幻般地接吻了。看到这个场面的那位男士穿着得体，似乎是西班牙或南美某地的血统，棕色的眼睛炯炯有神，上身穿着白色的丝质衬衫，戴着黑红相间的领带，柔软的暗棕色 V 字领的毛衣让他看起来就像野生的骆马。邦德认为这家伙只是个外表帅气的小白脸，这种人到哪儿都想成为贵妇杀手，这样的骗子大概以此为生——而且往往生活得很好。

　　那个叫"贝特"的金发女孩整理着自己的衣着，仍旧那么高贵可爱。她严厉地说："利普，你真应该小心。你知道这里经常有些病人和工作人员。如果你是真正的绅士的话，以后要十分小心才对。"然后对邦德笑着说，"利普刚才险些撞到我。不管怎么样，大标语牌上写着'驾驶员应该倍加小心'。"

　　"很抱歉，我太着急了，我担心与威恩先生的会面会迟到。因为我急着到他那里按时接受治疗。"利普转向邦德，带着暗示的语气对邦德说，"亲爱的先生，谢谢，你的身手真是不错。现在，我想你已经原谅我了。"利普回到车上，大摇大摆地将车开走了。

　　邦德关心地问贝特："你没事吧？"贝特说没事，还说她已经在灌木岛三年了，十分喜欢这个地方，他们还谈了诸如要在岛上待多长时间之类的问题，两人就这样一直高兴地聊着。

　　贝特是具有运动员气质的女孩，邦德不经意间将她与网球或者滑冰运动员联系起来。她的手指很有力量，曼妙的身材十分吸引邦德，蓬松的秀发、相当性感的嘴唇都透出不可抗拒的诱惑。她穿着白色的裙子，尽显女孩的娇柔，动人的胸部曲线隐约可见。邦德忽然问贝特是否觉得有些无聊了，他还问她通常都是如何打发时间的。

　　贝特婉言谢绝了这充满暗示的邀请，微笑着打量着邦德说："我会驾车到乡村去玩，那总是令我十分开心。不过在这里，人们总能看到新面孔，有很多有趣的人，刚才开车的那个人叫利普，每年他都来这里，常告诉我一些关于远东——比如中国等地方的吸引人的事情。利普还在一个叫澳门的地方做生意。那里距离香港很近，是吗？"

　　"是的，你说得对，他的眼神确实有中国人的特质。"邦德听到这个觉得很有意思，"如果利普先生真来自澳门的话，大概会有葡萄牙血统。"

　　很快他们来到了入口，贝特进入温暖的大厅，说："好了，我现在得走了。再次谢谢你。"她冲邦德甜甜地笑着，那是接待员特有的职业笑容，完全没有特别的意思。"我希望你在这里过得愉快。"她匆忙地向诊查室走去，邦德就这么一直盯着贝特的丁字裤形成的完美臀线。邦德看了看手表，便沿着楼梯上去了，他走进一个门外写着"男士按摩室"的洁净的白色房间，里面有一股橄榄油的味道。

邦德脱下衣服，将毛巾放在手腕上，跟着按摩师进入有塑料窗帘的房间。在第一个小隔间里，两个老人肩并肩地躺着，在底部安装电热毯的浴池中，他们的汗水从黝黑的脸上流下来。另一间里面有两个推拿台，其中一个台上的胖子像是已经按摩完了，正要离开。邦德拿下毛巾，躺下后将其放到脸上，尽情享受深度按摩。

不知不觉中，邦德感到血液和神经系统正在活动，同时肌肉和肌腱隐隐作痛。他听到那个胖子又重新躺到按摩台上，按摩师对那人说："先生，请您把手表拿下来，好吗？"

"你这家伙，哪来那么多话。我每年都来这里，从来没人让我拿下手表。如果你不介意的话，我想继续戴着。"那是彬彬有礼且狡猾的声音，邦德马上就想起来他是谁了。

"先生，很抱歉。"按摩师的声音虽然礼貌，但是十分坚定，"其他人可能允许你这样做，但是我认为戴手表将会干扰血液循环，现在是我帮您治疗胳膊和手臂的时间，请您理解我的立场，把表拿下来吧。"

片刻沉默之后，邦德听出那个利普先生正在努力控制情绪。他不由得觉得有点可笑。"那么取下来吧。"显然他克制自己没有发火，把自己准备发飙的词儿咽下去了。

"先生，谢谢。"按摩师中断了一会儿，然后继续按摩。

这件小事让邦德觉得有些奇怪。很显然，人们要是按摩的话，就会自觉脱下手表。为什么那个胖子还想戴着呢？那看起来十分幼稚。

"先生，请转过身来。"

邦德按照要求转过身，现在脸部能够自由移动了。邦德随意地把头转向右边，对面利普先生的脸正好从邦德的方向转向另一边，他的左胳膊垂向地面，在手腕的地方有个环形的白色痕迹，那明显是表和表带的形状，就像在皮肤上面的刺青一样，在垂直的地方有个 Z 形痕迹。可能因为这个，利普才不愿摘下手表！他的行为好像暗示，大家可能会看到手表处的秘密，真是十分可笑。

第三章
忽 遭 暗 算

经过一小时治疗，邦德觉得全身的精力好像被榨干一样。他穿上衣服，内心一边暗暗咒骂着 M，一边缓慢地走上楼梯，这种煎熬与按摩室中的舒适和轻松无法相比。相比较而言，诊查室实在算是比较文明的场所。在通向大厅的入口处有两个电话亭。邦德通过连线总机直接接通了总部，总部允许邦德在外线打电话。邦德知道所有外线电话都可能被监控。当电话里出现空旷的声音时，邦德就会知道电话在被窃听。邦德要求记录，并把编号告诉记录人员，然后问他刚刚看到的胖子手上那个标志代表的意思，同时说明那个人可能拥有葡萄牙血统。大约十分钟后，总部的记录人员便回复了他。

"那是一个帮会的标记。"记录员的声音听起来很有趣，"红灯帮会，资料很少，目前只知道一个残忍的中国人是其中的一员。它不是通常的半宗教性质的组织，完全就是犯罪组织。H 组织曾经和他们有过交易，它的代表在香港出现过，但是总部在澳门。这个帮会曾经花了一大笔钱操作一个送到北京的快递，他们精于掩人耳目，完美搞定了那笔生意。糟糕的是，后来有些人员落网，泄露了一些消息，H 组织损失了不少帮会骨干。自从那次以后，红灯帮会总是干贩毒、走私黄金以及贩卖白人妇女的勾当。他们都是大鱼，我们想知道你是否愿意把这些浑蛋一个个揪出来。"

邦德说："谢谢，记录员。我现在还不想钓鱼，红灯帮会我还第一次听说，如果有进一步的发展，我会通知你。再见！"

邦德仔细思索刚才听到的信息。真有意思！也就是说，现在这些人正在灌木岛做着那些肮脏的勾当吗？邦德走出电话亭，忽然附近的另一个电话亭引起了邦德的注意。他看到利普在那个电话亭中，后背对着邦德，刚刚拿起话筒。他已经在这里多长时间了？已经听到我的咨询了吗？邦德顿时警惕起来，他感到自己似乎由于疏忽大意犯了个愚蠢的错误。邦德看了看手表，当时正是 7 点 30 分。他穿过大厅进入餐厅进餐。他对柜台后面比较成熟的服务员报出了自己的名字，她检查了客人列表，确定了前面这个人的身份，于是将一些蔬菜汤倒入一个大塑料杯中给了邦德。邦德拿着那个杯子，很难理解地说："这就是我的全部食物？"

服务员板着脸说："你算是走运了，吃的虽然少点，但还饿不死。每天中午你都能喝到这样的汤，到下午 4 点的时候还能喝到两杯茶。"

邦德看着手里的杯子，给了那个大姐一个尴尬的笑。无奈之下，他只得拿着那杯稀得不能再稀的蔬菜汤到了窗户附近的咖啡桌旁，发现那正好能看到黑暗的草坪，他便坐了下来喝汤。这时候他看到很多在这个地方接受治疗的人都在毫无生机地、蹒跚地在房间中进进出出。邦德觉得他开始有些同情这些不幸的人了。邦德喝完汤，十分郁闷地走回房间，又思考了一些关于利普的事情，想着想着就感到有些困倦了，虽然觉得肚子很饿。

就这样过了两天，邦德觉得很难受。他的头总是隐隐作痛，这令他很不爽，另外他眼球白色部分变得有点儿发黄，舌头也有些变硬了。邦德的按摩师告诉他不要过分担心，还说这是治疗必经的过程，也是毒素从身体中排出的过程。邦德，现在就像一只待宰的羔羊，总是困倦，也不想争辩。早餐是单一的橘子和热水，然后是蔬菜汤、茶饮料加上一些棕色的糖，就是这种细微的改变都要经过威恩先生的批准，所有事情似乎都成为不可更改的了。

第三天，在做完按摩和坐浴之后，邦德将接受"骨疗和摩擦力治疗"。他无精打采地来到了诊查室中。当打开里面的门的时候，邦德期望找到一个看上去顺眼又能够为他轻松肌肉的人。结果那个有着高贵气质的贝特女士——就是在第一天令邦德神魂颠倒的美女，正站在床旁等候邦德。邦德悄悄关上门，兴奋地对她说："太好了，真是你来帮我治疗吗？"

贝特已经见惯了病人的这种反应，她对此感到相当反感，并没有笑，只是用冷冰冰的声音说："负责做骨疗的有百分之二十都是女孩。请脱掉你所有的衣服，除了短裤。"邦德照她的要求做了，然后站在她的前面笑着。贝特女士围绕邦德走了一圈，用十分专业的态度像观察机器一样检查了一下邦德的身体。她没有对邦德身上的伤疤做任何评论，只是让他脸朝下躺在床上，然后便以十分有力、精确和训练有素的手法处理邦德的关节等治疗部位。

邦德很快意识到这个美女的力气并不小。因为他整个身体的肌肉似乎都无法抵制那样的力量，而贝特做起来似乎毫不吃力。在这么个迷人的女孩与半裸的男士之间，邦德很难忽略掉自己的性别，试着不去关注那个美丽的异性散发的吸引力。在治疗的最后阶段，贝特让邦德站起来，将手放在她的脖子后面握住。她的眼睛，仅仅离邦德几英寸远，脸上仍然只是十分专业的表情。她彻底推拿他的脊椎部位，认真做骨疗。

最后，贝特让邦德把手松开，他没有那样做。他反而将手抱得更紧，并用手让贝特的脸蛋靠向他，然后深深地吻住她性感的嘴唇。贝特马上用胳膊挣扎起来，脸变得通红，眼神中带着愤怒。邦德对着她笑了，准备好接受一个重重的耳光。但贝特并没有打他。邦德为自己刚才的行为狡辩道："我实在是忍不住了，像这样迷人的红唇真的不该长在一个骨科医生的脸上。"

贝特愤怒的眼神稍有平息，假装恶狠狠地说道："要是再发生这样的事，我就把你赶出去。"

邦德一脸坏笑，慢慢逼近她说："如果能够从这个见鬼的地方出去的话，我宁愿再吻你一次。"

贝特说："哼，你做梦吧。现在拿着你的衣服滚出去吧，你已经做了半小时的治疗了。"她冷冷地笑着，"你应该学会安静点。"

邦德愁眉苦脸地说："噢，好吧。但是条件是，你得答应明天和我一块出去玩。好吗？"

"我会看情况的，这取决于你在下次治疗中的表现。"说着她把门打开了。邦德拾起衣服往外走去，到门口时差点撞到一个人。那个人是利普——穿着宽松的长裤，长得很像骗子的人。但他没有注意到邦德，只是微笑着向贝特鞠了个躬。邦德假装很痛苦地对女孩说："真是人为刀俎，我为鱼肉啊。我真希望你没那么强壮。"说完用眼神挑逗着贝特。

贝特马上说："请准备吧。我要将邦德先生送到骨疗桌了。"她沿着走廊走，邦德在后面跟着。

贝特打开了前厅的门，让邦德把东西放在椅子上，然后拉上了塑料窗帘。帘子里面是一个古怪的皮质的外科手术的床，邦德一点也不喜欢那张床。贝特调整了一下上面的金属装置，床坚固了，邦德对这个机械设备充满疑心。床下面是个看起来很专业的电子动力设备，上面显示这是用来做摩擦力治疗的桌子。各个螺丝紧密地连接整个装置，加上电子动力驱动，整个装置似乎很坚固。前面的空间是留给病人摆放头部的，测量所得的数字都是红色的。另外，床上还有用来放手的地方——或者说是绑手的设备，邦德看了之后觉得有些紧张。

贝特一切准备就绪后，对邦德说："请脸朝下躺着。"

邦德固执地说："除非你告诉我这个装置是做什么的，否则我绝对不会躺上去。"

贝特耐心地说："这仅仅是拉伸脊椎的机器而已。你有轻微的脊椎损害，它会帮助你放松。你的关节也有些损伤，这有帮助你恢复的作用。你一点也不会感到不适的，因为这仅仅是一个拉伸脊椎的过程。它是安全的，也是有效的。许多病人在治疗的时候都睡着了。"

邦德认真地说："你不会偷偷给我下药吧，为什么那些数字都是红色的呢？我觉得很危险。还有，你确定我不会被这玩意儿拉断成三四截？"

贝特心里觉得好笑，但还是一本正经地回答他："怎么会！别傻了。当然，如果太紧的话，可能会有一定的危险。当数字到 90 的时候我会提醒你，一刻钟后我再来看看情况，然后加到 120。现在，我们开始吧。还有其他人在等着呢。"

邦德很勉强地爬上了床，脸朝下躺着，脸和鼻子都深深埋在床上。他说："如果你要杀我的话，我会告你的。"

邦德觉得绑他的装置在收紧，胸部和臀部都被绑紧了。当贝特弯腰到下面调整控制杠杆的时候，裙子在邦德脸上扫来扫去。一会儿，动力装置开始启动，那个装置一会儿绷紧，一会儿放松，就这样一张一弛地进行着。邦德觉得身体好像被巨大的手拉伸一样,那是很奇怪的感觉,但他并没有感到不舒服,只是感觉头部活动有点费力。机器发出的声音十分嘈杂,其实并没有任何节奏。

"你还好吗?"

"是的。"邦德听到贝特从塑料窗帘那边传来的声音,然后关上了外面的门。邦德在软绵绵的皮质床上彻底放松,任由机器治疗脊椎。效果还真是很不错,刚才还在担忧呢,真是幼稚啊!

一刻钟之后邦德再次听到外面的门关闭了,窗帘拉开了。

"现在觉得怎么样?"

"好得不得了。"

贝特的手进入邦德的视野,开始调整杠杆。邦德艰难地抬起头,看到指针被调到120。接着机器的拉力变得更强,噪声也更加大了。

贝特对着邦德,往邦德的肩膀上拍了拍,对着邦德的耳朵,用他能听到的声音大声说:"接下来需要一刻钟的时间。"

"好吧。"邦德嘟囔着,此时他的身体在被那机器的巨大力量折腾着。然后贝特走了出去,窗帘拉上了,门也关上了,房间里面又只剩下机器的噪声。邦德又一次逐渐在这充满"节奏"的治疗中变得放松了。

大约五分钟以后,邦德的思维忽然从噪声节奏中跳了出来,直觉告诉他有人站在他面前,他猛地睁开了眼睛,结果看到一个男人的手正伸到他的前面,小心翼翼地调整加速器的杠杆。邦德有些奇怪地看着那个男人。随着机器异常有力地拉伸,邦德感到有些恐惧,于是大叫起来,他不知道发生了什么事,只知道身体感到难以想象的疼痛。他一边挣扎,一边抬起头大喊,这时候机器的指针指向了可怕的200!不一会儿,大汗淋漓的邦德筋疲力尽地低下了头。他模模糊糊看见那个手又在调整杠杆，邦德无意间看到了那个人的手腕，在手腕中心部分有个醒目的红色Z字标志。一个声音传入邦德耳朵："别再捣乱了，朋友。"然后，巨大的机器发出怒吼声，似乎要把邦德撕成两半。邦德继续大声呼喊着救命，但他的身体已变得十分虚弱，汗水在皮质的床上汇成一条小沟，滴到地面上。

支持不住的邦德终于昏了过去。

第四章
以 牙 还 牙

　　醒来时，邦德感觉稍微舒适了一点，似乎已经忘记了刚才的疼痛。是的，身体不论经历过多大程度的疼痛总会被大脑和神经遗忘。毕竟那并不是令人愉悦的感觉或味道，如果是像接吻一样的感觉，大家通常都会津津乐道。邦德小心翼翼地思考着发生的所有事情，那种痛苦足以使自己彻底毁灭。说真的，邦德的整个脊椎就好像被敲打过一样，而且每个关节也像被拉伸了。虽然邦德恢复了知觉，但是撕心裂肺的疼痛依然记忆犹新。由于以往执行任务的经历，在此情况下邦德仍然可以保持冷静。这时耳旁传来了轻声的对话。

　　"但是，贝特，究竟发生了什么？"威恩在查问。

　　"只是机器的噪声而已。我刚检查完一个病人，几分钟之后我突然听到很大的机器噪声，跟平时大不一样。我以为是我出来时没有把门关好，使机器声传了出来。于是我就过来关门，没想到看见的却是那惊人的惨象：磅表指向200度！于是我赶紧关掉电力开关，松开皮带，奔向医务室，找到一支强心针，给他注射了1毫升。不知为什么，当时显示器达到了200！他的脉搏很弱，所以我立刻找来急救人员，之后马上给您打了电话。"

　　"嗯，你做得很好。很显然，这次事件也不能全怪你。"威恩怀疑地说，

"不过，那真是太不幸了。我想肯定有人拉动了这操纵杆，可能他只是想试试看而已，但是他不知道那个很容易将人置于死地。我们一定要把这件事情向全院董事会汇报一下，并且以后一定要对这里的机器增加安全措施，以防不测。"

威恩的手谨慎地握住邦德的手腕，感觉他的脉搏。邦德已经恢复了意识，感觉自己又重新回到了这个世界，刚才他已经听到他们的谈话了。他讨厌那个人，觉得他根本不配做一个医生。

突然邦德变得异常愤怒，这会儿他心里最恨的是 M：这都是 M 的错，他简直就是个疯子，他怎么会想出这种馊主意叫我来这儿疗养！他想，回总部以后，一定要和 M 彻底谈论一下这件事情。如果有必要的话，可以告到参谋总长、内阁、首相那儿去。

M 确实是个彻头彻尾的疯子，他将危及整个国家的安全，不过英国要靠像邦德这样的人来保护。

一些虚弱而又歇斯底里的想法一直萦绕着邦德，甚至与利普令人不快的双手、贝特性感的嘴唇、热菜汤的气味混合起来，搞得他脑子里乱哄哄的，此时身心也疲惫到了极点。

这时威恩先生说："没有内部的损伤，肌腱两端的表面受了点伤，当然主要是邦德先生受到了惊吓。贝特，你现在就是邦德先生的私人治疗师了。要让他充分休息，要注意保暖和按摩。"

当再次恢复意识的时候，邦德已经躺在床上了，整个身体就像刚沐浴过一样舒适。他躺在软绵绵的电热毯上，后背还留有太阳灯暖暖的温度，贝特的双手就像丝质毛皮一般，从一边到另一边，从脖子到膝盖，在邦德身上有节奏地敲打着，邦德全身极其放松，那是邦德遇到的最温柔和最奢侈的待遇。邦德静静地躺着，全身心地享受着。

贝特温柔地说："我想你现在应该彻底清醒了，整个皮肤的状态也彻底改变了。现在感觉怎么样？"

"非常好，如果再来两瓶威士忌的话就更加完美了。"

贝特笑着说："威恩先生交代过了，蒲公英茶对你是最好不过的了。但是我想来点刺激的东西可能会对你更好，我的意思是就这么一次。因此我拿来了白兰地，还在里面放了很多冰块，喝起来一定十分清爽。你觉得怎么样？等一下，我给你披一件外套，你能够翻过身来吗？要不我试试其他方法？"

邦德十分小心地转向另一边，他仍然感觉到巨大的疼痛，但是那似乎正在逐渐消失。邦德小心地将腿滑到床边，坐了起来。

贝特站在詹姆斯·邦德前面，此时她在邦德眼中是那样纯洁无瑕，美丽动人。贝特拿着玻璃杯，递给了邦德。喝了白兰地之后，邦德感到极其冰爽，他想：这真是个贴心的好女孩。她总是为我精心治疗，还适时送来可口的饮料，邦德觉得贝特是他生命中见过的最美的女人。邦德微笑着，举着空玻璃杯说："再来一些。"

贝特笑了，确认邦德已经重新恢复了往日的活力。她接过玻璃杯说："好的，我再给你拿来一些。但是不要忘了你还没有吃过东西。过一会儿，你会感到很难受的。"贝特将白兰地的瓶子拿起来想了想，目光突然变得十分敬业，倒像一个不折不扣的医生，她说："现在，你必须告诉我究竟发生了什么事。你真是不小心碰动了控制杆，还是发生了其他的什么事？你当时真是吓坏我了，以前从来没有发生过类似的事情。你知道，牵引台是很安全的，不会出问题。"

邦德在贝特的眼神中看到一点儿慰藉，他确定地说："当然，我想再舒适一点，于是便抬起手来，我只记得当时手撞到一个十分硬的东西。

我猜可能就是控制杆吧，然后的事情我就不记得了。我真是十分幸运，因为你能够及时赶到，救了我的命。"

贝特把白兰地递给邦德说："好了，现在一切都结束了，感谢上帝，没有什么严重的意外发生。在接下来的两天治疗中，你会感到十分舒适的。"她停了下来，十分尴尬地看着邦德说："噢，之前发生了那么大的事故，威恩先生问你能不能不要把这事张扬出去？他不想令其他病人担心。"

"我会继续留在这里的，接受自然疗法使人充满了活力。"邦德高兴地说，"当然，我也不会对其他人说起这件事。不管怎么样都是我造成的。"邦德喝光了白兰地，谨慎地将玻璃杯放到床上。他眨了一下眼睛说："真是令人吃惊，现在会有这么好的治疗。认识你真高兴，你是我遇到过的最漂亮，也最知道如何适当对待男士的女孩。"

"别傻了，把脸转过去吧，现在我要治疗你的后背了。"贝特害羞地说。

两天以后，邦德又回到这个地方接受自然疗法。吃着单调的食物，接受着无聊的机器治疗，每天都像例行公事一样。他毫无目的地在廊上闲逛，喝着稍微加点糖的茶饮料。邦德已经很厌恶那种茶饮料了，觉得那简直就是在浪费自己的时间和生命。但是，检查结果显示他身体中的毒素确实清除了不少，这茶确实有不错的效果。邦德想着在以往的生活中，想吃就吃，想喝就喝，从不用节制。在这里这么长时间，邦德发现自己的味觉和嗅觉都变得十分灵敏了。想到外面的花花世界总会让邦德觉得很不舒服，但是外面优雅、舒适的生活未必就像现在这样舒服。现在整个生活过得空虚无聊，所有的事情都是按部就班的，没有一样事情可以吸引人，邦德甚至想到了童年时代的天真无邪。邦德总是觉得喝茶生活枯燥无聊，缺乏惊奇和刺激，令人难以忍受。

奇怪的是，邦德忘掉了自己现在身体不好的状态——目前自己并不是十分强壮，但是已经没有了丝毫的疼痛感。他一天差不多能睡十多个小时，所以他的精神和皮肤都是那么好。现在早晨的时候没有以前的那种睡不安稳的感觉，那种感觉会让他想到一些烦恼的事情，而且还能把整个身体拖垮。

在这样的环境中，邦德的个性会发生改变吗？他丧失了以往的观点、原则和立场了吗？遗弃了以往的恶习了吗？现在，他将要成为什么样的人呢，一个温柔、充满梦想、友善的理想主义者？他会离开总部，反之走向监狱吗？或许他仅仅对青年人的俱乐部感兴趣，想整日吃着坚果炸肉排，最好可以成为抗议原子弹队伍中的一员？

他开始对以前的生活十分着迷——渴望吃到想吃的菜，喝到想喝的酒。但是利普先生的手腕总是让詹姆斯·邦德十分焦虑，邦德总是梦想能够像以前一样生活，但是现在他必须接受治疗。等他康复之后就可以离开灌木岛，去消费各种各样的食物，这就是他的想法。

就利普先生而言，自从邦德接受例行公事般的治疗后，就开始了对红灯帮会的调查。天气渐渐转冷了，邦德也加紧了调查。在侦查方面，邦德可谓是经验十足，所以这次调查也不会有太多的挑战。

邦德与迷人女士不停地闲聊，似乎故意变得十分爱打听。

"职员一般什么时候吃午饭？"

"看那边的利普先生，好像身材偏胖啊。哦，他现在应该开始担心他的腰围了吧！电热毯和洗浴不是对他很有作用吗？很遗憾，我没有见过土耳其浴的房间，真希望有机会能够看看。"

邦德还对按摩师说："你曾经看过的那个家伙，叫他什么——伙计？

机器？哦，是的，利普。哦，每一天中午都是那样吗？我想我也得尝试一下了。能够整天休息真是太好了。当你完成按摩的时候，我想和你谈谈土耳其浴的事情，我需要好好出一身汗。"

看似十分无知的谈话，其实詹姆斯·邦德正在一步一步地计划着——因为在具有隔音设备的诊查室中，利普对邦德做出的事是要付出代价的。

可能没有其他机会了。邦德发现利普直到中午治疗的时候，总是待在房间里。下午的时候，利普的房间发出了一些声音，好像在做某种"生意"，晚上守卫总是看到利普在 11 点之前回来。邦德打探得十分全面。一天，就在午睡时刻，邦德悄悄溜进利普的房间。从衣着上邦德看出利普是一个爱旅行的人——衬衫、领带、鞋都来自不同的国家。这时邦德发现了一个暗红色的摩洛哥皮箱，他想里面可能隐藏着很多秘密，于是便随手拿起剃刀……

这天下午，邦德照例喝了茶，然后将见到利普前前后后所发生的事情都串联起来，但还是不能十分了解这个人的底细。利普大约三十岁，从裸露的身体状况来看，他十分强壮。他可能是葡萄牙和中国混血，从外表来看好像很富有。他是做什么的呢？职业是什么？从第一眼的印象来看，邦德能够将利普和巴黎酒吧中的人联系起来。这个家伙浑身上下都是名牌，而且总是油腔滑调的，这种人很会吸引女孩。

那天利普偷听了邦德给总部的电话，而且有充分理由要对付邦德——一定是他已经事先调查好了。当邦德一个人在诊查室的时候，利普偷偷溜进去想要警告邦德，或许仅仅是要吓唬他一下。但是，当把设备调到 200 的时候，他似乎有想要杀死邦德的动机。这是为什么？这个人的真实面目到底是什么？他到底有多少秘密不为人知？邦德给茶里面加了点棕色的糖，慢慢地思考着。他想有件事情是可以确定的——秘密一定是惊天动地的。

正如邦德已经做的那样，他从来没有仔细考虑过该如何向总部报告利普以及发生在灌木岛上的事情。不知怎么的，邦德这位历来在行动和资料方面掌握主动权的人物，现在好像变成了一个傻瓜。邦德每天的饮食都是蔬菜和热水，想要从事调查却又险些断送了自己的性命！不！仅仅有一个解决办法——私人解决，男人与男人之间的较量。只有这样，才能够充分满足邦德的好奇心，或许追踪利普是件十分有趣的事。但是，那时候邦德只能保持冷静，时刻注意利普的举动，为了获得良好结果，需要谨慎计划。

到了第十四天——也就是邦德住院的最后一天，邦德将计划都设计好了——时间、地点和方式。

上午10点，威恩先生接到邦德将要离开治疗地的电话。当邦德进入接待室的时候，威恩先生正站在窗户旁边做深呼吸运动。在运动之后，威恩先生说："哦！舒服极了！"他的脸颊泛着红晕，微笑总是那么充满友善。"邦德先生，治疗过程怎么样？那次突发事故过后，有没有不良反应呢？——不会的，应该没事。你的身体已经恢复了往日的强健，你身体的恢复能力也是十分惊人的。那么，现在请脱掉衬衫，我会彻底检查一下。"

十分钟的检查之后，邦德的血压是132/84，体重减少了10磅，骨造型损伤消失，眼睛和舌苔状况良好，现在他要到诊查室做最后的全身检查。

邦德照例要通过那扇白色的门廊。诊查室里病人和医生之间偶尔会有些交谈，但是由于机器的噪声几乎什么都听不到。12点30分的时候，一切都逐渐地恢复了安静，邦德躺在按摩台上，完全听从医生的安排。门廊尽头的门一会儿开、一会儿关的。

"早晨好！都准备好了吗？放松一下，你今天会感到十分舒适的。"按摩师说。

"好的，先生。"邦德回答。

按摩师一边不停地走来走去，一边拍打着邦德身体的各部位。从按摩房间的窗户向外能够看到对面土耳其浴的情况，邦德看到服务人员正准备为利普做土耳其浴。二十分钟过去了，邦德从按摩台上起身。

"好的，感谢上帝，让你也尝尝我的厉害！我会让你也体验一下我的遭遇。我会照顾你完成洗浴全部过程。当我帮你做完的时候，也不会让其他人知道的。"邦德小声嘀咕着。

邦德将毛巾裹在手腕上，缓缓向走廊走去。当时职员正在照顾病人吃午饭，几乎没有留意到邦德。

一个病人说："待会见，灌溉车！"人们笑了。

现在医生在检查房间，然后说："窗户，比尔？好的。午饭后告诉洗衣房我们需要更多的毛巾。泰德，泰德，你在哪里？哦，那么，由山姆来照顾利普先生做土耳其浴吧。"

邦德早已熟悉了运作：没有人能够玩忽职守。只有干完所有的工作才可以更早地去吃午饭。从洗浴房间里传来山姆的声音："好的，先生。就在里面伺候利普先生吧，也只能在这里了！"邦德已经十分清楚浴室的进出情况，现在是他大显身手的时候了。山姆走出房间，像是去找什么东西，房间里面只剩下邦德和利普了。

邦德等了一会儿，小心翼翼进入土耳其浴房间。那个地方他早已打探好了，整个场景和他记得的没有一点出入。

那是个白色橡胶制成的房间，和其他房间没有什么不同，但是里面有个大的淡黄色金属塑料盒子，大约五英尺长，四英尺宽。所有门都关着，只有顶部是开着的。前面有个地方能够让病人爬进去，服务生通过那个洞向里面的人提供各种洗浴物品。做土耳其浴的人身体完全浸入这个大装置中，然后会感到十分舒服。正如邦德在考察房间的时候感受到的一样，装置背对着门。就在那时候，利普生气地说:"我说，太热啦！给我降低点儿，我现在出了很多汗。"

"先生，您想要加热？"邦德亲切地模仿服务生的声音说。

"别和我辩论，降低些，降低些！你听见了没有？"

"先生，我觉得您还没有完全体会热量的好处。热量能够排出你体内的大量毒素，不仅有利于您的血管，也有利于您的肌肉组织。病人们都说这个热度很合适。"邦德依然那样说，他这时根本不担心山姆会来，因为他正在吃午餐。这个他早已研究过了。

"别在那里胡扯。我告诉你，现在给我降低点儿温度。"

邦德检查了设备后面的数字，指针现在指向华氏120度。他应该给这个家伙多大温度呢？先调到200吧，可不能真的把他烤死。这是个惩罚，也是给利普一个教训，可能180度足以让他接受教训了。邦德想到这里，就将指针调到180度。

"先生，半小时的加热对身体很有好处。"邦德将声音放低，还严厉地加上一句，"如果您敢自己调温度，我会告你的。"

利普湿淋淋的头部努力左右摆动着，但是没有任何办法从装置中出去。利普现在尽量在克制自己，但是发出的声音还是十分绝望。他完全隐藏内心的怒气和憎恶，愤怒地、笨拙地、不顾一切地叫了起来:"如果让我出去的话，我给你一千英镑。"邦德向门的方向走去，利普听到开门声后说："一万英镑总可以了吧，要不然五万也行！"

邦德穿上衣服，坚定地关上门，飞快地沿着门廊走了出去。利普先生正在他身后呻吟着，拼命呼喊救命。邦德堵住了耳朵，他知道别人也听不见，因为所有的人都在老远的餐厅里忙着进餐呢。

在医院度过了惊心动魄的时光之后，邦德并不指望利普能够支付五万英镑，那仅仅是哄骗人的把戏而已——他只是希望获得自由，这仅是权宜之计。邦德对先前遭受的痛苦做出了判断，当然也让利普付出了代价。

詹姆斯·邦德做得很好。在两个极其冷酷的人之间发生的事情，其实是相当幼稚的。相比在顷刻之间能够颠覆整个西方世界的阴谋与精密设备来说，这真是微不足道。

不管怎样，詹姆斯·邦德在这场儿童恶作剧般的较量中胜利了。

就在詹姆斯·邦德准备动身返回伦敦之前的那晚，他与美丽的贝特小姐度过了美好的时光。

第五章
幽 灵 组 织

与此同时，在那间疗养院再度发生骚乱之际，一家公司的董事们决定在晚上7点召开一次紧急会议。

这家公司平时生意并不十分兴隆，但董事却不少，一共有二十一位，都是男性。他们居住在欧洲各个国家，有的坐车、有的坐船、有的坐飞机，赶来参加这次会议。他们先后到达位于布雷沃尔德大街一百三十六号的该公司总部，进去后就不见有人再出来。也许他们是在彼此分别碰面谈话。公司内部除了各处门道都有专人警戒外，还有其他很多不太明显的安全措施，比如：警铃到处都是，专门设置了电视摄影机监视楼下后门入口处的动静，准备了供会议用的全套假报告、假记录……7点差一刻的时候，董事们有的大步流星，有的迈着八字步，有的蹦蹦跳跳，有的慢慢吞吞，陆陆续续地进入了三楼那间大会议室。七点整的时候，所有人都已经到了，主持会议人——主席，也早已入座。他们按照各自的编号依次坐了下来，由一到二十一的编号代替了他们的名字。当然每个人的号码并不是固定不变的。为了安全起见，每月一号早晨，他们环绕着由一至二十一的次序，把号码各进两号。

现在他们坐在各自的位置上，既不彼此寒暄问候，也没有人抽烟喝酒，更没有人去看自己面前那一份伪造的公司董事会议的日程表。每个人都静静地坐着，所有人都注视着主持会议的主席先生，他们的目光都很专注，既谄媚又尊敬。

这位主席先生在本月的代号是"第二号"。任何人看到二号都有同样的感觉，因为他也是组织成员之一——这些人在生活中都很少遇见，同时也让人难以想象。要想成为组织的成员，需要具有三个基本特征——身体素质非常好，性格刚毅，可以完全摆脱动物般的暴力倾向。这群人总是能够获得常人无法得知的信息。在原始部落中，你们会发现有些人天生就具有领导气质，很容易成为部落首领。历史上例如亚历山大大帝、拿破仑，还有很多政治家等伟大的人物，都具有这样的特质。可能他们对知识和经验都不足的个人总是具有某种催眠的作用，例如希特勒能够号召欧洲八千万人为之效劳。当然二号具备这些特质，在大街上的任何人可能都能够认出他——更不用说这些精心挑选的二十个人了。对他们来说，在各自的职业生涯中沾染了一些犬儒主义的味道，也给人们造成了很大危害。此刻的二号是至高无上的统帅——甚至可以与上帝相比。

这位主席是布洛菲，1908年5月28日出生，父亲是波兰人，母亲是希腊人。他在华沙大学读了经济与政治、历史以后，又在华沙工学院研读工程学与放射电子学。在二十五岁的时候，获得了邮电部门的中心行政职位，对这位大学高才生来说，这个选择似乎有些令人不解。后来布洛菲逐渐对世界的信息产生了兴趣。他想快速、精确地获得信息。他知道，要想在世界中获得一席之地，就要掌握权力。布洛菲对历史极其精通，在中央邮电部门，他能够检查所有的电缆与电报内容，同时还可以做大量的信息交易——仅仅在布洛菲绝对有把握的时候，那时的交易通常是很大的——或者在基本的邮电信息发生改变的时候。现在波兰正在筹划战争，进口大量军需品的命令和外交电报经常被部门捕获。于是布洛菲改变了策略，这是非常有价值的资料，虽然现在对他来说是一文不值的，但对敌人却价值连城。起初的交易十分简单，后来逐渐变得更加专业了。布洛菲谋划掌握所有光缆的信息，并且有选择地公布他的密码本，那些光缆的信息仅仅是首字母上标注"高度紧急"或"高度机密"的东西。然后，通过小心翼翼的工作，布洛菲逐渐建立了以他为首领的虚假传递网络。这些人都是在各大使馆和军备公司中的小人物，他们大多数能够记录所有的部门活动的秘密——英国大使馆里面的职位低下的小密码管理员、法语翻译人员、私人秘书——他们才是真正在那些大型的组织中活动的人。这些人的名字很容易就可以获得，通过询问主席的私人秘书和打电话给相关部门就能找到他们。布洛菲正在向类似红十字那样的组织发出声援，希望讨论相关的捐助。当布洛菲获得所有人的名字之后，开始逐渐形成自己的网络关系。他谨慎地接近德国军事部门，复制他们的重要工作文件，在记载实际地址与逻辑思考之间建立关系，从此更加容易获得信息。当这样的据点膨胀的时候，需要更多的金钱维持庞大的信息市场。布洛菲仅仅接受美元作为支付方式，他总是尝试扩展消息领域。布洛菲起先重用俄国人，但是又解散了他们，后来又重用捷克人。总之他尽可能拖延支付酬劳的时间，从而能够拿出整个庞大的信息网络所需的费用。后来，布洛菲关闭了美国和瑞典的网络，因为它们需要更多的金钱支持。布洛菲很快意识到，他将要成为掌握世界安全事态的关键人物，但是安全总是时常受到各种威胁。总会有某种情况在影响安全：可能在瑞典人与德国人之间存在大量的情报部门，布洛菲知道（因为他总是与他们的间谍从事某种交易）谁正在进行叛国行为；或者同盟国之间的反间谍行动、密码破译行动；持续使用一个名字的时候，国家的某些特工人员可能会死亡，或者被调任——由于缺乏某些方面的必要的知识。无论如何，现在布洛菲有二十万美元，加上额外的战争资助，即使战争逼近，他依然能够舒适生活。现在需要离开这个领域去寻找更加广阔的空间——进入更加安全的领域。

布洛菲谨慎地谋划自己的撤退行动。首先，他要逐渐解散部门。他认为正是英国人和法国人的存在使安全问题加快提上日程了。可能还会有另一个遗漏——布洛菲总是比较温和地斥责同伴的行为——他的秘书已经改变了立场，因为秘书总是想要得到更多金钱。之后布洛菲到朋友那里进行交易，并拿出一千美元让朋友们守口如瓶，布洛菲所有的资金都存入了安全的银行。在最终告诉他的联系人之前，布洛菲总是能够觉察到对方的态势，通过暗自调查各个合伙人的动向和日常活动，掌握关于他们的第一手资料，然后完全更改个人的档案内容，包括姓名和出生日期，从不放过任何的蛛丝马迹，以免贻人口实。布洛菲找到护照加工厂，想尽办法操纵海港进出业务，以两千美元的价格购买加拿大海员的通行证。然后，他乘另一艘船到达瑞典。在斯德哥尔摩，他观察世界上正在发生的事情，探知战争可能会展现的进程。布洛菲用最初的波兰护照飞到土耳其，将所有的钱都转向瑞士银行，然后等待波兰战败。正如他所料，波兰确实战败了，布洛菲声称要到土耳其避难。为了他的要求能够得到批准，布洛菲花费少量金钱贿赂当地的政府官员，然后布洛菲在土耳其定居了下来。安卡拉电台有他的秘密工作人员，他在那里建立秘密通讯组织去窃取信息，这个组织比当初的还要专业和牢固。布洛菲在出售信息的时候，总是揣度胜利最终将归于何方。就像墙头草一样，只要对自己有利，布洛菲从来不放弃任何机会。在战争中，布洛菲收获了来自英国、美国和法国的荣誉和财富。他在瑞士银行以假名存入了五十万美元，以新名字获得瑞典护照。后来他到南非休息，整日过着极其奢靡的生活。

现在，布洛菲认为安全的时候到了，便重新开始使用原来的名字——布洛菲。

不论布洛菲的眼睛是否已经看到，二十个人没有一个胆敢把自己的眼睛从这位虎背熊腰、不抽烟、不喝酒、也不好女色，完全是希特勒第二的人物脸上移开。他们静静地忍耐着，连动也不敢动。

布洛菲坐在安静的房间内，仔细端详二十位情报人员，那些人的眼睛几乎不敢和他对视。布洛菲的眼睛极其清澈，四处打量——任何方面都不放过——那是他必备的能力。深凹的眼窝似乎只有女孩才拥有，那双就像洋娃娃的眼睛完全放松起来，罕见地摆脱了以往对事情的好奇观察。二十个情报人员都在揣测主席的态度，以及对事情的分析。单纯地讲，他们都表现出自信心，知道只要满怀信心，就能够在主席的安全和可信的庇护下寻求生存。但是他们暂时忘记了罪过或虚假，无论任何事情，布洛菲都能够透彻地知晓——他们希望能够经受住布洛菲的考验，即使布洛菲最严格的好奇心作祟，他们也能够过关。所有的欺诈与卑微都被掩饰起来，布洛菲的目光就像显微镜一样，甚至连透明玻璃上的稍许瑕疵也能够观察到。三十年来布洛菲一直从事这样的工作，他能够做到今天这个位置肯定有过人之处。高度的自我肯定不断铸造了生命中的成功，而且他总是尝试获得更多的进步。

他的眼睛缓慢地、温和地打量在座的所有人，任何人都无法逃过他的眼睛。在他洁净、刚毅的脸上没有丝毫的放纵、病态或者老态龙钟，小平头更显得他十分干练和威严。从下巴的形状能够看出他有些发胖，但却是中年人具有权威性的表现。在大而方的鼻子下面的嘴唇，非常完美地匹配着他的哲学家或科学家般的脸庞。骄傲的神情，让人感到神采飞扬。扁长型的黑色嘴唇，显示出有些虚假和丑陋的笑容。他就是一个不折不扣充满愤恨、专制和残酷的家伙。但是就像很多崇拜莎士比亚的人一样，在座的所有人都对布洛菲相当敬佩。

布洛菲就像二十个石头那样重，肌肉丰满——年轻的时候曾经是业余举重选手，在后来的十年里，他放松了锻炼，从而长出了大肚子，只能隐藏在肥大的裤子里面，剪裁精致的双排上衣能包裹住肥胖的身体，很多衣服都只能找裁缝专门定做。布洛菲的手脚又长又尖，总是活动敏捷。在像他那样的情况下，有些人的手脚总是僵硬和迟钝。在休息的时候，当想要去某地的时候，布洛菲从来不吸烟，也不喝酒，也从来不随便找女孩过夜，甚至不吃很多东西。就可能导致身体疾病的恶习方面来说，布洛菲总是十分有节制地生活，很多人都猜不透他的心思。

这些坐在长桌旁接受他的目光逼视的二十名与会成员，也算得上是奇特的国际人物大组合，年龄大致在三十至四十之间。除了其中两个人之外，个个身体强壮，都有着不是虎狼就是鹰隼般的锐利气势。其中两个人：一个是原籍某国的物理学家克兹，五年前，他携着秘密资料来到了西德，得到了自由、金钱，以及瑞士籍的政治庇护。另一位名叫马斯罗，是一名电子专家，曾经担任过荷兰菲利浦公司无线电部研究部主任。有一天他突然失踪了，之后他的名字改成了现在用的马斯罗。其余的十八个人纷别来自六个组织，每个组织都由三人组成一个小组，共分成六个组，他们都是国际闻名的最大犯罪或破坏集团里的余孽。这六个小组的成员分别来自意大利西西里的黑手党、法国科西加联盟、苏联铡奸团、德国纳粹党、南斯拉夫的秘密警察局，还有土耳其的毒品走私集团。这十八位成员全都属于黑社会里的高层人物或秘密工作者，当然他们都是彻彻底底的阴谋家。当他们行动的时候，个个都是英武过人的英雄；当他们安静下来的时候，又都是衣冠楚楚的绅士。每个人都有冠冕堂皇的掩护职业，所持的护照都是最合法的签证，能畅游世界。此时他们在各原籍国的警方记录里，以及国际犯罪或间谍侦破的记录里，都是清白得不能再清白的人。但在他们加入这个组织之前，必须要有最凶恶的犯罪行为。犯过恶行，却又能保持清白，就是加入这个组织的最重要条件之一。

这个组织的全名是：恐怖勒索报复反情报特别行动党。它的每个字的头一个字母构成的缩写简称：S. P. E. C. T. R. E. 。恰好有"幽灵"的含意，他们自己也时常自称为"幽灵组织"。它的创始人兼首领就是布洛菲。

第六章
杀 一 儆 百

　　布洛菲彻底观察了在座的二十张脸。果然如他所料，有一双眼睛在他锐利的目光逼视下显得那么鬼鬼祟祟，目光紧张地飘来飘去。布洛菲已经知道自己的判断是正确的。复查组织成员的报告完全视情况而定，弹性很大，布洛菲自己的眼睛和直觉又是一项重要的确认标准，只见他缓慢地将双手放到桌子下，一只手平放在大腿上，另一只伸向裤兜里，然后掏出一个金色的瓶子放在桌子上。就在大家面前，他用大拇指指甲撬开盖子，倒出紫罗兰口味的口香糖，放到嘴里慢慢咀嚼。那是布洛菲的习惯做法，似乎那些不愉快的事情经他香喷喷的嘴巴说出来会更加温柔一点。

　　布洛菲将口香糖压到舌头下面，开始温柔而有节奏地讲话：

　　"我要给在座的各位做个报告，那是关于终结计划的。"（布洛菲说话的时候，从来不会加上诸如绅士们、朋友们或者同事们这样的词语。对他来说，这些都是虚头巴脑的客套话。）"但是在我说明终结计划之前，为了本党的安全，我打算岔开话题说点别的。"布洛菲装作温柔地环顾了一下这二十个人，还是那双眼睛不敢正视他。他以叙述的口吻继续说："我们的行动情况表明，三年来我们已经获得了成功。尤其要感谢我们的德国情报部门，他们与土耳其小组联手打了个漂亮仗。德国情报部门发现了前德国首领所有的珠宝，并始终严守着这个最高机密；土耳其小组则干净、利落地处理了这批宝贝，成功地运送到贝鲁特地区，使我们在交易中收入了七十五万英镑。此外东柏林的安全部门不尽如人意，和我们俄国的部门简直没法比，俄国部门通过向美国中央情报部门提供消息，为我们赚得五万英镑；意大利小组在那不勒斯截获了巴斯托里总共一千盎司的海洛因，卖到洛杉矶，转手获利八十万美元。此外，在一家化学工厂里，我们拿到了准备细菌战用的原瓶细菌，雇主付给了我们十万英镑；勒索躲藏在古巴哈瓦那，以假名字苟且偷生过日子的前意大利黑手党山特格，又使我们获利十万美金……然后，这些人乐此不疲——继续勒索一个面临暗杀威胁但深受柏林共产党员欢迎的法国重水专家，附带说一句，十分感谢这位重水专家，因为我们通过他从政府的第二联络处获得十亿法郎的收益。如果不计算持续获得的通常收入，目前总计收入就已经达到大约一百五十万英镑。谨慎起见，这些钱都用银法郎存起来。这笔收入已经按照惯例分红，拿出百分之十用于我们组织的日常开销和运营资本，百分之十给我自己，其余的部分平分给在座的各位，就是每个人百分之四——大约六万英镑。我认为这笔数额只能勉强支付酬劳——每年两万英镑看来与期望的不相符——但是如果我们的终结计划获得成功的话，就能够为我们每个人赚更多的钱。团结整个组织，齐心致力于终结计划是极其必要的。"布洛菲低头看着桌子，亲切地说："有问题吗？"

二十双眼睛在此时都毫无表情地盯着主席。每个人都在暗自盘算，完全清楚自己在做什么。如果说这说明大家对于这样完美的计划似乎没有任何异议，都相当满意，这是不可能的。但这些人都知道，现在是主席发号施令的时间，他们只需要保持沉默听着就行了。

布洛菲又送了一块口香糖到嘴里，将其压到舌头下面，然后继续说："那么就这么定下来。最后的环节在一个月之前启动了，到时我们会有一百万美元的收入。"说完他的眼睛移到左手那排人的最后一位身上，他缓和地说："7号，站起来。"

　　多明克，是个神色倨傲的矮胖子，穿着相当考究的名牌衣服，眼睛总是缓慢地移动。他缓缓地站了起来，似乎不敢正视布洛菲，就低下了头。那双又大又粗糙的手不自在地垂到裤子旁边。布洛菲将要说话，在7号旁边的12号对此没有做出任何反应。那个人是皮埃尔，他正好坐在布洛菲的对面，就是这个长长的桌子尽头。事实上，在会议期间就是他的眼睛总是游离不定。现在那双眼睛不再恍惚，好像已经确认了什么似的放松了下来，曾经眼睛中表露的恐惧现在突然间都荡然无存了。

　　布洛菲仍然在继续刚才的话："你们可以回忆曾经参与的那件事情，包括绑架拉斯维加斯大饭店主人布罗博格的十七岁的女儿，他还是美国底特律紫心勋章的获得者。女孩是在父亲位于巴黎的饭店被绑架的，然后通过海路运送出去，这部分任务是由卡西加部门完成的。我们提出的赎金是一百万美元，布罗博格先生愿意支付这笔钱，他完全配合幽灵组织的安排。这些钱被放在漂浮的木筏上，在黄昏的时候我们派人从上面把钱取下来，送往了意大利港口。在日暮降临的时候，木筏由西西里部门负责收回来。这个部门主要负责探测收音机中的晶体管转换器功能，并将探测装置安放在木筏上，故意让法国海军能够找到木筏，让木筏在海上漂流，从而使得船只处于安全状态。我们确认了赎金的数额完全符合我们的要求之后，那个女孩毫发无损地重新回到父亲的怀抱，除了她头发的颜色——为了掩人耳目已经染成了其他颜色，我叙述得十分明确。从警察在尼斯的补给部门获得的信息来看，我得知她在卡西加被俘虏的时候被强奸了。"布洛菲突然中断了一下，提供一些时间让在座的各位思考。他继续说："女孩的父母强烈不满。当然也不排除她在自愿的情况下发生了性关系的可能。无论如何，组织已经承诺女孩不会受到任何伤害。包括不向女孩传授有关性知识的内容，这涉及我们组织的信任度问题。我认为当时女孩发生性关系不是自愿的，因为她回到父母那里的时候，已经确认受到了伤害。"布洛菲说话的时候能够很好地使用任何手势。现在他缓慢地张开左手，把他放在桌子上面。他以同样的语调说："我们是一个庞大而有力量的组织。我们并不关注道德和伦理，但是在座的各位也应该知道，我十分渴望，当然也强烈建议，应该使用高标准规范我们的组织。幽灵组织没有特别的纪律，只有个人的自律。我们的组织是个有着兄弟般关系的组织，所有人都在为组织做贡献，组织的兴盛取决于每位成员的力量。一个成员虚弱的话，就为整个坚不可摧的组织结构留下了可乘之机。你们要知道我对这件事的看法，适当地净化一下我们的组织也是必需的，如果你们仔细思考就会明白我的意思。在这种情况下，我总是三思而后行，需要与女孩的家人面对面把事情说清楚。为了道歉，我已经还回五十万美元了。通过收音机晶体管与女孩的家人取得了联系。我敢说对于整个事件他们毫无知情。我们模仿典型的警察通常做的事情——也是我期望的行为方式。对所有人来说，这次行动的分红自然就减少了。至于导致这样结果的罪魁祸首，我认为他是有错的，只有这样想，才能说服我自己。我已经决定采取适当的行动。"

布洛菲低头看着桌子，眼睛一动不动地盯着正在站着的7号，多明克，卡西加部门的人员。布洛菲明知道7号是无辜的，也知道谁才是有罪的。面对布洛菲能够望穿他的目光，7号的身体也稍微显示出紧张状态，但那不是恐惧，他仍旧保持自信，就像在座的其他人一样。7号不明白为什么唯独他被作为指责目标，现在所有的目光都在对准他，但是布洛菲已经做出决定，显然布洛菲是正确的。

布洛菲看出了7号的勇气，也知道事情的起因。同时布洛菲也看到12号的脸上出现了一些汗滴，那个人正好坐在布洛菲的正对面。好吧！汗珠能够证明他与此事的关联。

桌子下面，布洛菲的右手放到大腿上，找到了电路的按钮，按下了它。

只见12号的皮埃尔身体承受三千伏的电压之后沉重地抽动起来，椅子上的他感到酸疼难当，好像有人在猛踢他的后背，他甚至觉得头发丝都竖了起来。身体通过这么大的电流之后，他面部表情十分痛苦，眼睛睁得很大，然后渐渐地失去了光泽。牙齿后面本来隐藏得很好的舌头，现在突然用力伸出来，看上去已经发黑了。从12号的手心冒出一阵可怕的烟雾，原来整个椅子上的电路都是相互关联的。布洛菲关闭了开关。

房间里面的灯光十分暗淡，呈现橘黄色，就像令人乏味的白炽灯一样。经过一番调整之后灯光恢复了正常状态。烤熟的肉味和燃烧的纤维的气味在房间里慢慢地散播开来。12号的身体从椅子上倾倒下来，突然撞到桌子的边上，发出刺耳的声音。一切都结束了。

布洛菲柔和的声音打破了房间内异常的沉默。他看了看桌子旁的7号，当时7号依然毫无表情地站着，没有丝毫颤抖，看来这个人能够很好地控制情绪。布洛菲说："7号，请坐。我对你的表现十分满意。"（"满意"这个词是布洛菲对成员的最高评价。）分散12号的注意力是十分必要的，布洛菲当然知道12号才是被怀疑的对象，但如果直接说出来，说不定那家伙会弄出什么乱子。

坐在桌子周围的人们都纷纷点头同意，表示对行动充分理解。布洛菲的推理向来都是十分有道理和有说服力的。没有人对已经发生的事情感到困扰或者惊奇——即使目睹 12 号死亡的整个过程。布洛菲总是力图保持他的权威,以履行正义的名义,并且使得他的行为看上去都是为了全体成员的利益着想。已经发生过两次像这样的事情,都是在类似的会议上,提出由于安全和自律的问题影响了组织的凝聚力、内部力量等方面的论据。第一次,那个人被布洛菲当场用心爱的手枪射杀——也就是在大约十二步的距离。另一次,那个人正好坐在布洛菲的旁边,也就是在左手方向,当时布洛菲迅速转到那个人椅子的后背方向,用一根金属绳狠狠地将他勒死,片刻工夫结束了那个人的生命。那两次执行惩罚的过程都是在公正和必要的名义下进行的。第三个人的死亡同样也不例外。现在,所有成员完全无视已经死亡的 12 号的尸体,任凭它在桌子尽头不时地冒出可怕的烟雾。现在需要做的就是回去继续工作。

布洛菲关上瓶子的盖子,重新放回裤兜里面。他柔和地说:"卡西加部门将会填补 12 号的空缺,但是得要等终结计划完成。关于终结计划,还有很多细节要展开讨论。之前德国部门推荐的那个报务员就犯了一个很严重的错误,那个严重的错误已经严重影响了我们计划的进程。这个人是澳门的红灯帮会的成员,具备专业的密谋能力,在英国南部的诊所形成自己的总部,从事表面上令人十分钦佩的救济工作。他的最终目的就是不时地与不远处的空军基地保持联系,在那里有个炸弹连正在接受培训。偶尔他还会为空军的身体和道德情况做份报告,他的报告总是令人满意,顺便说一句,飞行员都愿意让他检查。但是从现在起的三天内,这个 G 联络员需要发送消息到我们的 D 部门。不幸的是,这个愚蠢的人让自己卷入了当地的纠纷,就因为他那火爆的脾气,在诊所里面和几个飞行员发生了争执。结果,导致我们不能获得进一步的行动细节,

G 联络员现在正在布雷顿中心医院接受第二疗程的烧伤治疗，因此不得不退出行动一周。他可能不能参与终结计划了，很幸运，这对整个终结计划的影响不会十分严重。新的命令已经下达了。现在有个盛着流感病毒的小瓶子，那足以使所有飞行员生病一周，完全无法接受飞行测试的任务。在飞行员恢复之后，他们就会去乘飞机，这相应地要求我们提高警惕。飞行的日期将会告知 G 联络员，到那时他就已经完全康复了，当然也会向我们传达计划的相关信息。"布洛菲环顾桌子周围，然后说："这些信息关乎到达 ZETA 地区的飞行计划，当然 G 联络员要提供崭新的操作程序。"布洛菲观察在座的每个成员的反应，然后盯着前盖世太保的成员——"这是一个不可靠的人，德国部门已经安排他从二十四小时传递信息的任务中撤离出来。你们明白了吗？"

这三个前盖世太保成员的脸上异常一致地表示同意，然后异口同声地说："先生，是的。"

布洛菲接着说："至于其他人，都要随时待命。1 号已经在 ZETA 地区建立了牢固的关系网。寻宝神话正在持续上演，并且已经获得了业内人士的高度信任。所有精心挑选的驾驶快艇的成员都在接受严格的训练，训练的严格程度完全超出我们的意料。我们已经确定了了合适的陆地基地，那个地方是相当偏僻的，根本不易靠近和发现。那个地方属于一个学电子的英国人，这个人生性喜欢生活在隐秘的环境。你们到达 ZETA 地区后，还要做一些周密的行动计划，F 和 D 地区会给你们提供行动服装，以配合你们各种飞行计划。这些服装，从最细微的方面考虑，使得你们就像寻宝的人一样，通常寻宝的人总是要求事先勘查海域，并且期望参与各种冒险。但要记住你们可不是十分容易上当受骗的百万富翁。你们是富有的、中等阶层的、靠租金度日的人或商人群体，这样可能使你们不太容易引起他人的注意。你们要时刻保持警惕，因此要好好照管好自己的投资，确保从不浪费一个达布隆（古西班牙金币）。你们所有人都要清楚将要扮演的角色，我相信你们会努力研究各自代表的角色。"

在座的成员都十分自信地点头表示同意，这些人都非常满意，并没有过分提及他们已经建立的关系网络。其中一个人是富裕的咖啡经营者，来自马赛。（他已经成功地扮演了角色，并且能够与业内的任何人一同谈论生意。）另一个人是南斯拉夫的葡萄园种植主。（他家族的生意十分庞大，能够与赫赫有名的大人物打交道。）还有一个人已经成为烟草走私商。（他已经那样做了，但是他总是能够掩人耳目，做事的方式十分谨慎。）他们所有的人都被给予了崭新的身份，至少这样十分有利于获得想要的情报信息。

"在水下呼吸的培训方面，"布洛菲接着说，"我想获得来自每个部门的报告。"他看着来自南斯拉夫的部门说。

德国部门说："太妙了。""太妙了。"这样的话语不时能够从桌子旁传来。

布洛菲评论道："安全是至高无上的准则，我们的所有活动都要绝对注意这方面的问题。在先前的各自培训计划中这个因素都已经获得足够的注意了吗？"所有人都确定地点头。"新式的二氧化碳水下手枪已经投入训练了吗？"所有部门都已经着手工作了。"那么，现在，"布洛菲继续说，"我想听听来自西西里部门的报告，主要关于飞机下落的问题。"

卡布是一个枯瘦的、表情冰冷犹如死尸的西西里人，面部表情十分严肃。他或许是一个有共产主义倾向的人物。在这个部门里他发言的时候主要用英语——他在这个组织里面英语是最好的。他以十分小心、清楚的语调说："被选择的地区已经经过周密侦察了，令人满意。我已经到过那个地方了。"他触摸了放在膝盖上面的公事包，接着说："关于这个计划和详细的时间表我都带来了，将会让主席和各位过目。简而言之，指定的地区就是在伊特那山的西北方，也就是说它的海拔在两千米和三千米之间。这个地方不适合居住，因为它在火山口的上方，也就是根本无法种植作物的黑色熔岩地区。对着落地点来说，大约需要两千平方米，我们让恢复队伍用火把它规划出来。在这个地区的中心将会标注飞行标语，以此作为必要的航行标志。我保守估算了一下，这次飞行将会由五架四号运输飞机来完成，它们将会在一千米的高度飞行，以每小时三百英里的速度前进。针对所需装载的货物的重量，还需要必要的降落伞装置，由于岩石地带的特殊地形带来的危险系数比较高。每个包裹用泡沫橡胶包裹也是十分必要的。所有的降落伞和包裹都应该在外面涂上磷光，以便遇到事故的时候能够迅速查找到位置。毫无疑问这些都是必要的准备措施。"这个人张开手，然后继续说："幽灵组织飞行计划的着落部分包括以上所述的方面和其他细节，但是周密的计划要与各个成员之间优良协作，这才是最终成功的关键所在。"

布洛菲提出问题，好像有些急躁地问："你说的恢复队伍指什么？"

"我的叔叔是当地的黑手党负责人，他有八个孙子，都会死心塌地为他服务。我已经计划得很清楚了，这些孩子的行踪都在我助手的掌控之中。"

"卡布很清楚自己的任务。与此同时，正如我们已经达成的交易，如果安全运送到我们的目的地，我将会给卡布相应的报酬。这几乎是我们组织的所有基金，卡布已经同意这样的条件。他只知道黄金是从银行里抢来的，其他的事他不会过问。刚才首领在报告中提到，计划要延迟，但并不会影响我这边的准备。52 号联络员是个十分有能力的人。他已经为行动提供了必要的设备，任何风吹草动都逃不过他的眼睛。与此同时，52 号始终与卡布保持了联系，而且通过婚姻他已经与卡布建立了亲密的关系。"

布洛菲沉默了大约两分钟，慢慢地点头说："我很满意。至于下一步的行动，金银的处置问题，将由 201 号联络员负责。我们对他有充分的了解，他是一个值得信任的人。经过一番周折，我们的东西将会到达印度，然后在阿拉伯海湾做适当的转向。201 号联络员将会与来自孟买的商团碰面，做关于金条等方面的交易。这些货物将会转送上船，以几乎市面上最高的黄金价格出售，我们得到相应的收入，然后再换成我们想要的法郎、美元或其他比较保险的货币。这些货币将会被分为几份，分别存入瑞士的几家大型银行。它们都会被安全地放入存储箱中，我们将高枕无忧。这些存储箱的号码将会在会后分配给在座的各位成员。从那一刻开始，所有成员能够自由使用那些货币，为了安全起见，也请各位要慎重花费才好。"布洛菲平静地打量在座的成员，然后又说："对这个计划大家满意吗？"

所有人都十分谨慎地点头同意了。18 号，一位电子学专家开始发言了。他有些胆怯地说出了想要说的话，这些人当中很少有这样胆怯的表现。他说："我并不擅长这方面的事，所以我还有一个不清楚的地方。"他总算艰难地表达了自己的观点，接着说："我很担心运送船会不会随时被海军截捕？西方权力机构都很清楚这些黄金的价值，所以，不论是空军、陆军或海军，随时都可以轻而易举地把黄金又收回去，那些空军和海军巡逻队可不是容易对付的。"

布洛菲的声音变得十分耐心地说："你忘记了，我们绝对不会被截获，而且原子弹将会让我们更加安全，直到我们将所有的钱都存入瑞士银行。我已经估算过了，冒险的指数为零，而且绝对不会出现其他的可能性。我们的联络员都在高度探测来自各方面的信息，所以截获我们的船只的可能性微乎其微。我能够想象那些西方权力结构的运作过程和效率，它们会主动为这次行动彻底保密的，因为任何遗漏都会导致恐慌。还有其他问题吗？"

德国部门的一个人固执地说："1 号立即控制 ZETA 地区，这完全能够理解。但他能够有那么大的权力代表你执行这么大的计划吗？可不可以说，在那个领域，他就是最高司令？"

布洛菲仔细思考了这个典型的问题。德国人总是能够绝对服从命令，但总是希望先弄清楚服从的最高权威是谁。德国军人仅仅听从最高指挥官的命令，比如如果认为希特勒是最高的统帅的话，他们也会服从。他坚定地说："我已经向我们的执行组织清楚地下达了命令，我早已向你们宣布过，我现在再重申一遍：经过大家投票选举通过，一旦我死亡或是不能管事，1 号就是我的法定继承者。在终结计划中，我要一直在总部观察来自各方面的报告和反应，他将成为幽灵组织的最高领导者。1 号的命令就是那个地区的最高命令，他的命令你们应该不打任何折扣地执行，就像执行我的命令一样。我希望大家都同意这个决定。"布洛菲的眼神突然变得凝重，环顾在座的各位成员，每个人都表示听从主席的决定。

布洛菲说："好的，就这样。那么，会议就到此为止。大家请放心，我会派人妥善处置 12 号的尸体。18 号，请以最快的速度联系 1 号。因为八点以后，这一波段不会被法国邮政部占用。"

第七章
终 结 计 划

　　詹姆斯·邦德扔掉了一些酸乳酪，然后说："羊奶文化。"他取出一些蛋糕卷，小心翼翼地切成片——那很容易被切碎——然后涂上黑色的蜜糖。邦德将它放到嘴里咀嚼，能够感受到唾液变成淀粉酶的过程。彻底地咀嚼有助于迅速将淀粉酶转为糖，那是人体能量必要的补给。

　　詹姆斯·邦德现在已经了解了这些方面。他不理解为什么之前没有人告诉他这些事情。自从十天前离开灌木岛到现在，邦德从来没有觉得生活是如此美好。邦德的身体能量迅速增长，甚至往常难以忍受的单调的文案工作，现在他也能开心地接受。邦德吃光了所有的食物之后，过了一段时间，他身体的各部分好像都在十分有力量地运转，头脑也变得清楚和灵活多了。邦德现在很清醒，很早就起床，兴致勃勃地来到办公室，他总是很早到达，很晚才离开，这让邦德的秘书罗丽亚感到十分奇怪。由于工作变得更加例行公事起来，罗丽亚不能很早就下班，感到若有所失。从平日的行为能够看出，罗丽亚变得有些愤怒和紧张起来。罗丽亚甚至开始对同在一所办公楼工作的朋友发起了牢骚。

　　罗丽亚的朋友是 M 的秘书马尼班尼，罗丽亚似乎故意掩藏内心的感觉对马尼班尼说："亲爱的，好吧。"马尼班尼已经从咖啡厅拿来了一些咖啡，然后说："邦德先生看起来喜欢那样，自从接受了愚蠢的自然疗法回来之后，已经持续几周了。他好像在为甘地那样的人工作，变得一丝不苟起来。最好糟糕的境况找上他，让他脱不开身，在晚上的时候只能任人宰割——我猜那时候他就会忘记工作上的事情——第二天会觉得不怎么舒服，然后看见他休息一段时间才能恢复原来的状态。我想可能要重新接受所谓的香槟治疗或者其他的治疗。对那样的人来说真是再好不过了。那将使邦德感到十分糟糕，但是至少能够活得像个男人。当邦德变得无比严肃的时候，任何人都无法容忍。"

梅小姐，就是负责邦德生活起居的苏格兰姑娘，她走过来收拾邦德吃过早餐后的桌子。邦德点燃有着超长过滤嘴的、达勒姆的公爵牌香烟。权威的美国消费者协会这样评估这款香烟：焦油和尼古丁的含量是最低的。要知道邦德从十岁的时候就开始吸烟了，对各种烟深有见解。公爵牌香烟没有什么特殊的味道，但是至少要比先锋牌好得多，因为后者是来自美国的"毫无烟草"类的香烟，尽管保护身体健康是头等大事，但它的烟很大，就像有东西正在某处燃烧一样。

可能不怎么满意早餐状况——梅小姐做手势表示有事情要讲。邦德正在看《时代》杂志的新闻。"你能想象到那样的状态吗？"

梅小姐似乎明白了很多，脸上顿时露出兴奋的表情。她十分确定地说："我能够想象到。"梅小姐手里握着酸乳酪盒子，一直看着邦德。梅小姐几乎要用强健的手指将乳酪盒子碾碎了，导致酸乳酪一滴接着一滴地落到托盘里。"詹姆斯先生，可能那样说不是我的职责，但是你现在就像完全禁欲的人一样。"

邦德欢快地笑着说："我知道。你说得没错。但是至少我每天还能吃到这些酸乳酪啊。"

"我不是在说你一点也不吸烟，我是在谈论你应该适当提高吸烟的量。我只是看到你每天吃这些'半流食的食物'。"梅小姐指着托盘上的酸乳酪说。这些话以轻蔑的口气说了出来，好像没有经过深思熟虑就脱口而出了。"这些食物可能是幼儿园的小孩才经常吃的。詹姆斯先生，你不必介意我说的话，但是我比其他人更了解你的生活。其他人现在都在谈论你从医院回来后的状态，都认为你可能遇到了什么事故或者特别的事情。但是詹姆斯先生，我并不是思想陈旧的人。摩托车事故不能够在你的肩膀或者腿上留下任何痕迹。为什么，你的身体上面有那么多可怕的伤疤——对此你完全不必显得十分开心，正如我已经看到的——我们都看出来伤疤就是子弹造成的。当你执行任务的时候，由于参加了危险的搏斗才导致现在的样子。啊！"梅小姐将手放到嘴唇上，眼睛看似目空一切地说："你完全可以提醒我做分内的事情，彻底解雇我，把我从这里无情地踢出去，但是在我离开之前还是要告诉你，詹姆斯先生，如果你想要在各种危险的战斗中获得胜利的话，你最好要对得起自己的胃，保证自己安全返回家门。总不至于让灵车停到你们家门前吧。"

在过去的日子里，詹姆斯·邦德曾经听过梅小姐的告诫，究竟邦德要到地狱去，还是要平静地离开这个世界。现在，面对着耐心的劝说，邦德完全能够理解。邦德做了一个手势，表示要活下去，而不是走向死亡，就是要远离导致死亡的食物。他说："你看看，改变本质的食物——白色的面粉、白色的糖、白色的冰、白色的盐——这些都是食物。无论如何它们就像鸡蛋的蛋白一样是没有生命的，或者已经将所有营养提炼了出去。它们无异于慢性毒药，就像煎过的食物、蛋糕和咖啡一样，老天才知道我们已经吃了多少这样的食物。自从我开始规划自己只吃适当的食物，不再饮酒以来，无论如何，现在的我看起来十分健康，就像获得重生一样。每天的两次睡眠让我感觉非常好。我总是感到身体里有使不完的力气，不再头疼、不再肌肉疼、不再喝得烂醉。好的，一个月之前，至少那时候我不吃早餐，仅仅服用一些阿司匹林和止痛的药片而已。你说得非常好，你这样咯咯乱叫的样子就像可爱的老母鸡一样啊。"邦德友好地抬起了眉毛说："怎么样？"

梅小姐彻底被邦德说服了。她拿起了托盘，走出了房间，在门口处停了下来，然后转过身来。梅小姐的眼里含着泪水，委屈地说："好吧，我能够说的也就这么多了，詹姆斯先生，你说得对错与否还不确定呢。我最关心的是你不要成为不折不扣的禁欲狂！"说完，她走出房间，砰的一声摔门而去。

邦德叹息了一声，拿起了桌上的报纸。邦德说当中年妇女发脾气的时候，总是能够说出就像被施了魔法一样的语言，例如"改变生活"这样的话，并不是要开重要的高层会议，但是非要让人关注最新的消息。

邦德办公室中红色的电话是直接来自总部的专线，现在响了起来。邦德盯着报纸，腾出一只手接电话。随着冷战结束，整个生活再也不像以前了，这可能并不令人感到兴奋。总部很可能重新评估邦德的表现，准备重新发给邦德 FN 来福手枪也说不定。"我是邦德。"

那是来自总部的最高领导的电话。邦德把报纸扔到地板上，就像以往一样将听筒凑到耳边，认真倾听电话里的内容。

"詹姆斯先生，请立刻行动。"

"有什么事情要我去做吗？"

"这是每个人都要做的事情。紧急行动，因为发生了重要的事情。如果你下一周有活动的话，最好全部取消。你今晚就得动身。见到你很高兴。"电话挂断了。

在英国，邦德有自己的私家小汽车。有个有钱的家伙通过电话出售这部小汽车，邦德只用一千五百英镑就买到了，样式虽然有些古典，但是发动机都是最新的。然后邦德将车送到信得过的汽车维修工厂，从车身到内部来了个彻底翻修，这总共花费了三千英镑。汽车行进的时候就像一只可爱的小鸟，也像一枚炸弹。邦德喜欢它胜过生活中遇到过的所有漂亮女孩，如果这个比喻能够生效的话。

　　但是邦德绝对不会沉迷各类汽车。他认为一辆汽车无论多么豪华，只是一个交通手段而已（邦德称之为陆地上的交通手段），只要邦德想要出行，小汽车总会马上冲上街道为邦德服务。

　　现在是9点，还不是交通堵塞的时候，邦德很快驾驶汽车上路了。警察巡逻的时间还没有到，因此他能够按照自己喜欢的方式驾驶，在3点就能够到达目的地。他很快来到圆形的房子前面，开进停车场。在十分钟之内匆忙地接了个电话，然后进了电梯，来到第八层，那就是最顶层了。

　　正当大步进入门廊的时候，邦德感到有些紧张。M的办公室门旁就是通讯办公室，门里面传出机器紧张运作的声音。邦德感到有些不好的事情发生了，难道真要发生地狱般的事情吗？

　　总部的最高领导正站在前面，向秘书严肃地布置行动命令。邦德听到命令的内容涉及与情报部门的交涉，还有很多重要权力机构，例如白宫电台等部门。M还要求命令迅速执行，还表示目前遇到了很大困难。

　　马尼班尼小姐微笑着接受了工作，并时刻提醒自己正在从事重要的工作，千万不能有任何懈怠。她按了一下接待室的按钮，然后说："M，007到了。"然后又对邦德说："你现在可以进去了。"M咧嘴笑着："请提高警惕。"M的门上面的红灯闪了。邦德走了进去。

　　这是充满和平的地方。M轻松地坐在桌子旁边，从宽敞的窗户向外望去，能看到伦敦上空建筑物上面闪闪发光的装饰。他看着邦德说："007，请坐。过来看看这些。"他拿起影印机上的大页影印纸。"你来看看。"M拿起笔开始在上面划来划去，完全无视手肘已经碰到桌子上贝壳底座的烟灰缸。

邦德拿起了最上面那张影印纸。最前面的是信封，上面还有一些指纹，布满信封的表面。

M向旁边看了看，然后说："如果你想要抽烟的话，请便。"

邦德说："M，谢谢。我正在尝试戒烟。"

M回答："太好了。"他把烟斗放到嘴里，深深地吸了一口。接着用他那暗淡的水手般的眼神若有所思地盯着窗户，但是好像什么也没有看到。

信封的顶端写着："最紧急状况。"它是直接邮寄给首相的，地址上写明唐宁街十号。所有内容都经过计算机扫描，并且都传给内阁过目。即便是标点都经过精心研究。邮票上面显示来自布雷顿地区，6月3日，上午8点30分。邦德马上知道这封信可能是在晚上邮寄的，直到昨天下午才被寄出，并使用了最新式的打字机。整个信件给人十分谨慎和正式的感觉，信封的后面除了一些指纹外什么也没有，也没有使用封蜡。

信中的内容同样表述得十分清楚，经过精心排版，内容是这样的：

首相先生：

如果您和空军总部的领导取得联系的话，您应该意识到，或许您将会知道，自从6月2日，也就是大约昨天晚上10点开始，一架英国飞机携带两枚原子弹武器正在如期进行训练飞行。这架飞机就是来自第五

号实验性空军支队的复仇者 O/NBR，当时它就在基地。军事确认部门
得知这些原子弹武器就是 MOS/bd/654/MK V. 与 MOS/bd/655/MK V.。
上面还标有美国空军的号码。说出这么冗长和复杂的号码不是想要让您
感到厌烦，而是要您知晓武器的情况。

这架飞机由北大西洋公约组织中规定的五个飞行员和一个观测员
驾驶。它载着足够的燃料，正在以每小时 600 英里的速度在 40000 英尺
的高空飞行。

这架飞机与那两枚原子弹武器一起，现在都是我们组织的宝贵资
产。飞行员和观测员都已经死亡了，您能够授予我们权力去通知最亲近
的亲戚，本来您的帮助能够保存那架飞机，但是它已经坠毁。当然此事
也需要保密，毫无疑问也要考虑我们组织的利益。

这架飞机和两枚原子弹落在安全地区。你们要提供价值达一百万
英镑的黄金。运送黄金的具体情况包含在附加的联络便条中。进一步的
条件就是黄金的获得和处理不应该受到阻止，由美国总统个人签署的文
件才能保证所有买卖能够照常进行。所有这些都是以整个组织所有成员
的名义提出的。

如果在 1959 年 6 月 3 日下午 5 点之前不能答应这些条件，我们将
会引爆原子弹，向目的地发射。如果在做出此警告的 48 小时之内，愿
意接受我们的条件，但是仍旧没有与我们取得联系，接着发生的事情就
再也不提出任何警告了，说不定世界上的哪个主要城市就要被瞬间摧毁。
那将使无数人失去生命。而且，在发生这样的事情期间，我们的组织将
会在 48 小时时限内与世界做适当的交流。这可能使每个城市都引起巨
大的恐慌，请你们赶紧行动起来。

首相先生，这就是简单、最后的交流。从现在开始，我们将等候

来自您的答复。

幽灵组织

反间谍、恐怖主义、复仇和勒索性的组织

詹姆斯·邦德反复看了这封信，然后放到桌上。他翻到组织发布命令的那一页，上面详细地说明了黄金运送的过程。"西西里的伊塔山的西北坡……三个降落伞……所有飞机和飞行的波段都使用16兆赫……任何反对措施发生的时候都代表交易中止，那将导致两枚原子弹武器像预料中的那样发射。"这个命令的署名和前面的那个是一样的。在每份的最后一行都写着："通过特快专递的方式，将副本发给美国总统。"

邦德将影印纸扔到桌上其他的纸上面。他将手伸向裤兜中取出香烟，现在盒子里面仅仅剩下九支香烟了。邦德抽出了其中一支，点燃了它，狠狠吸了一口，吐出长长的烟雾。

M转动椅子，以便能够正视邦德："怎么样？"

邦德注意到M的眼睛，三星期之前还是十分清澈和锐利的，现在里面却布满了血丝，变得十分疲惫。情况就是这样。他说："M，如果飞机和武器真丢失了的话，我认为确实很危险，幽灵组织也知道引爆原子弹带来的后果。我还认为信中的内容都是真实的。"

M说："国防部也是那样认为的，我也这么看。"他停顿了一下。然后又说，"是的，携带原子弹的飞机失踪了。信中显示的原子弹的型号都是千真万确的。"

第八章
千 钧 一 发

邦德说:"M,究竟会发生什么事呢?"

"愚蠢的家伙,事实上什么也没有说。没有人曾经听说过幽灵组织。我们只知道有些在欧洲的组织相当活跃——我们已经从它们那里购买了一些资料,美国人也那样做了,就在去年,法国的重水科学家曾经被那些人绑架过,组织以此勒索了一大笔钱,收到钱之后把人安全地放了。没有任何名字被提到。所有一切都是通过电台通知和部署的,就是信中提到的16兆赫波段。在绑架事件中,法国政府如期支付了赎金,但是没有人知道幽灵组织的内幕,送钱的时候都是按照规定将钱存放到指定地点,并没有与组织内部的人员见面。当我们与美国人合作的时候,总是有很多复杂的程序,虽然那是极其专业的方式,无论如何我们对最终的结果都很感兴趣。我们都支付了大笔金钱,但是那是很值得做的事情。如果有同样的组织在做这项工作,他们都要有严谨的素质,对此我已经向首相汇报了,但是现在还不知道情况如何。正如信中提到的那样,飞机和两枚原子弹武器失踪了,所有的细节都是千真万确的。复仇者号飞机就是从爱尔兰一直到大西洋地区的北大西洋公约组织培训的飞机。"M伸手去拿那一大叠纸张,翻动着其中的一些纸张。他找到了想要的。"是的,它就是在8点起飞的飞机,预定在2点飞回来。飞机上有五名英国皇家飞行员和两名北大西洋公约组织的观测员，显然都是非常棒的飞行员，但是现在正在核查他们的个人资料。他们都是在正常的职务范围内被委派到这架飞机上的，来自北大西洋公约组织的顶级观测员已经来到这里数月，他们十分熟悉复仇者号飞机，并且每天都在进行必要的演练和研究。这架飞机很显然集结了北大西洋公约组织顶级的飞行力量，无论如何都可以这样说。"M翻到另一页，然后说："飞机一直能在屏幕上观察到，直到到达爱尔兰以西，那个大约四万海拔的地方，所有飞行过程完好。然后，与规定的训练相反，它下降到三万海拔处，最后从空军监视中彻底消失。炸弹总部尝试与飞机取得联系，但是无线电不能传回任何答复，可能不会收到回答了。最直接的猜测就是复仇者号飞机已经撞到横渡大西洋海岸的某架飞机，于是立刻产生巨大的恐慌。但是没有一个公约组织的成员国报道出现这样的问题，甚至也没有做出任何指示。"M望着邦德："这就是事情发生的过程。飞机就这么突然消失了！"

邦德说："美国军方采取行动了吗？他们的远程最新警报系统起作用了吗？"

"那也没能观测到这架飞机的去向。我们目前取得的还是唯一的证据。显然，在距离波士顿五百英里以东的地方，有些迹象表明飞机已经偏离内部航线，到达了某个荒岛上，然后又向南飞行。但是那是另一个比较大的飞行区域——那是从蒙特利尔到百慕大、巴哈马和南美一带的北部区域。美国的飞行联络人员称那些区域是跨越加拿大的飞机出没的地方。"

"说到正在飞行的飞机，听起来好像整个事情运行都十分顺利。这架飞机有可能在大西洋中部向北飞行，是前往俄国吗？"

"是的，或者向南飞行了。从整个海岸线算起的话，大约有五百英里的空间。如果它已经转向飞到欧洲的任何两三个飞行区域的话，就是再好不过的事情了。事实上，到现在为止，世界上几乎任何地方都能够着落。整个情况就是这样子。"

"但是，它是一架巨型飞机，一定需要专业的跑道才可以降落。它或许已经在某个地方着落了。要把那么大的飞机隐藏起来，可不是件容易的事。"

"你说得对。所有这些方面都是显而易见的。到昨天半夜为止，英国皇家空军已经检查了每一个可能的飞机场，包括世界上的所有地方，但是都没有发现那架飞机的踪影。假设被否定了，但是有关部门声称飞机可能撞到陆地上了，例如撒哈拉沙漠，或者其他的沼泽地带，或者大海，或者浅水里。"

"难道原子弹没有被引爆吗？"

"不会的。它们绝对是安全的，直到它们被当作武器使用。显而易见，甚至最直接的着落，就像 1958 年 B-47 在北卡罗来纳州的着落一样，仅仅引爆了炸药的启动装置，而不是整个炸弹。"

"那么，幽灵组织成员将如何引爆炸弹呢？"

M 摆动双手说："他们解释说所有这些都会在国防部的会议上表决。我不理解其中的含义，但是显然那些原子弹就像其他原子弹一样，引爆方式都差不多。它运作的方式就像普通的黄色炸药一样，内部含量也差不多。在炸弹上有个洞，要想引爆的话，拽导火索，只要一拉就可以了。当炸弹受到撞击的时候，炸药很容易引爆，导火索很快就能与炸弹的内部连接起来，从而引起爆炸。"

"因此，那就是人们常说的扔炸弹的方式吗？"

"显然不是。这需要一个懂得专业物理知识的人控制整个装置，但是那时候他能够做的就是松动炸弹上的圆锥形物体。普通的导火索都会引爆炸药，不过需要一定的时间才会点燃炸药，而不是单纯地投掷——那仅仅是将东西扔出去而已，那不是非常难的事情。当然，虽然很重，但是你能够放到大型车辆的后备厢里，例如，正好驾车到小镇，从而创造熔化导火索的时间。然后给你几小时逃离爆炸范围——至少一百英里远——那就是你要做的事情。"

可能会发生那样的悲剧，但是事已至此。那是邦德的工作部门以及世界上所有情报部门都不希望发生的事情。邦德从口袋里面取出了另一根香烟，说道："一个人单枪匹马，身穿雨衣，提着重重的箱子——足有两个高尔夫袋子那么大，如果你喜欢的话，这就是你的任务。负责行李的部门，马上整理好相关用具，城镇里面还有很多灌木。目前没有进一步的答案，如果给上几年时间的话，可能专家能够提供满意的答复。可以说，很多非常弱小的民族都在他们国内秘密从事原子弹的研制和开发工作。显然，这并不是什么隐秘的事情，但是找哪一个国家作为原型可能是困难的——例如第一个制造火药武器、机关枪或坦克的国家。在未来的某个时刻，原子弹可能就像弓箭一样普通。不久以后，弓箭可能由原子弹取而代之。恐怖组织能够使用原子弹来进行勒索。除非诸如幽灵组织那样的计划得到制止，世界才能保持和平。制造原子弹的想法就像幽灵般侵蚀每个具有犯罪倾向的科学家。这些科学家利用化学装置与金属制品，正在谋划制造原子弹。如果这样的人没能被及时制止的话，后果不堪设想，而且将由整个人类来承担巨大的代价。"

"就是你认为的那样。"M评论道："各方面，包括政治，并不能起到举足轻重的作用。但是如果有事情要走向错误轨道的话，首相和总统都不会坐以待毙，但是是否由我们来支付代价，讨论将是无止境的——所有的后果必然都是恶劣的。但是每件事都一定要去做，包括寻找这些人和飞机，以及及时阻止发生可怕的事情。首相和总统都完全同意这一点。世界上的每一个情报人员，包括我们这里，都正在抓紧筹划行动事宜——统称为霹雳计划。飞机、船只、潜水艇，当然金钱并不是最终目标，无论什么时候，只要我们想要，总是能够创造很多。内阁已经组建了特别行动小组和战时工作室。每一个信息都将及时得到讨论。美国人做出了同样的准备。任何种类的遗漏对我们来说都将是巨大的隐患。目前正在最大限度地遏制恐慌的蔓延，之所以变为恐慌，是因为复仇者号飞机的消失——还有上面承载的原子弹，引起了某种程度上的政治争论。这封信还是高度机密。所有日常的探测工作——指纹、布雷顿、书写纸——苏格兰地区的联邦调查局正在进行，所有北大西洋公约组织的情报组织也都在尽可能通力协作。任何纸上的内容都可能产生些许线索——即使几乎毫无用处的单词。这将会与搜查飞机下落的工作分别进行。这些都在以最高机密的状态进行。没有人有能力将两项调查同时包揽。军情五处将会调查所有飞行员的背景，这是调查飞机的常规程序。至于幽灵组织，我们已经向全世界的情报部门请求帮助。就像我们一样，他们也在尽力查找组织的动向。现在各部门都在运作，我们现在能够做的就是坐下来等待进一步的消息。"

邦德又点燃了一支香烟，这已经是一小时之内的第三支了。他好像并没有太在意自己的声音，然后问道："M，我在哪里？"

M好像第一次见到邦德一样奇怪地看着他，然后转动着椅子朝窗外望去。过了良久，才发话："007，在告诉你这些的时候，我承认我们要绝对忠诚首相。我可以发誓，刚才对你说的所有事情绝对不会有人告诉你。之所以那样做就是因为我有个想法，一种直觉，我也希望我的想法能够得到重视。"说到这儿，他犹豫了一下，"由一个可靠的人去执行。对我来说在这个事件中唯一可能的证据就是雷达方面的秘密，我认为最可能的状况就是飞机离开轨道进入大西洋，然后向南飞行进入百慕大和巴哈马。我绝对相信这个证据的可靠性，虽然它可能没有引起其他部门的足够重视。我会花费一些时间研究大西洋的地图，毫无畏惧地决定与幽灵组织较量一下——当然要经过深思熟虑才会采取行动，绝对不会放过有关幽灵组织的任何蛛丝马迹。我得出了确定的结论，决定以原子弹作为行动目标，如果我猜得没有错的话，它们现在应该在美国，而不是在欧洲。一开始，美国人比欧洲人更加在乎原子弹，因此更能证明我的判断。安装使用 2 号原子弹的花费远多于一百万英镑，因此美国目前的考虑将 1 号原子弹定为目标，他们的想法远远超前于欧洲。最后，我猜幽灵组织就是一个欧洲的组织，从信的格式和纸张来看，它是用荷兰的方式起草的，显示了残忍的阴谋。在我看来最可能是美国的，而不是欧洲的城市已经被选为了攻击目标。无论如何，我认为原子弹不会着落在美国本土，可能在靠近美国海岸线的地方——晶体管雷达网络真是太好了——搜寻一下相邻地区可能是最合适的。"

M 看着邦德说："我认为在巴哈马，海岛上面无人居住，四周大多被沙滩上的浅水环绕，仅有一个雷达服务站——只是关注公用飞机的飞行，由当地的部门掌控。向南就是古巴、牙买加和加勒比海，没有值得攻击的目标。那儿离最近的巴哈马岛屿仅仅二百英里——快艇只需花费六到七个小时就能到达。"

邦德打断 M 的谈话说："如果你是对的，为什么幽灵组织会邮寄书信给首相，而不是总统呢？"

"为了安全。为了让我去做我们正在做的事情——在全世界四处搜寻，而不是确认具体目标，从而造成最大范围的影响。幽灵组织可能设定书信正好在原子弹消失的时候到达，从而扰乱我们的思维。可能那些人想要不费吹灰之力地从我们这里拿到大笔钱。第二步计划就是袭击 1 号攻击目标，对它来说那是非常匆忙的事情。在某种程度上将会暴露所在的位置。它宁愿及时收到钱，尽可能快地结束行动计划。这是我的猜测。我们已经逐步推动它使用 1 号原子弹，我想要做些事情迷惑它，从而为我们赢得时间。成功的机会十分渺茫。我只是在猜测而已。"M 将椅子转向桌子这边，"好的，你来办这件事。"他努力地观察邦德的反应。

"有什么异议吗？如果没有的话，你最好现在就出发。你最好尽快预定去纽约的机票。我想使用堪培拉空军，但是我不想你的到达引起任何注意。你是一个富有的年轻人，要到孤岛上寻找一些财产。那就是我给你的行动借口，期望你能够顺利完成任务，好吗？"

"M，好的。"邦德站起来。"我会让一些事情变得十分有趣——就像铁幕攻击一样。我情不自禁地觉得这是个有重大意义的行动，不是谁都能够胜任的。至于寻找财富，那看起来更像一个俄罗斯人的所作所为。幽灵组织获得飞机和原子弹——很明显他们想要金钱——所有这个幽灵组织大吹大擂的做法都让我觉得很不顺眼。如果在那个地区确实有动向的话，东部活动站可能已经获得了信息。M，还有其他安排吗？我在拿骚将会和谁合作呢？"

"政府官员知道你要去，他们已经准备了精锐的警察力量。中央情报局也会委派一个十分干练的人与你合作。记得带上通讯设备。他们可能有我们需要的机器设备。我想得知每一步的行动情况，只对我个人汇报，明白了吗？"

"M，没问题。"邦德没有说更多的话，走出了房间。邦德认为，这看起来像是一个重大的工作，也是上级给他的最重大的工作了，因此并没有对M的猜测做出过多的评论。邦德已经被委派为至关重要的角色，从M和他握手的力度可以想象得到，邦德可能会在那个地方受到磨炼。

邦德走出建筑物，携带了最便捷的皮箱，还有昂贵的照相机，他耸了一下肩膀，松了一下衬衫上的纽扣，然后启动小汽车，上路了。利普从灌木岛的登记处得知邦德家的地址。从布雷顿医院出来，利普就已经派人很小心地跟踪邦德。无论邦德做什么事，他都在监视邦德。邦德现在要直接奔向伦敦机场，然后乘飞机到达目的。利普先生已经安置了人跟踪邦德，在他看来这只是小菜一碟。他是一个无情的、报复心极重的人，在生活中他已经解决了很多与他有过节的人，还有很多可能十分危险的人。利普推断，如果幽灵组织知道邦德的行为，绝对不会反对这些做法。第一天听到邦德在诊所打电话的内容时，利普就知道帮会的计划已经受到干扰，无论程度多么轻微，可以想象红灯帮的人都可能受到追踪。从那里追踪到幽灵组织还有段距离，但是利普知道有些人已经开始做这项工作，并且正逐步展开。因此利普一定要对付邦德。

邦德进入小汽车，关上了车门，这时候只见蓝色的烟从尾气管中排出来，车开始行进。

就在路的另一面，幽灵组织的6号启动了汽车，并十分灵巧地超过了所有的车。他是战后优秀的汽车驾驶员，他的车在距离邦德的车大约一百码的地方，正好能够从汽车的挡风玻璃看到邦德的举动。他不知道利普先生为什么要跟踪邦德，也不清楚邦德在为何人服务。他的工作就是杀死车里面的驾驶员。他将手伸进皮包，掏出一个大手榴弹——比平常的尺寸要大两倍——看好前面的交通状况，并且选好了事后逃走的路线。

要是车到达邮局附近的话，可能会堵塞，很难找路逃脱。6号前面的车开得很快，于是他踩上油门，向前面的目标冲去。现在6号到了邦德的一旁，那个模糊的侧影就是他攻击的目标。看到邦德之后，他举起了手枪。

那是新式的手枪，足以让邦德毙命，现在他正好对准邦德的脑袋，快速射击会减少邦德的疼痛。那时如果邦德加速的话，子弹可能刚好射中他，但幸运的是邦德正好刹车，子弹打到车上，恰好让邦德逃过一劫。几乎就是在那个时候，第三枚子弹射穿邦德的挡风玻璃，险些射到邦德。邦德立刻停下车，刹车的声音十分刺耳。路上的行人发出恐惧的阵阵尖叫。邦德立刻警惕起来，发现有辆车的司机正在朝他射击。那辆车还在紧跟着邦德，就在路的一边。很多汽车的车盖都被枪射到，发出砰砰的声音。路面上顿时一片混乱。工厂的工作算是白费了，很多工程都沾上了污点。人们正在观看发生的事情。邦德将车停到一旁，很快从车里出来。他大喊道："站到后面去！车的汽油箱可能要着火了！"正在他说出这些话的时候，几乎很快就听到震耳欲聋的爆炸声，一团浓黑的烟雾升了起来。车开始起火了，爆炸声传得很远。邦德穿过拥挤的人群，快速跑回总部，他就像正在参加比赛一样，急切希望到达目的地。

邦德接到命令要到纽约，寻找失踪的两架飞机。但是就在那时，总部已经着火了，此刻正在疏散人群，运送剩下的还比较完好的机器。当时炸弹投向的就是总部档案库，很显然，这好像与之前发生的事情没有关系，但是发现了鞋印、枪支和衣服上的纤维，还有一辆小汽车。租赁汽车的人没有可疑之处，那是个戴黑色墨镜的人，驾驶执照上的名字是约翰·斯通，还有一沓钞票。许多人都能够想象到这种骑摩托车的人的样子，但是他似乎没有正式的汽车牌照。当时，他就像刚从地狱中飞出来的蝙蝠一样冲向大街，戴着护目境。除此之外，没有其他的线索了。

邦德对此也无能为力，他没有看到那个驾驶员的模样。那辆车的车盖很低。邦德只是看到一只手拿着手枪不停地射击。

情报部门要求警察局上报发生的事情，M下达命令将报告送达霹雳弹战时工作室。M相当没有耐心地快速地看了邦德一眼，好像这一切都是邦德的错一样。他让邦德忘记已经发生的事情——认为那大概与过去邦德处理的案件有关。可能是以往行动留下的后患们采取的报复行动。如果有时间的话，警察会将此事追查到底。目前关键的事情就是霹雳计划，邦德所能做的是马上采取行动。

当邦德第二次离开总部的办公大楼时，外面下起了大雨。总部内的机械师正在大楼的后面做他该做的事情，他敲碎了已经被破坏的挡风玻璃，清洗邦德车上的污渍。午饭时间到了，邦德准备回家，他将车留在了车库附近，这时电话响了，是保险公司打来的。（他可能太接近卡车了，导致汽车损坏到这种地步。糟糕的是，他还没有获得那辆车的号码。）接完电话，邦德就回家了。洗了澡，换了已经被弄脏的衣服，开始仔细地收拾行李——仅仅一个大皮箱和一个装所有潜水工具的旅行袋——然后走进了厨房。

梅小姐因为对邦德说了很多过头的话，感到有些懊悔。邦德抬起手，"小姐，不要说了。你是对的，如果仅仅喝胡萝卜汁的话，我肯定不能胜任工作。现在我要离开一小时，因为我需要吃些更加适当的食物。如果你还是那么可爱的话，就给我弄点炒蛋——要放四个鸡蛋那种的，再来四片美式的山胡桃熏肉火腿——你真好，但那还不是全部——外加一大杯咖啡，要双份的。所有的食物都放在托盘上一起拿来。"

梅小姐看着邦德，有些惊诧地说："詹姆斯先生，究竟发生了什么事？"

邦德的脸上露出了笑容说："小姐，什么也没有发生。我仅仅突然感到生命是如此短暂。人们步入天堂之前，还有很多时间研究卡路里的问题。"

梅小姐嘴里发出有些不尊敬人的喷喷声，邦德完全没有理会，到房间里面检查自己的行动装备。

第九章

黄 雀 在 后

幽灵组织的终结计划已经开始施行，按照原定的行动部署执行，丝毫没有懈怠。

哥斯普是最好的人选。十八岁的时候，他就已经成为亚得里亚海上的潜水艇巡逻队的副驾驶员，成为精心挑选的意大利空军之一，曾经与狡猾的德国飞机作战。当同盟国逼近意大利的时候，意大利空军使用新式的爆破系统给德国人造成重创。哥斯普知道执行这样的任务是为了自己。在一次例行公事的巡逻中，他仅仅在最短的时间内，使用最少的子弹，射杀了驾驶员和领航员，正中那两个人的脑后，当时正好有大型飞机在水面上巡航，才避免对空舰艇起火。然后，哥斯普将自己的衬衫悬挂在驾驶员舱外，作为投降的标志，准备等候英国皇家空军到达。由于完美地完成了任务，英国和美国都给他嘉奖，他还因此获得了一万英镑的特殊津贴。哥斯普成功地完成了一人抵挡敌人攻击的艰巨任务，为整个军事部门做出了榜样。他在战争中脱颖而出，成为当时最著名的抗敌英雄之一。从那时起，哥斯普的生活总是围绕着美好的光环——先是驾驶员，后来又成为船长，再后来又进入了新的意大利空军，并被授予上校的军衔。他还隶属于北大西洋公约组织，被其任命为六个意大利人组成的先遣队的成员。但他现在已经三十四岁了，在他看来，整个飞行事业已经足够了。他尤其不在乎成为北大西洋公约组织防卫系统的成员。那完全是为年轻人提供发展空间的职位。哥斯普总是对自己拥有的东西十分感兴趣——闪光的、令人兴奋的、昂贵的东西，他总是渴求这样的东西——黄金制造的珍贵物品、名牌衣服和所有他想要的女孩（他曾经经历过一段不成功的婚姻）。现在，他渴望、总是渴望获得更多美好的物质享受。他想走出北大西洋公约组织——走出它的绿色门廊，走出空军总部，从而步入崭新的领域，还想要个新名字。里奥看起来是个刚好合适的名字。但是所有这些都需要新的护照，很多钱，还有"关系网"——至关重要的"关系网"。

幽灵组织出现了，它能够满足哥斯普的所有要求，让他获得想要的东西。哥斯普化名风达，以一个意大利人的身份加入了组织，从那时起，他就是幽灵组织的 4 号成员，一直潜伏在北大西洋公约组织的人事部，常常出没巴黎等地的俱乐部和餐馆。哥斯普就是这样的一个人，已经做好一切准备，等待大鱼上钩。由于总是沉迷于物欲，4 号经常会延误工作。他负责幽灵组织计划中的周转部分，但是已经耽搁了。目前，北大西洋公约组织的各部门都在抓紧搜查工作。哥斯普上了复仇者号飞机的培训课程，最后劫持了飞机。（并没人对他提及原子弹武器，这是古巴革命组织想要引人注意的做法。哥斯普不在乎传言，完全不介意飞机上的东西，只要能够拿到自己应得的那份就可以了。）作为酬劳，哥斯普将会收到一百万美元，可以填写任何名字的护照，能够随意选择国籍。许多细节都讨论过了，布置得相当完美，6 月 2 日早晨 8 点的时候，复仇者号沿着轨道发出刺耳的声音，哥斯普发动飞机，冲向天空。他有点儿紧张，但是十分自信。

哥斯普静静地在座舱里待了一个多小时，看到五个人正在操纵飞机上的刻度盘。飞机起飞的时候，他相当容易地摆脱了那五个人。一旦他自己掌控飞机，就不能做任何事情，只能保持清醒。不料，在东西航道上飞向巴哈马的时候，出现了紧急状况。所有事情都要由哥斯普来决定，每次想要做出选择的时候，他都会写在胸前口袋里的笔记本上。着落需要冷静的心态，但是为了一百万美元，再冷静的状态也得达到。

哥斯普努力放松。他确认和检查了氧气罩，做好准备。接下来，他从口袋里面取出红色的笔记本，到上面查询到底要将阀门旋转多大角度。然后他又把它放回口袋，安稳地坐在座舱里。

"好的，加油，可以享受飞行了吗？"飞行员看起来像一个真正的意大利人。

"确定了，没有问题。"哥斯普询问了一些问题，证实了一下启动过程，又检查了飞行速度和高度。现在座舱中的每个人都放松了，几乎有些昏昏欲睡了。五个小时过去了，飞机就像迷路一样向北飞行。但是哥斯普靠在椅子的金属后背上，不停看着飞机上的表盘。他的右手伸向口袋，碰到了阀门，然后使劲转了三下。他把装置从口袋里面拿了出来，扔到后面。

哥斯普伸个懒腰，开始打瞌睡了。"到上厕所时间了吗？"他十分温和地说。

领航员笑着说："意大利语是那样说的吗？"

哥斯普咯咯地笑了。他走过通道，回到座位，又罩上了氧气罩，将控制开关调到百分百的氧气量，充分活动了下身体，哥斯普变得更加舒适和警觉。

本来预计在五分钟左右才起作用，然而，就在大约两分钟以后，领航员突然双手抓住喉咙，身体向前倾开始呕吐起来。电波操纵员脱下耳麦，身体也开始向前倾，把耳机放到了膝盖上。他向一边倾斜，有点虚脱了。现在其他的三个人继续驾驶飞机飞向天空，虽然操作简单，但是让人感到有点痛苦。副驾驶员和飞行机械师在座位上痛苦地坐着，他们向后倒，四肢张开待在那里。飞行员不停触摸头上的微型电话，想要说一些事，但他的眼睛变得肿胀了，难以睁开。哥斯普看到这种情形，拍了一下副驾驶员。

哥斯普看了看手表。四分钟过去了，又过了一分钟，哥斯普从口袋里拿出橡皮手套，戴上了，将氧气罩紧紧挤压在自己的脸上，然后调整了一下旁边的管道，向前关闭了机舱的阀门。哥斯普向其他人示意，调整了表盘，以便机舱内部的毒气能彻底排出。然后他重新回到座位上，等待接下来的十分钟。

十五分钟对他们来说已经足够了，但是最后他还是多给了十分钟。哥斯普戴上了氧气罩，继续向前飞行，现在比之前开得慢了，因为氧气减少已经使他们有点无法呼吸了，只能安静地靠在座舱上。当机舱的空气被净化之后，哥斯普仍旧观察飞机上的刻度。突然哥斯普移开氧气罩，急促地呼吸了一下。哥斯普没有嗅到特别的气味，于是继续掌控旋转杆，驾驶飞机飞到三万两千米以下，然后竭力保持飞机在飞行航道上飞行。之后，哥斯普又戴上了氧气罩。

巨型飞机不知不觉中已经飞行到深夜。机舱里面只有刻度盘发出黄色的光芒，令人感到安静和温暖。飞机里面异常沉默，只能听到机身发出的枯燥的声音。检查刻度的时候，哥斯普没有放过任何细小环节。

哥斯普再次让负责燃料的人员详细地检查了一下燃料系统，看看是否正常运转。燃料仓中的水分需要抽取出来，做适当的调整。机器的管道温度不能太高。

哥斯普十分满意工作人员的表现，舒适地重新靠在座位上，吞食了一片有镇定作用的药片，然后默默地思考未来将发生的事情。机舱中的电话突然响了起来。哥斯普看了看手表。当然，地面上的飞行控制中心正在试图控制复仇者号飞机。在半小时内这已经是第三次呼叫了。在出动海上飞行救援部队、炸弹指挥部和空军总部之前，究竟飞行控制中心还会等待多长时间？首先可能会有一些限制，或者来自南方救援中心的强制措施。大概他们还要花费半小时，到那时候，哥斯普可能已经顺利飞越了大西洋。

电话不再响了。哥斯普从座位上站了起来，看了看雷达屏幕。他小心检查，但是并没有发现特殊的飞行监视器。如果遇到监视器，哥斯普真能成功摆脱严密的监视不被逮住吗？商业飞机上的雷达视角十分有限，它是一个向前的圆锥形物体。哥斯普能够确定不会被检测到，直到穿过远程早间警报系统，监测结果可能显示只不过是普通的商业飞机，并且允许哥斯普继续在原来的轨道上飞行。

哥斯普重新回到飞行员的座位，一丝不苟地检查刻度盘，让飞机在航道上飞行。在哥斯普后面，躺在机舱地面上的几个人正在十分不安地扭动着身体。飞机运行一切完好，就像在驾驶漂亮的汽车一样。哥斯普想象着想要的汽车和它的颜色。最好不要普通的白色，或者其他怪异的颜色。暗蓝色加上一点红色的镶边可能最好不过了。哥斯普喜欢的东西都能够完好地搭配起来，这种搭配不仅新颖，而且还能得到他人的认同。在墨西哥开着车兜风可能是最惬意的事情了，但是可能有些危险。在参加比赛的时候，如果他获得胜利的话，可能还会上报纸呢！不，他可能要避免任何冒险的事情了。当想要追女孩的时候，哥斯普才会飞速驾驶小汽车。他们在飞行的汽车中快乐地在一起。那是为什么呢？对于那些有着强壮四肢的人来说,那有点被车拘束的感觉。这样开车舒适吗？但是通常都是这样的。十分钟之后开着车到达木头工厂,将女生从车中抱出来,大可尽情地缠绵了。

哥斯普突然从梦境中醒来,看了一下手表。复仇者号以每小时六百英里的速度,已经飞行了四个小时,显然飞机已经飞行很远了。现在美国海岸线已经映入眼帘了。他站起来去观察外面的一切。是的,就在那里,海岸线地图上明显显示还有五百英里远。那个岛就在波士顿,根本不再需要检查天气情况等方面的刻度表了,目的地很快就要到达了。他十分兴奋,转动飞行控制器,向目的地冲去。

哥斯普重新回到座位上,又吃了一片镇定药片,调整了座位。他现在将手放到指针控制器上。他温柔地拨弄指针,飞机按照预定方向顺利飞行。现在飞机在新航线上飞行,重新恢复正常的工作状态。哥斯普正在向正南方飞行,就剩下最后一小段旅程了,还需要大约三个小时。现在需要担心着落的事情了。

哥斯普取出笔记本。"检查巴哈马轨道上面的显示灯,还有附近海湾的情况。准备启动 1 号游艇的海上帮助,一点儿一点儿完成,一点儿一点儿前进,抛弃飞机上不必要的物品,在最后的一刻钟,就在离地面大约一千英尺的地方减少飞机重量,降低飞行速度。然后检测红色的指针,做最后的准备,按照规定减速,调整高度,选择着落地就可以了。水深将会是四十英尺。你会有很多时间从机舱逃脱,然后乘上 1 号潜艇。那是巴哈马空军飞行总部的潜艇,在第二天早晨 8 点 30 分的时候带你去迈阿密,完成剩下的飞行任务。1 号还会给你一千美元现金或者支票,合适的护照,名字是里奥,身份是公司主管。"

哥斯普看了地址、路线和速度。拿骚在晚上 9 点的时候,出现了满月,云彩就像毯子一样，飘在下面距离哥斯普一万英尺的天上。他仔细调整了飞机的照明系统，检查了飞机燃料，后面的四百英里还需要五百加仑左右的燃料。飞机由于失重，飞得很慢，现在又回到三万两千英尺了。还剩下二十分钟的飞行——该思考下落的问题了……

飞机沿着云层向下飞行，北部和南部的灯正闪烁着苍白的光芒，与寂静海面上月亮的银色光芒交相辉映。他们确实没有遇到限制，看来哥斯普获得的来自美国大陆的海上报告是完全正确的："死一样的安静，来自东北的光亮，能见度良好。"哥斯普检查了电台上发出的信号，也得到了确认。海面看起来就像坚固的钢铁一样平滑。一切都进展得十分顺利。哥斯普按照规定飞上了67号航道，请求1号的海上帮助。刚开始，没有回音，他有点儿恐慌。过了一会儿，终于能听到了，虽然有点儿弱，但是声音很清晰——一点儿——一点儿——前进，一点儿——一点儿——飞行。现在就是准备下落的最好时机了。哥斯普开始将飞机减速，放下了四个轮子。飞机开始俯冲。电台上的指针也开始晃动，显示处于非常危急的状态。哥斯普看了看指针和下面的大海。当地平线消失的时候，他还有一些时间。还有很多时间思考如何逃离月光照耀的水面。后来，他上了一个黑暗的小孤岛。哥斯普为自己加油，飞机上显示高度是两千英尺。他从向下的俯冲中恢复到以往的稳定状态。

现在1号的指路电波正在大声地、清晰地逼近。很快，哥斯普看到了正在闪烁的火把，大概有五英里那么长。哥斯普尽量排除飞机的噪声。现在开始准备了！肯定很容易就能做到！哥斯普的手指仔细拨弄控制器，好像那就是女孩身体上的某个部位一样。五百英尺，四百英尺，三，二……正好落入红色火把区域。哥斯普成功着陆了吗？不要担心，飞机逐渐下降，哥斯普立刻关掉开关。飞机的机身开始快要接近地面了，发出了巨大的噪声！着落！再次尝试，成功！

哥斯普将手从控制器上慢慢地拿了下来，看到了机舱外面的气泡和波浪。感谢上帝他做到了！他，哥斯普已经成功做到了！

现在到了鼓掌的时刻了！现在到了拿到自己报酬的时刻了！

飞机慢慢地下落，机身外传来气流撞击发出的嘶嘶声。哥斯普打开了身后固定座位的金属装置，在机舱里面轻松地行走。水流就在脚下，甚至还能看到水面上皎洁的月光。哥斯普走到了飞机的后部，打开机舱的盖子，将指针拨到紧急状态的位置，然后把上面的手柄拽了下来。门向里打开了，哥斯普走了出来，沿着飞机的两翼小心地出去了。

大船上面的附属小艇几乎紧挨着飞机，上面大约有六个人。哥斯普高兴地摆手，还向他们大喊。其中有一个人举起手回应他。这个人的脸，在月亮照耀下就像蚕丝一样白，安静而好奇地看着哥斯普。哥斯普想：这些人也太严肃了，就像例行公事一样。通常都是那样的，他掩饰住内心的喜悦，变得严肃起来。

船就在飞机的两翼旁，现在几乎要被水覆盖了，一个人爬上飞机的两翼，然后向哥斯普走来。他是一个又矮又胖的人，用僵硬的眼神看着哥斯普。他小心翼翼地走着，脚步十分有节奏，膝盖适当弯曲以保持身体平衡，左手弯曲着。

哥斯普高兴地说："晚上好！晚上好！我很好地完成了飞机驾驶的任务。"在很久以前，哥斯普就已经想好了胜利时候该说的话。"请站在那里，别动。"那个人抓住了哥斯普的手。

从快艇上下来的人紧紧抓住哥斯普的手，将它绑紧，然后使劲地拽了拽。哥斯普的头部好像被重物迅速重击了一下，他很快昏了过去，先是看到昏暗的月光，最后失去了意识，什么也不知道了。

杀手拿着匕首，小心地在海水中冲洗，还在哥斯普的后背上擦了擦。然后拽动尸体，一直拖到逃脱口处的水面下。

　　凶手沿着机翼涉水回到舢板，伸出一只大拇指，这是一句无声的报告。这时，舢板上已有四个人戴上了氧气面罩，然后一个跟着一个跳进海水里去。最后一个人跳下去后，管理引擎的机械师小心地放下一只大型海底探照灯，松开缆绳，然后按预定时间打开了灯。顷刻之间，灯光把大海和浸在水中的庞大机身照得通明。这时，那个机械师握住引擎操纵杆，从空车推到倒车的齿轮上，让舢板离开飞机大约二十码远。终于他停止倒车，同时关掉了引擎。然后他很悠闲地从衣袋里取出一包骆驼牌香烟，敬了那个凶手一支。凶手接过香烟，把它撕成两半，一半塞在耳朵后面，将另一半点燃了。

　　此刻，那个杀手居然如此镇定自若，毫无心虚之态。

第十章
深海探宝

在游艇的甲板上，1 号取出了夜视镜，然后又从白色夹克的上衣口袋里拿出一块手帕，轻轻地擦了擦前额与眼镜腿，接着又深深地呼吸了一下外面的空气，这让他觉得生活是如此美好。现在他准备坐下来吃饭了——在拿骚地区的每个人都按照西班牙时间生活，在 10 点之前有鸡尾酒服务，还能够与客人极其无聊地谈天说地，在地下赌场可能还有很多精彩的比赛，各种各样的酒吧和俱乐部在夜间都相当热闹。这些行动真是完成得很漂亮，就像时钟一样有条不紊！想到这儿，1 号心里有些得意。

看了看手表，正好是 10 点 15 分。飞机迟到了三十分钟，这让他等得很不耐烦。意大利飞行员已经被妥善处置好了——他叫什么名字？——现在他们的整个行动都推迟了十五分钟。如果要使用氧乙炔来引爆炸弹的话，他们将很快采取行动。但是正如之前预料的那样，没有发生任何故障，黑色八小时总算过去了，一切都达到了最佳状态。

1 号从甲板上回到雷达控制室，在那里他嗅到了紧张的气息。"有来自拿骚控制塔的消息吗？降低飞行高度的飞机有什么最新报告传来吗？坠入大海了吗？那么继续检查，请给我转接 2 号。请迅速行动，现在仅剩下一刻钟了。"

1号点了支香烟，看着整个快艇的中心控制装置正在良好运行，包括扫描、窃听和搜查。联络员不断地确认和尝试调整指针，以与世界上其他电台保持联络。突然，联络员举起了大拇指。1号来到无线电中能够通话的地方，将嘴凑到话筒旁，然后说："我是1号。"

"2号收到。"话筒那边的声音听上去时断时续的。那是布洛菲，没有错！1号知道那种声音完全不同于记忆中的父亲的声音。

"10点15分，成功完成任务。下一步是10点45分，请继续。再见。"

"谢谢！开始行动。"声波中断了。通话时间显示45秒，刚好在那个安全的波段，通话没有受到任何窃听。

1号从雷达控制中心走了出来。B队的四个人还戴着水肺，坐在那里吸烟。舰艇的水下阀门开着，海水极其清澈，月光直接照到水下白色的沙子上。站在阀门口的人端着咖啡，很惬意的样子，所有人看起来都很轻松。1号说："整个任务完成得很好，恢复部队正在有效工作中。看起来离最终的结果越来越近了。运送原子弹的设备都准备好了吗？"

有人将大拇指向下指了指，"它们就在下面，很快就能看到了。"

"好极了。"1号朝那个拿着咖啡杯的家伙满意地点头。"其他的设备也都准备好了吗？"

"那些支架能够支起两倍重的东西。"

"水泵呢？"

"都在待命中，七分钟之内就能到位。"

"好，很好！等着吧！那将会是一个漫长的夜晚。"1号上了铁梯，回到甲板上面。他不再需要夜视镜了。快艇开始向右转，以避免抛锚带来的麻烦。红色的照明灯越来越近了，大型探照灯也在发挥它应有的功效。在海面上航行的快艇要完成任务了，但是加速器是否能够支持快艇顺利到达还是个问题。发电机上的刻度显示可能会有危险的状况发生。

最近的孤岛有五英里远，那里荒无人烟，除非有人半夜还跑到上面搞什么野餐派对。快艇停了下来，开始搜查到达指定地点的路线。所有情况都尽量计划了，也做了最大的努力，所有的准备工作也基本到位，若是还发生什么不测的话，那就没有办法了。1号急匆匆地从甲板上走到快艇的电表显示房间。

1号就是罗尔，四十岁左右，高大而帅气。他是罗马人，长得也确实像罗马人——不是今天的罗马人，而是古时候神圣罗马帝国时代的罗马人。这个高大身材、细长脸的人有着尖尖的下巴。与那双坚毅的棕色双眼形成鲜明对比，罗尔的嘴唇很厚，还有很多褶皱，那完全就是一个好色之徒的模样。他的一对大耳朵几乎要竖起来，对正在发生的事情显得十分震惊。

罗尔看起来有些焦虑，但仍然保持冷静，若有所思地拨动着头发，好像在思考下一步的具体行动。他曾经在意大利参加过战斗，同时还是奥运会上的游泳健将，并赢得过拿骚举办的滑水项目冠军。最为可观的是他那双宽阔有力的大手，它们的大小几乎是常人的两倍。现在舰艇上的所有人都在关注这位领导者的举动，希望听到进一步的行动命令。

罗尔是个冒险家、掠夺者和放牧者。两百年前，罗尔是个海盗——也是个声名显赫的人物，几乎没有一本海上书籍不提他的名字，为了寻宝他杀人无数，而且总是喜欢割断人们的咽喉，瞬间使敌手丧命，手段极其残忍无情。但是历史上的罗尔是个有勇无谋的人，总是听信他人的摆弄，甚至没有到过世界上的其他地方，真是相当遗憾。现在的罗尔不同。他有冷静的头脑和刚毅的性格，凡事总是三思而后行，时常能够在内心充满仇恨的时候依然保持清醒的头脑——从战后他能够在那不勒斯的黑市交易中崭露头角就能看出来，做了五年的走私生意，居然丝毫没有被官方察觉。发生在法国的著名的大型珠宝抢劫案，就是幽灵组织中包括他在内的五个成员发动的。罗尔是个处心积虑的人，凡事总是比常人考虑得全面，也是幽灵组织中的资深长者。他可以说是绅士们的表率，甚至是世界上所有女孩的梦中情人，任何上流社会的活动场所总是能够找到罗尔的崇拜者，在四个大陆地区都能看到罗尔出没的身影。罗尔出身于著名的罗马家庭，所有的财产都是从家族继承的，这位家族唯一的继承人十分幸运。另外罗尔还没有结婚，这也为他带来了很多机会，警察局没有任何污点记录，他总是洁身自好、冷酷无情，好像从他身上找不到任何破绽。他是幽灵组织中最完美的人之一，也是十分富有的拿骚人，终结计划的最高指挥官。

甲板上的人走进 1 号所在的房间。

"大家都准备好了，所有的设备也正在运送途中。"

"谢谢。"所有工作人员都极其兴奋。无论遇到多么紧急的状态，无论多么危险，罗尔总是能够保持高度的清醒。他一边思考即将采取的步骤，一边尽量克制情绪，这些都是他个人意志力范畴之内的事情。罗尔发现他的性格对跟从他的人产生了很大的威慑作用，他们对他绝对忠诚，并且信任总是高于服从。另外，罗尔是个有预见性的人，凡事喜欢揣测，从来不会让自己情绪失控。现在也是如此，听到这么令人兴奋的消息，罗尔故意掩饰内心的喜悦，任何人都无法看出他心里的想法。

新式的水下装备出现在快艇上。在战争期间，它还用于意大利作战，不过这是一个需要两人并肩协同作战的装置。如今经过公司改装——该公司曾经是最初发明一人潜水艇的著名公司——现在支起的水下支架，足以支撑或运输水下沉重的物体。

探照灯依旧在正常工作，几分钟过后，重新照在船体上。对罗尔来说，亲眼看着两枚原子弹出水是计划中的事。其实，罗尔也没有别的选择。前进过程中，探照灯再次出现，还是搜查先前经过的目标。现在支架已经承载了重型货物，刚好适合水下复杂的地形，那里有丰富的白沙和珊瑚礁，并且到处都是，好像能够将整个失事的飞机全部掩盖。

运输设备的过程相当顺利，大家小心翼翼地工作着。八个工作人员都经过了严格训练，并通过了许多超乎常人的惊险测试，现在他们正有条不紊地进行着终结计划。罗尔显得很兴奋，经过数月的准备和辛勤耕耘，现在所有的付出都有了回报。

明亮的灯光在距离快艇不远的水面上，一个接着一个迅速闪过。那八个工作人员浮出水面了，透过月光，能够清楚地看到他们脸上的玻璃面罩。机械师和德国杀手帮助他们上了船，水下的手电筒也关闭了开关，而发动机还在发出刺耳的轰鸣。小船快速回到快艇上，回到起重机所在的地方。所有设备都经过了一番精心检查，发动机和所有工作人员也都上了船。

船长走过来，站到罗尔身旁。他是一个高大、阴沉、瘦削的人，也是加拿大前海军成员，后来因为酗酒和违抗命令被开除。有一次他不听从罗尔的命令，罗尔就将一个椅子砸到他的头上，从那以后，他就成为罗尔忠诚的服从者。那件事，也让他明白了不服从纪律的代价。现在他说道："一切都准备好了，可以启航了吗？"

"所有队员都满意吗？"

"他们都很满意，没有任何反对意见。"

"首先让他们喝点儿东西，然后告诉他们好好休息。大约一小时之后他们还会再出去一趟。让克兹和我说话。准备五分钟后启航。"

"好的。"

物理学家克兹的眼睛在月光下变得更加明亮，罗尔已经注意到他有点儿恐惧，好像还有些发烧。他努力让那个人重新恢复冷静，所以语调显得有些欢快，"好的，我的朋友。你满意你制造的那些设备吗？工厂已经送给你想要的所有东西了吗？"

克兹嘴唇颤抖着，几乎要流下兴奋的眼泪，高声回答道："那真是惊心动魄！你完全想象不到。像这样的武器，我从来没有梦想过能够得到。简单来说——安全！甚至孩子都能够操纵这些东西，并且毫无危险。"

"摇篮能够装下那么多孩子吗？你有空间做那项工作吗？"

"是的，你说得对。"克兹现在高兴得几乎要拍手祝贺。"没有任何问题，一点儿也没有。导火索将会很快点燃，那是十分简单的事情。现在已经有人在矫正这些导火线，我正在适应导螺旋。它们是相当便捷的设备。"

"需要两个插头——你正在告诉我关于点火器的事情吗？它们是安全的吗？潜水员在哪里能够找到它们？"

"它们都在飞行员座位下面的铅制的盒子里面。我已经证实过了。到时候只管操纵就可以了，十分简单。当然他们要与隐藏的地方保持一段距离。橡皮袋子可是十分显眼的，我已经证实过它们的质量非常好，而且还是绝对防水的。"

"没有辐射方面的危险吗？"

"目前还没有。所有的东西都在铅制的盒子里面。"克兹耸了耸肩说："当我与那些魔鬼般的东西打交道的时候，会十分小心，并戴上必要的安全设备。我还能准确判断各类信号，总之我知道要做什么。"

"克兹，你是一个勇敢的人。除非万不得已，否则我绝对不会离开这些危险的东西，就像我重视性生活一样。因此你对所有的准备都满意吗？你有什么疑问吗？有东西还落在飞机上吗？"

克兹尽量控制住自己的情绪。他已经被一连串的消息吓怕了，好在他坚信技术上的问题都在自己能力范围之内，所以现在他不再那么紧张了——几周以来他总是紧张兮兮的。如果知识不够丰富的话，所有这些危险的计划很可能会泡汤！假设残忍的英国人已经发明了某些崭新的安全装置、秘密控制武器，克兹也不可能全部都清楚！但是，就在计划执行的时候，他成为首当其冲的人物，绝对不是像找寻财宝那样简单，成败好像都在一念之间了。克兹确信，如果没有什么意外发生，应该不会出现问题了。每一件事都完好地进行，所有的行动只不过都是按照计划实行而已，不会有太大的出入。所以，克兹才会胸有成竹地说："不，不会有任何问题的。一切都准备好了，我会努力将任务完美完成。"

罗尔看着甲板上这个消瘦的身影，若有所思。科学家有时候就像奇怪的大鱼，除了科学之外什么也不知道。克兹先生通常无法看到很多危险的事情，可对他来说，旋转几个螺丝很可能就是他最后的工作了。除掉他也是十分容易的事情，但是现在还不能那样做。当使用武器的时候，罗尔还需要克兹的协助。但是，克兹却是如此容易绝望的小人物，几乎就是一个歇斯底里的人，罗尔不喜欢这样的人在身边。他们贬低了罗尔的精神特质，他们总是带来不良的运气。克兹先生可能会在动力工作室找到合适的工作，那里总是十分繁忙，毕竟是在别人看不见的地方。

罗尔进入驾驶员的座舱，船长正在那里掌舵。罗尔说："让我们出发吧。"船长将手放到身旁的按钮上，按了下去。起先有点儿慢，一会儿的工夫就有乘风破浪的感觉了。

快艇是由意大利的建造者用氢氟酸设备专门为幽灵组织的罗尔打

造的，那个公司是世界上唯一一家将通讯系统和潜艇设备巧妙结合起来的公司。结果使得整个快艇的性能完全超出正常状态的一半，能够以四百英里的时速和最大的吞吐量行进。它价值二十万英镑，以这样的速度和承载量行进的快艇，它还是世界上唯一的，而且很多地方都需要专业人士才能完美操纵。

建造者声称这种类型的快艇就是特地为幽灵组织打造的，也十分值得珍藏。在意大利，它以高度的稳定性创造了很多水上神话，它不仅不会引起通常的磁场振动，而且还会避免不必要的水压——所有的特征都令人向往。对罗尔来说，这样的交通工具，便于他顺利逃脱任何可能的探测。

在六个月之前，这个叫作迪斯科的快艇已经顺利通过南太平洋，这也成了一次轰动佛罗里达水域的事件。在巴哈马地区，罗尔已经成为世界上著名的"百万富翁"，并且是"拥有所有东西"的百万富翁，能够到任何地方去。他在迪斯科上面进行的快速而神秘的航行，令水下的游泳者钦佩。逐渐地，罗尔已经将秘密泄露出去——在聚餐或派对场所，很多时候都在不知不觉中泄露一些秘密行动。这次行动是极其重要的寻宝活动，也是具有重要意义的行动。在十五或十六世纪，很多西班牙大帆船由于遭遇珊瑚礁而沉没，人们从海里发现了很多海盗们的藏宝地图，失事的船只也陆续被发现。罗尔按兵不动，仅仅在等候水上旅行季节的到来。夏天的水面比较平静，然后他的所有合伙人将会从欧洲各地赶来，这时各项工作也就会加紧运作了。就在两天前，十九个合伙人已经从不同的地方来到拿骚地区——从百慕大、纽约、迈阿密等地赶来。这些人表面看起来相当乏味，好像都是些心机很重的、努力工作的商人，十分喜欢这样具有赌博性质的工作。在拿骚要花费几周的时间和达布隆，追寻他们想要的东西。那天晚上，所有的人都上船了，迪斯科快艇开始行进，当它得到批准开始出发的时候，天已经变黑了，美丽的黑夜与白色的快艇成为海岸上壮丽的景观。

向南的航行被认为是极其合适的，因为巴哈马南部地区据说有很多财宝等待人们发现。向南的航行需要经过一些孤岛。当时西班牙帆船总是努力躲避海盗与英法舰队，就在这里，著名的大船在1968年沉没了，船上有大约一百万的达布隆。在1964年也有一艘船沉没了，后来在1719年相继又有两艘沉没了，上面分别有一百万和五十万英镑，以及很多财宝。

每一年，都有很多寻宝船在巴哈马南部出没。没有人能猜测究竟有多少，以及都有哪些船只搜索到了财宝。但是在拿骚的每一个人都知道，1950年确实有两个拿骚商人从中受益，这也为拿骚的海上事业做出了重要的贡献，各个部门长期以来都在关注那片海域的动向。因此，所有的拿骚人都知道还有很多财宝没有被发现，但拿骚人听到迪斯科号快艇启航时，他们都十分明智地点头表示赞同，向南航行是正确的选择。

在迪斯科号离开的时候，月亮还没有出来，但它还是毅然在水面上无所顾忌地航行，直接冲向目的地。现在，它已经航行了一百英里，已从人们的视线中消失。当拿骚人再次听到它的发动机的声响，几乎是拂晓了，声音好像是从南方发出的。

罗尔站起来，弯腰去查看船上的刻度表。无论在任何天气，它们都能够正常运转。目前它们依然没有任何问题，是的，所有的一切都指向完好的位置，它们都在正常运转。五十英里过去了，大约花费了一个小时。罗尔告诉船长要保持快艇的速度，然后到下面的雷达控制室去了。现在是11点15分。

多哥岛到了，它也就两个网球场那么大。上面布满了大片大片的珊瑚礁以及海上常见的植物，另外还有很多螺旋状的棕榈树。多哥这个名字源于著名的海上危险之源，很多渔船只有在它的保佑下才能够安全航行。白天，它为人们指明前进的方向，夜晚的时候则像房子一样给人安全的庇护。

迪斯科号快艇很快上岸了，它慢慢地靠在水边，将绳索绑在巨大的岩石上面。它的到达掀起巨大的波浪，不停地敲打和冲刷岸边的岩石，又在顷刻间恢复了平静。铁锚慢慢地沉向大约水下四十英尺的地方。罗尔从船上走了下来，四个人为他打开了水下阀门。

五个人都戴着水肺。罗尔手里还拿着一个巨大的水下用的电子手电筒。另外的四个人分成两个小组。每个小组都适当地休息了一下，身上有些设备令人感到十分不便。

水冲过来，又冲过去，一个浪头打过来，险些将他们淹没。他们从座位上滑了下来，从阀门口往外走。罗尔在前面，那两组人跟在后面，适当地保持着距离。

罗尔起先并没有打开手电筒，那是不必要的，因为可能会引来一些愚蠢的、焦躁的大鱼的注意。还很有可能招来鲨鱼或梭鱼——虽然他们无心打扰它们的日常生活。因为手电筒未开，其中一个人显得有些胆怯。

他们在月光下谨慎地游着。没有发现什么，但是内心都感到有些空虚和寂寞，海岛上面的珊瑚礁岩石隐约可见。月光，作为大海的忠实热爱者，在水面上温柔地摆动着。珊瑚树虽然有些暗淡，但是就像谜一样让人神往。它们在神秘的水下世界中是毫无害处的。虽然罗尔以前从未经历过这样的事情，但是他自信能够带领队伍完成任务。从露天的地方可以看出飞机已经彻底沉没。通过探照灯能够清楚看到飞机的全貌，还有可能存在的危险——这就是罗尔带领两个小组一起探测的原因。他也想知道两枚原子弹武器是如何储存在这架飞机上的。如果有些地方操作失误的话，后果就不堪设想了。

小岛的下面不时地被波浪侵蚀着，从下面看，就像个巨大的蘑菇。在珊瑚礁伞状结构的下面，有一个宽大的叶脉，上面盘绕着一些黑色的东西。罗尔向它走去，他把刚才关闭的手电筒打开了。伞的下面有些黑暗，手电筒的黄色光芒照亮小岛上的珊瑚群。阵阵海风吹来，给人十分惬意的感觉。从灯光中还能够观察到海岛上各色的植物和沉积物，景色十分壮观。

罗尔整理了一下脚上携带的东西，尽量使身体保持平衡，然后攀在岩石上不停地向四周环顾。后面的两个小组也都站稳了脚跟。罗尔示意他们在岛上继续行走，并用手电筒指示出前进的方向。水下的洞穴大约有十码长。罗尔带领队伍，一个接着一个地通过那些小洞穴，可能那些地方埋藏着不同种类的珠宝，在暴风雨来临的时候，这些地方都是很好的避难所。显然，这里绝对不是经过这儿的渔夫仅仅用来看风景的地方。

经过检查，罗尔发现结果相当令人满意。当他有需要的时候，武器正好为他准备好了。与此同时，原子弹产生的辐射可能被这些巨型岩石，以及与拿骚一百英里的距离隔离。罗尔的随从人员和快艇都不会受到影响，就像洁白的雪一样，不会有任何瑕疵。这五个人经过艰难跋涉回到船上，进入船的阀门口。随着一声轰鸣声，迪斯科号快艇缓慢地升到水面上，漂亮的快艇在海上行驶，就像在空中飞行一般。

罗尔卸下了身上的装置，在腰部围上了毛巾，向雷达控制室走去。

他已经错过了夜间的电话。对布洛菲来说，现在应该是早晨 7 点 15 分。

罗尔一想到这些，开始打电话联系布洛菲。布洛菲可能正发狂似的坐在电话前面，也许连胡子都没来得及剃呢。在他旁边可能有杯咖啡——已经不知道喝了多少杯了。罗尔似乎都能够嗅到咖啡的味道。当所有的紧张都逐渐消失以后，马上布洛菲就能够打车直接去做土耳其沐浴了。至少，他可以安心地睡个好觉了。

"我是 1 号。"

"2 号在听。"

"第三阶段任务完成了！第三阶段任务完成了！成功了！这里是白天的 1 点。就这些。"

"我很满意。"

罗尔放下了话筒。他自言自语地说："我真是好样的！还有 45 分钟我们就可以回家了。现在除非魔鬼，否则谁也无法阻止我们。"

罗尔回到休息室，喝了一大杯喜欢的饮料——那是里面含有樱桃的法国高级饮料。

罗尔一口气喝完，从瓶子里面取出一颗樱桃，将它放进嘴里，然后走上楼梯。

第十一章
双 面 伊 人

拿骚，巴哈马的首都。

拿骚市的议会大街坡度很陡。一个姑娘驾驶一辆宝石蓝 MG 型双人小轿车从上面俯冲而下，正要转入海湾街时，横巷里冲出一辆马车，差点儿撞上小轿车。那匹老马吓了一大跳，猛然四蹄扬起，惊嘶一声，老车夫连忙勒住。那小轿车也在行人道边停住，驾车的姑娘从车里走了出来。这是一个明艳动人的姑娘。

"我老伴的鼻子差点儿都被撞扁了，小姐！你该慢点儿开的呀！"老车夫嚷着。

姑娘双手叉腰，一副很生气的样子，似乎她从不曾被人这么指责过："你最好也不要闭着眼横冲直撞，这儿是马路，又不是溜马场！应该把你连同那辆破车赶到草地里去。"

那个黑人老车夫一下子张口结舌，只好自己打了个圆场："好了，好了，小姐！算我不对，算我不对，好不好？"说着鞭子一扬，马车动了。但他仍然回过头来直盯着那姑娘："真是个美人儿！"

詹姆斯·邦德站在二十码外，这一切尽收眼底。对于这位姑娘，他的看法和车夫一样：美艳绝伦，并且口齿伶俐。但是，邦德所知道的远远不止于此，他知道这姑娘是谁，而且他的第一个目标就是这姑娘。

马车开走后，姑娘回身走到路旁那间烟草店。只听她对那店员说："不，我告诉过你，我不喜欢那种海军牌香烟。我告诉你我要的是一种让人吸了就想吐的香烟，我吸烟的目的就是戒烟，你们这儿难道就没有这种烟吗。"

拿骚商人经常会碰到这种疯疯癫癫的游客，他们的店员非常有涵养，对客人的无理要求也会心平气和地回答。那店员说："好吧，小姐……"然后，转过身，懒洋洋地到货架上去找那还没有被生产出来的香烟。

"这不是戒香烟的好办法！"姑娘的背后响起了邦德的声音。

姑娘回头看着邦德："你是谁？"

"我叫邦德，詹姆斯·邦德，是戒烟方面的世界权威，因为我戒过无数次的烟。你今天碰到我这戒烟专家，是你的运气！"

姑娘上下打量着邦德。她过去在拿骚没有见过这个人，分明是个新来者。拿骚的天气如此燥热，但这人仍然穿戴得整整齐齐，态度冷静、精明，让人对他很有好感。于是她的心理防线解除了。"噢！真的？让我听听你的戒烟秘诀。"

"戒烟的唯一秘诀，就是不抽。而且一旦戒了，就不要再抽，否则，你还不如改抽一种比较温和的香烟。"邦德下命令似的向店员说："拿一包过滤嘴公爵牌香烟来！"邦德接过就交给姑娘，"试试看。初次见面，算是我的见面礼。"

"噢，但是我不能。我的意思是……"

但是邦德已经支付了香烟的钱，然后还为自己买了一包，放到单排扣的上衣口袋里。他拿回了零钱，跟着女孩走出商店。他们一起在长条形的天蓬下面站着。交通十分拥挤。路面上的交通灯不时地指向商店门口，昏暗的光芒使得两人都能够看清楚对方的脸。邦德说："恐怕戒烟要和戒酒一块儿进行。你想两样同时进行，还是分开进行呢？"

女孩以戏弄的神情看着邦德，说："邦德先生，这太突然了。好的，那好吧。但是要到城镇以外的地方。这里太热了。你知道蒙田要塞外面的码头吗？"邦德注意到她正在向街道上面张望。"来吧，那很不错，我会带你去那里。别介意我的车，可能会让你感到舒服一点儿。"

她的皮质衣服很热，但是邦德似乎并不在乎当时的温度——哪怕足够燃烧他所有的外套。这是在城镇中的首次艳遇，邦德已经将女孩抱在怀中了。她是一个非常好的女孩，邦德很喜欢她。他们一同向目的地驶去。

女孩向邦德做出非常友好的问候姿势，身上的黑色丝带在风中飘动，十分迷人。丝带上面印有金色的字："我欢快的迪斯科。"她的丝质衬衫是蓝色和白色相间的，让邦德感到如炎热夏天的早晨一般的清爽和惬意。她的手上没有戒指和珠宝，只有一个黑色表盖的手表。她的凉鞋是白色的，与上衣十分相衬。看到这些外貌特征，邦德已经比较了解这位女孩了。

她的名字叫韦塔利，出生在意大利，有点儿奥地利和意大利混血。她已经二十九岁了，专业是"演员"。她是在迪斯科号行动前六个月到达的，完全可以理解为她是快艇的女主人，也就是罗尔的女人。"淫妇、妓女或娼妓"并不是邦德平日里形容女孩的词语，除非她们就是专门跳钢管舞或者在妓院里出卖肉体的人。警察局和移民局等部门都称她们是"意大利淫妇"，这也是邦德的判断。邦德现在知道他是对的。这是一个独立的，还有权威和个性的女孩。她可能喜欢富有、奢华的生活，但是对邦德来说，那是女孩本身具有的特性之一。她可能和男人睡觉，显而易见她做了，但是可能由她来主动决定情况，而不是由男士来做出决定。

女孩们总是非常谨小慎微，凡事讲求安全第一，但是她们很少优先提出要求。通常情况下，邦德将搭讪看作疯狂的冒险，他总是采取很多方式让对方觉得有很大的选择空间，从而时刻为意想不到的事情做出准备。邦德认为，一辆车里倘若有四位女孩，就是具备潜在危险的局面，就算只有两个也已经让人无法忍受。很多女孩在同一辆车里很难保持沉默，女孩们谈话的时候，她们总是关注对方的脸色。也许对话还不能满足对方的需求，她们一定要看到对方的面部表情，可能想要理解很多弦外之音，或者想要分析对方的反应。因此，两位女孩都在车的前座的时候，总是不断扰乱对方的注意，对于开车来说有些危险。四位女孩比两位更糟糕，将危险系数提高了两倍，因为驾驶员不仅要倾听对方的说话内容，还要看到同伴们说话的表情。确切地说，女孩们总是喜欢那样，两位坐在后座的女孩总会喋喋不休。

但是，这位开车的女孩就像个男士一样。她聚精会神地看着前面的路，一直观察驾驶镜中反映的路况，也很少使用刹车装置，除了遇到极其特殊的情况。

她没有和邦德说话，这引起邦德很大的好奇心，时刻观察着她的一举一动。她有着魔鬼的身材和天使的面庞，可谓魅力难挡，邦德认为，这些都深深地吸引了他。上床的时候，她可能会努力挣扎或者猛咬对方，然后突然又沉浸于美好的肉体享受当中。邦德几乎能够捕捉到她脸上傲慢的神情，她那性感的嘴唇里不时露出一排洁白的牙齿，给人无限遐想。她的酥胸高耸，完全成性感难挡的 V 字形状。通常的情况下，邦德会认为那属于有性格的、热情火辣的性感女孩。漂亮的女孩虽然难以驾驭，但是总会引起男士一种极强的征服欲望，并逐渐被她的柔情与冷艳俘虏，然后与之如胶似漆，彻底享受人间美好的事情。邦德认为他具备这样的驾驭女孩的能力，也一直尝试那样做。但是那可能需要花上一段时间，因为当时可能还有其他人准备采取行动。首先他一定要表现得十分绅士，好像没有不良的想法。然后，不管怎样，他所做的事情都不能算作卑鄙下流的，这也是男士需要做的工作，魔鬼般的工作。

MG 型汽车在街道上飞速穿行，沿着预定的海岸线，直接向东驶去。巴哈马将将近一千座岛屿，从佛罗里达海的东部到古巴的北部，蔓延了五百英里，纬度从 27 度下降到 21 度。三百年以来，大西洋的著名海盗几乎都曾经在这里有过一片天地，而今天的旅游事业使得这片岛屿更加成为令人神往的浪漫之地，充满着神话般的色彩。路标也十分有特色："回声塔、火药码头、海产品、国家饮料、隐蔽花园、首次启航。"

前面是一座由废弃的岩石制成的房子，粉红色的框架、白色的窗框和门廊，上面还有很多可爱的贝壳和两根骨头交叉做成的海盗装饰。韦塔利将汽车停靠在附近，走出汽车，进入大门，餐厅里面有红白相间的桌布，阳台是由码头上面的残留石头砌成的。他们选择靠近阳台和水边的桌子坐下，这样能够随时观赏外面的景色。邦德看看手表，对韦塔利说："现在正好是中午，你想喝点儿什么？"

韦塔利说："来点儿软饮料吧。我要双份的玛丽，最好加上大量果汁。"

邦德说："就要那些吗？我需要一杯伏特加酒，再加上一点儿味道稍微有点儿苦涩的菜肴，这样才会令我感到兴奋，并且能够滋补身体。"

服务员说："好的。"然后就去准备了。

"我称之为岩石上的伏特加。那些番茄汁能够使饮料变得柔和一点儿。"韦塔利挪动了所坐的椅子，将一条腿搭到另一条腿上面，使它们都能够晒到太阳。这个位置似乎并不让她感觉舒适，她将凉鞋脱了，然后向后坐下，这才感到满意。她说："你什么时候来这儿的？我之前没有看过你。"

"我是今天早晨从纽约到这里的，我来这里是为了寻宝。你在这里多长时间了？"

"大约六个月。我是从迪斯科号快艇上下来的，你可能已经看过它了。它总是在海岸边停靠。你应该可以在文德尔地区看到它横行的气势和停岸的状态。"

"一艘长而低的流线型设计的快艇，对吗？它是你的吗？它可是个十分漂亮的快艇。"

"它属于与我相关的人。"她的眼睛直接看到邦德的脸上。

"你在上面住了很长时间吗？"

"哦，不！我们在岸上还有一幢房子。如果没有这幢房子，我们就只能住在船上。房子在巴尔米拉海湾，也就是在快艇抛锚地的对面。房子其实是一个英国人的，听说他要把它卖掉。房子很美，附近也极安静。"

"那听起来正是我想要寻找的地方。"

"好呀，那么我们一周以后就去那个地方。"

"哦！"邦德看着她的眼睛，"很抱歉。"

"如果你是要调情的话，那并不十分明显。"女孩突然笑了起来。她看起来有点儿后悔刚才的举动。她说："我的意思是说，我真不是那个意思——并不是它听起来的那种意思。但是我已经花了六个月时间听那些事情——从这些愚蠢的、富有的富翁那里，唯一让他们闭嘴的方式就是粗鲁，我不是个容易让人欺负的人。在这个地方没有一个六十岁以下的人。年轻人可能承担不起那些费用。因此，没有长兔唇或胡须的任何女孩——甚至没有胡子也是好事，都能够将那些好东西踢到一边去。可能他们就喜欢。好的，我的意思绝对是任何女孩都能够让那些近视的老家伙神魂颠倒。"韦塔利再次笑了起来。她逐渐变得十分友好，然后说："我期望你会受到女孩们同样的影响，戴着夹鼻眼镜，并且头发染成蓝色。"

"他们都吃烤熟了的蔬菜作为午餐吗？"

"是的，他们都喝胡萝卜汁和梅子汁。"

"我们不会那样生活。我不会沉到那些海鲜杂烩汤下面的，放心吧，我不会与他们同流合污的。"

韦塔利好奇地看着邦德，然后说："你看起来知道很多关于拿骚的事情。"

"你的意思是能够激发性欲的海鲜汤吗？那可不是只有拿骚才有的吧。全世界都有那样的东西。"

"是真的吗？"

"海岛上面的人们可能会在婚礼的夜晚喝它。我还没有发现它对我有任何特别的作用呢。"

"为什么？"她看起来十分吃惊地说，"你结婚了吗？"

"没有。"邦德看着女孩的眼睛笑了，"你结婚了吗？"

"也没有。"

"那么我们可以在某个时刻共同尝试一下那些特别的海鲜汤了。看看能够发生什么。"

"那可比百万富翁强不了多少。你一定要努力尝试一下。"

饮料上来了。韦塔利小姐立刻用手指在里面搅动了一下，以便让水果汁能够彻底在饮料中溶解，然后一口气几乎喝掉了一半。她伸手拿出了公爵牌香烟，将烟盒撕开，用指甲拨出一根，谨慎地嗅了一下。邦德用打火机帮她点燃了香烟。她深深地吸了一口，然后吐了出来，形成一个个烟圈。她不确定地问邦德："还不错。至少这些烟看起来还像烟。

为什么你说你是戒烟方面的专家呢？"

"因为我经常戒烟。"邦德想了想，然后从这个话题转向另一个话题，"为什么你说一口这么好的英语。你的口音听起来是意大利人？"

"是的，我的名字叫韦塔利。但是我在英国上的学。在英国的大学学习了一段时间之后，又在英国皇家戏剧剧院学习表演。我的父母认为那是令我成为淑女的最好方式，所以才送我去那里。后来他们都在火车事故中去世了，于是我回到意大利谋生。我能够记起的英语也就这么多了。"她毫无痛楚地笑了——"很快我就忘记了所有不快乐的事情。"

"但是那位与快艇相关的人。"邦德向海面上望去，"难道他不能在那里照顾你吗？"

"不能。"答案十分简明。邦德没有对她的回答评论什么，她接着说："确切地说，他不是我的亲戚，不是一个十分亲密的人。他只是某种亲密的朋友，保护者。"

"哦，明白了。"

"你来这里一定是想参观快艇。"韦塔利觉得找点儿其他的话题是必要的。"他叫罗尔，你大概听说过他。他在这里也要进行寻宝活动。"

"真的吗？"现在轮到邦德找些话题来说了，"那听起来相当有趣。当然，我很想见见他。有关快艇的事情，我还想知道它里面都有什么。"

"老天才知道。对此他总是保密。显而易见，上面有某种地图，所以从来不让我看。当动身去勘测或者无论他想要去什么地方，他总是让我待在岸上。许多人都在为他赚钱，有很多合伙人和他一起，他们现在已经来到了这里。我猜测所有的事情都准备好了，现在真正的寻宝行动就要开始了。"

"那些合伙人看起来都怎么样？他们都是一些十分敏锐的人吗？说

起寻宝，以前可是出现过某些人在其他人之前采取行动，或者获得财宝之后偷偷溜走，或者有些人撞到水里暗礁导致沉船，因而不能最终到达目的地。"

"他们看起来都挺好的，都很安静，也很富有。寻宝行动确实在美好的同时也有很多恐怖色彩。他们总是花费很多时间与罗尔在一起。我猜测可能在一起规划或者密谋。他们看起来从来不在白天出门，也从来不去公共场所沐浴，总之抛头露面的事情很少去做。看情况他们不想把自己晒黑。据我了解，他们都没有在热带地区生活过，他们都是一些典型的、不折不扣的商人。他们可能比一般的商人更加精明。我几乎很少看到他们。今晚罗尔会在赌场为他们举办一场欢迎会。"

"你整天都做什么呢？"

"哦，我到处闲逛。为快艇购买一些必要的生活用品，绝大多数时间驾驶汽车到处玩。当人们在海滩上举行派对的时候，我总是积极参加，并且到那里洗澡。我喜欢在水下游泳。我曾经受到众人的嘉奖，因为我救上了一个旅客，或者是个渔夫，船员可能更好些。通常遇到这样的事情，人人都会挺身而出。"

"我也习惯那样做。我还买了现在这辆汽车。有时间的话，你能让我看看你的海上本领吗？"

女孩突然看着她的手表，"我很乐意那样做，不过我现在得走了。"说完，她站起身，"谢谢你请我喝东西，恐怕我不能带你回去了，我要去其他地方，这里打车很方便。"她快速地穿上了凉鞋。

邦德跟着女孩通过餐馆，然后看着她上了车。邦德决定冒险说句话，他说："可能在今晚的赌场派对上我还会看见你，韦塔利。"

"可能吧。"韦塔利脚踩油门启动了发动机，并回头看了看邦德，"但是看在上帝的份上，不要叫我韦塔利。我从来不那样称呼自己，人们都叫我多米诺。"她冲邦德微微地笑了一下，那笑容足以摄人心魄。她举起手，将车从停车处倒了出来，然后驶向主路。在十字路口处她停了下来，邦德看着她向右方的拿骚驶去。

邦德笑了，自言自语地说："难缠的家伙。"然后邦德走回餐馆支付了饮料的费用，打车回去了。

第十二章
神 秘 来 客

　　出租车将邦德送到了海岛另一端的飞机场。他和美国来的中央情报局的人约好了，下午 1 点 15 分见面，那人的名字叫拉尔金。邦德希望这个合作者不会轻视英国，蔑视邦德，自高自大，或者只知道报效华盛顿政府。邦德还希望无论如何他都带来那个装置——最新的、可供野外使用的收发两用无线电机，以及用于侦察放射线的最新型水陆两用盖氏计算器。那是邦德离开伦敦总部时再三要求的、用于与中央情报局联络的设备。

　　这是特工领域最新式的通讯设备，发送和接受能够分开进行，同时可以在最短的时间内通过光缆把信息传递到总部，这能够保证与伦敦和华盛顿的联系不会中断，同时这也是在陆地和水下都能操作的最便捷的通讯设备。中央情报局设备的先进性是他们引以为荣的。对邦德来说，能够从美国借到这样的新式设备真是令人自豪。

　　巴哈马的首都拿骚就在一片海岛之上，海岛表面布满了黄褐色的沙子。这里拥有世界上最美丽的沙滩，唯一不好的是有许多难看的低矮灌木丛、木麻黄树、乳香和大型咸水湖才有的有毒树木，它们就在海岛的西面。此外，还有很多种类的热带花朵和棕榈树，它们全都是从佛罗里达进口种植的。百万富翁的漂亮花园大多在海边。海岛中部没有什么东西能吸引人，仅仅有一些松木光秃秃的骨架而已。邦德在海岛上感受了一天之后，就对早上所看到的情景做了评论。

其实上午7点的时候邦德就到了，然后被政府的防空司令部——承担安全工作的部门接见——后来又被带到皇家巴哈马休息。那是大型的、仿古的旅馆，近来已经有很多旅客在此居住。房间内的水很凉，服务员还特意送上了专门招待客人的水果篮，桌子上摆放着经过消毒的卫生纸。沐浴之后，邦德在阳台上吃了早餐，顺便欣赏了美丽的海滩。9点的时候他就和警察局、移民局等部门的领导会面了，正如他自己想要的，都是例行公事而已。顶级的和紧急的机密总是会产生重要的影响，邦德也因此许诺为了完成任务要与各个部门通力合作，但是有些地方过于烦冗了，因为机密的事情似乎不允许干涉正常的运作，也绝对没有必要让游客感到丝毫的不舒适和不快乐。政府的接待人员是个谨慎的、中等身材的人，总是非常敏感地看待整件事情。"邦德先生，你看，在我们看来你多数时候都充分考虑了事情发生的各种可能性，我们美国人的朋友说一架四个引擎的飞机隐藏在海岛的某个地方，真是不可思议。这里唯一的、简陋的飞机场也不能承载那么大型的飞机。朋友，我说的有道理吗？要知道这里是拿骚……"

邦德打断了他的话："我可以问一下雷达屏幕的情况吗，是由人在特定的时刻操纵吗？我好像记得飞机场在这些日子都十分繁忙，但是在夜间很少有飞机飞行。雷达在夜间的时候观测得非常周密吗？"

警察局的领导是个十分友善的、军人模样的人，大约四十岁，深蓝色制服上面整齐的银色纽扣闪闪发光，仿佛他平常什么事都没做，都在磨纽扣，他的周围站了很多工作人员，他谨慎地说："先生，我认为邦德先生的观点有道理。飞机场的负责人承认有些事情确实疏忽了，因为没有做出合理的规划，他也没有足够的工作人员可以调动。他们大多数都是当地人，那些人都非常好，但是很少到飞机场去。雷达安置的位置仅仅在离地面不远的地方，所以通常只是控制较低航线和范围的飞机——大多数情况下是供民航使用的。"

"没错，没错。"负责接待的人不想继续讨论这个问题，无论是关于雷达装置还是拿骚海滩的境况，"在那里当然存在那些问题。毫无疑问，邦德先生将会做进一步的调查。现在需要请求国防部批准，允许对来海岛的人做详细的记录和调查。这样可以吗？"

移民局的领导是个圆滑的拿骚人，长着棕色的眼睛，总是以奉承的口吻说话。他礼貌地微笑说："先生，没有什么特别的人物。通常都是一些旅客和商人，还有很多外地回来的本地人。在过去的两周内我们已经命令严加审查了，先生。"他抚摸着膝盖上的皮箱，"先生，我已经制作了所有入境人员的名单。可能邦德先生愿意和我一起研究一下。"那双棕色的眼睛径直望向邦德，"所有这些大型旅馆里面都有房间探测器。我能够获得关于任何一个名字的详细情况。所有护照都完全按照法定的标准经过细心检查。在我们想要的表格上还没有出现可疑的人。"

邦德说道："我可以问个问题吗？"

负责接待的人员热情地点头同意："当然！您可以随便问问题，我们会尽力回答。"

"我正在寻找一组人，大概十个左右，也可能是二十个或三十个，他们总是在一起出没。我猜测他们多是欧洲人，他们可能还有船或飞机。他们来这里可能已经数月了，也可能仅仅几天而已。我知道来到拿骚的人有很多类型——商人、旅行团、宗教组织。显而易见，他们躲在某个旅馆的房间里面，正密谋在一周左右的时间内采取行动。有关于这样人群的记载吗？"

"先生，可以告诉我吗？"邦德继续问道。

"很好，当然这里确实有很多这样的聚会人群。我们也十分欢迎旅游团来到这里。"移民局的领导若有所思地对邦德微笑地说，好像已经错过了十分重要的监管秘密似的。"但是在后来的两周内，我们已经成立专门组织，安排了巴哈马地区的顶级工作人员负责此事。他们现在已经投入工作了，这些都是例行公事，每一个细节都不会放过的。"

"先生，就应该那样。我正在找的那些人，可能就是筹划窃取这里的飞机的那些人。他们总是精心将自己装扮得十分体面，一切行为都按照十分有尊严的形式表现出来。我们不是在寻找暴躁的流氓，事实上这些人多是有头有脸的大人物。现在，海岛上有这样的一群人出没吗？"

"有啊。"移民局的领导大笑后说，"当然，每年都会有很多富有的人到这里寻宝。"

负责接待的人突然不知所措地笑了起来，然后说："先生，现在来这里寻宝的人在逐步增加。很显然我们不愿意看到上面所说的那些人，或者老天才知道我们到底要检查什么。我很难相信邦德先生的注意力能够完全集中在这些富有的寻宝者身上。"

警察局领导有点儿迟疑地说："有一件事情，先生——他们确实有一艘快艇，就像刚才先生说的那样，还有一架小型飞机。我确实听说近来有很多合伙人都从各地赶到这里。那些特征确实符合邦德先生正在寻找的人。我承认可能有点儿滑稽，但是那个叫作罗尔的人确实和邦德先生描述的非常相似，衣着十分体面，他的随从非常规矩，从来没有为我们带来任何麻烦。在最近的六个月以来，他的船员没有一次因为醉酒闹事，这点让人觉得有点儿可疑。"

邦德决定按照这些细微线索采取行动，要调查上面所说的这群人可能会花费一两个小时——在海关总部和地方行政办公室——他决定还是到城镇上走走，看看是否能够看到罗尔或者他的同伙，顺便找些相关的蛛丝马迹。但是邦德却看到了多米诺。

这是邦德在去飞机场之前发生的事情，现在会发生什么事情呢？

出租车已经到了飞机场。邦德告诉司机等一下，然后走进长而低的入口，那时候拉尔金的飞机刚好到达了。他知道由于移民局和海关的检查可能还会有所耽搁。他走进纪念品商店，买了一份《纽约时报》。报纸的头条依然是复仇者号失踪事件。可能报纸也知道原子弹武器失踪的事实，因为报纸的头条总是与北大西洋公约组织有密切联系。邦德正向出口处走去，这时候一个安静的声音传进他的耳朵："007吗？很高兴见到你，我是000。"

邦德和他拥抱了一下，那是雷德！

雷德是他在中央情报局的朋友，曾经与邦德出生入死，合作侦破过很多重大案件。雷德用他的右手在邦德的肩膀上重重地拍了一下，然后说："嗨，老朋友，还好吧。行李在前面，我们走吧！"

邦德说："好的，上帝保佑！你还是老样子！你怎么知道我在这里？"

"当然知道，中央情报局什么都知道"。

在入口处，雷德领取了自己的行李，随后坐进邦德叫来的出租车，"去皇家巴哈马。"邦德说。这时一个站在一辆看起来不起眼儿的黑色福特汽车旁的人走了过来，说："拉尔金先生吗？我来自赫兹公司，这就是你定购的汽车，我们希望它就是你想要的。你需要例行公事签署一些单据。"

雷德仔细地看着那辆汽车。"看起来还不错。我刚想要一辆汽车，马上就出现了。那些从事高雅工作的人从来不会为用于洗漱的物品留出空间。我来到这里是为了做有价值的工作，不是来受气的。"

"先生，我可以看看您的纽约驾照吗？好的。请您在这里签字……这是晚餐俱乐部的登记卡。离开的时候，你可以将车开到你想去的地方，只要向我示意一下就可以了。我们会登记的。先生，祝你假期愉快。"

他们退了计程车，坐进了这辆汽车，由邦德开车。雷德说邦德可能要再练习一下了，不管怎样他都很想看看，自从上次一别之后，邦德的车技是否进步了。那些街道上的拐角和危险地区正好有助于雷德做出判断。

当他们开出飞机场的时候，邦德说："好了，我们要出发了。上一次我见你的时候你和皮克顿搭档，后来怎么样？"

"入伍了，正好他妈的当兵去了。有人总是认为会有战争爆发。你看看，詹姆斯，一旦你为中央情报局工作，离开的时候就会自动地穿上军官制服。除非你已经被开除，不再吃情报工作的饭。显而易见，我的老上司，阿兰就是那样的情况，当总统听到火警的时候，没有足够的人员可供调遣了。因此，我和二十几个家伙刚刚被吸纳进来——负责所有的事情，二十四小时都在汇报，简直就是在地狱！他们总是认为俄国人已经登陆了！然后告诉我带上泳衣和匕首到拿骚候命。因此，我就这样来到了这里。真想问问他们是否真的不必做任何准备工作，还有，我能否去上一些恰恰之类的课程。然后他们慢慢告诉我，让我和你一起合作，或许是认为我们之前比较默契吧。无论你怎么看我的上司，他还是派我到这里，想要我在紧急状态发挥应有的作用。因此我要了这辆汽车，整理好行装准备采取行动。伙计，能够看到你真是太好了。"

邦德听完雷德的叙述，就好像又看到他被召唤到 M 办公室的情景。邦德刚想要埋怨上司，雷德的话打断了他。

"现在，詹姆斯，你觉得怎么样？在我的字典里，可很少有这么滑稽的巧合。最近你又和某人的妻子上床了吗？听起来就像刚刚发生在芝加哥的事情一样。"

邦德严肃地说："不要那样说我了，我没有和哪个人那样，不会发生那样的事情。对我来说，近来中意的就是曾经在诊所遇到的那个美丽女孩，我先前曾经到医疗基地接受身体康复治疗。"邦德详细介绍了在灌木岛发生的一切，这让雷德感到十分有趣。"我整治了那个来自帮会的人，他是秘密组织红灯帮会的成员。他可能偷听到我和总部的通话——就在我打电话时的隔壁的电话亭。接下来，他偷偷溜进我的治疗室，企图谋杀我。为了收拾他，我潜入他的沐浴房间，差点儿把他活活烤熟了，这下总算扯平了。"邦德继续描述细节，"灌木岛是个十分幽静的地方。如果你意识到胡萝卜汁对人们造成的影响的话，你一定会感到相当惊讶的。"

"简直是个令人发疯的地方，它在哪里呢？"

"与华盛顿那样的地方无法相比，它应该在距离布雷顿不远的地方。"

"这封信就是从布雷顿邮来的。"

"那是凶残的帮会经常出没的地方。"

"我想要谈谈另一件事情。从我们得知的消息看，如果飞机是在夜间被窃取，白天着落的话，明亮的月光可能有助于我们进行必要的勘测。假设你说的快要变成烧鸡的利普，就是那个寄信的人，他的雇主们可能非常生气，是不是？"

"我想是的。"

"假设我们下达命令去抢劫，可能就会被耽搁了。假设他找你处理私人恩怨之前，已经有人解决了他。如果这个假设不成立。从你告诉我的话分析，在你对利普那样做之后他可能并没有立刻倒下。好的，现在就只能假设这么多了。将所有假设联系起来，行吗？"

邦德钦佩地笑了起来，然后说："你可能是服用了兴奋剂之类的东西。对于这次滑稽的旅行，你已经做出了充足的准备。但是在实际生活中，这些假设都没有发生。"

"在实际生活中，携带原子弹的飞机不会被窃取，但是幽灵组织却那样做了。詹姆斯，有多少人会相信你和我正在调查的情况呢？不要跟我说现实生活中的逻辑。按理说，现实生活中不应该有那样的畜生了。"

邦德严肃地说："好的，看这里。雷德，告诉你我会做什么。这仅仅是你的担心而已，我今晚就会带上这些设备，看看那些畜生是否将飞机藏在某地。幽灵组织能够检查布雷顿地区的所有诊所和医院，如果利普曾经住院的话，他们可能会从那里部署行动。他们去了哪里，目前没有发现任何踪迹。我怀疑他们会与骑摩托的人保持联系。"

"为什么不呢？这些劫持者看起来就像专家，幽灵组织的计划十分严密和专业，所有计划都天衣无缝。你去连接无线电，不要不好意思说那是我的主意。我已经解开顶级设备的包装，它看起来倒是挺袖珍的。"

他们驾车来到了皇家巴哈马旅馆，邦德将钥匙给了旅馆的服务员。雷德办好了入住手续，他们走进房间，服务员送上来了两杯马提尼，还有相关的菜单。

邦德为雷德点了特色菜肴，都是当地的特产，比如用农场精心饲养的鸡做成的料理，不仅好吃，价格也很昂贵；还有非常特别的牛肉，来自上等饲料喂养的中西部的牛。每一道菜都是经典菜肴。

邦德和雷德发现这个旅馆中有很多像他们这样从外地来的客人，不时能听到用不十分标准的英语点菜的声音。六个月来，这里来访的游客总是有增无减。他们两个来到阳台坐下，开始讨论邦德今天早晨的发现。

半小时过后，他们又喝了一杯马提尼。午餐的时间到了，这里的饭菜看起来就像价值五先令的垃圾，他俩生气地吃着东西，什么也没有说。最后雷德将他的刀叉都扔掉了："这就是汉堡，恶心的汉堡。蒜蓉绝对不是法国的，而且非常难吃。"他用手指着汉堡的残留物，"它们其实什么都不是，都是废物。"他十分愤怒地看着邦德，"伙计，我们现在去哪儿？"

"首先要马上吃光它们，然后我们去参观迪斯科号——现在！"邦德从桌子旁站了起来。"当我们那样做的时候，我一定要判断这些人是否正在对一百万英镑的宝藏虎视眈眈。我还要把行动的情况向总部报告一下。"邦德来到房间拐角放行李箱的地方，然后说："我已经向当地警察局总部的领导要了两个房间。那里非常好，我们可以好好休息了。而且我们能够在夜晚的时候与总部取得联系。今晚,赌场有个重要的派对。我们到那里看看是否有那些我们正在寻找的人。首要的任务就是看看快艇是否与我们调查的事情有关。你可以到柜台办理退房手续吗？"

"当然，你太客气了。"雷德走到箱子那儿，选择了一个，打开了它，发现那个轻便皮箱里安装了一个新式的照相机。"这里，帮一下忙。"雷德摘下了自己的手表,戴上了另一块手表。他将照相机背在左肩膀上。"现在从我的手表向上到袖子里安上了电线，向下穿到外衣里。好了。现在将两个小插头插在外衣口袋里面，记住装置上面有两个洞。看到了吗？现在我把所有的设备都安装好了。"雷德骄傲地站起来，"戴着照相机和手表的人。"他按下照相机上的按钮，"看见了吗？摄像效果非常完美，一切都准备好了。只要按下这个按钮，你就能够在必要的时候进行拍照。支持相机的是金属阀门、电路和电池。现在看一看手表，它就是一块普通的手表。"

雷德在邦德的眼睛下面晃了晃手表，"唯一不同的地方，它是微型的探测设备，通过电流的感应和计量能够准确拍到我们想要的画面。袖子上面的电线能够将装置连起来。那块手表上面有含磷的数字。我围绕房间走动的时候，它会将整个背景情况计算出来。那是基本功能。手表还能发出某种类型的激光。我总喜欢看手表——我是一个具有紧张性格的人。现在，通过浴池的时候，手表敏锐地感应到信号，但是非常微弱。房间中没有任何东西能对感应器产生干涉，我还会计算出我们什么时候会觉得闷热。现在我正在靠近你，我的照相机距离你的手仅仅几英寸。这里，看一看。"雷德将手表放到右边的柜台上。看到了！指针变得活动异常。"将你的手移开，它就完全不再活跃了。那就是手表上含磷的缘故。这只手表一般不会引起他人的注意，除了那些过分讲究的、盗窃原子弹的人。当然，他们会认为这块特殊的、飞行员佩戴的手表很不错，上面有含磷的数字，能够散发大量的激光，真是个不错的装饰品呢。当然了，要掩人耳目必须得如此。"雷德将照相机放好，然后说："这是一项特殊工作，当你在接近铀的时候，装置就会发出滴答的声音，这些机器的市场可是不小的哦，很多情报部门都希望获得这样的装置。这么敏感的设备将帮助我们顺利地完成任务。如果我们靠近被隐藏的原子弹，这个指针将会指向右边的刻度。知道了吗？让我们以最小的代价，去收拾那些海岸线上令人恶心的家伙吧！"

第十三章
我 叫 罗 尔

　　雷德所说的最小代价，指的就是租用饭店的汽艇，据说一小时大
约需要二十美元。上船后，他们便向西驶去，途中经过了银色的海湾和
巴尔摩尔海岛，然后沿着海岸线航行了五英里，看到海滨一带有不少闪
闪发光的、别墅一类的建筑。掌舵的人说，这种海滨房屋一般每英尺的
出租价是四百英镑。他们的汽艇绕过古老的要塞，向一艘发光、白色的，
还带点儿深蓝色的快艇驶去。快艇的两根铁锚钉在海水里，正好就在暗
礁的上面。雷德小声嘟囔着，用有点儿敬畏的声音说：“伙计，就是那
艘船吧？我确信，如果有人在我的游泳池里驾驶这样的快艇，我绝对不
会介意。”

　　邦德说：“它是由意大利一家著名的海上交通工具制造公司设计制
造的。精美的外壳下有最新式的发动机，它能带你去你想要去的任何地
方，它的速度很快，有时甚至就像在空中飞行一样。警察局的人说，在
平静的水面上，它的航行速度更惊人。当然在海上航行通常是很惬意的，
一旦遇到危险，这样的快艇能快速摆渡很多乘客。这艘快艇大约可以承
载四十个人，其余的地方用于储存主人的私人物品和货物。这艘船的总
价值一定不少于二三十万英镑吧。”

　　掌舵的人插话说：“听海滨大街上的人说，船的主人在接下来的几

天里可能要动身去寻宝，股东们几天前就已经上船了。他们总是花费整晚的时间侦察路线，确定航运线路，据说还会经过一个孤岛。可能那些家伙知道哥伦布发现新大陆时的秘密航线，可以使他们在大西洋那边找到最好的登陆地点。航行过程中还会到其他地方，他们总是谈论某某海岛上面有财宝——甚至是一些我们无法到达的海岛。事实上，这艘大船打算向南航行，而且任凭它航行，直到发动机不能再发挥作用。但是我却认为它应该向东航行。"掌舵的人驾驶着船继续说道："一定是大量的财宝吸引了这艘大型的快艇。财宝可以弥补路程上的花费。每一次出海航行，少说都得花五百英镑。"

邦德谨慎地问："他们最后一次侦查是在哪天晚上？"

"两天前的晚上，据说那次快艇共航行了六个小时。"

邦德的船逐渐接近了快艇。现在他能够清楚地看到快艇上一些从舱口进进出出的人，邦德甚至听到他们好像在谈论着什么。一个穿着白色外衣、站在甲板上的高个子正通过双筒望远镜观察他们。他向水手交代了一些事情，水手马上站在船边的梯子上。当他们的快艇靠向岸边时，这个人用双手做个传声筒的形状，然后向下喊道："请问你是做什么生意的？你预约了吗？"

邦德喊道："我是邦德先生，詹姆斯·邦德。我来自纽约，旁边的是我的代理人。我已经询问了关于海滨屋子的事情，罗尔先生在吗？"

"请等一下。"水手从视线中消失了，他回到甲板上和那个穿白色衣服的人交代了几句。邦德能够根据警察局提供的资料认出他。他友好地喊道："过来吧，过来吧。"然后向水手做出了一个"让他们过来"的手势。水手帮助邦德将他的船停了下来。邦德和雷德从船上爬向快艇，走上了梯子。

罗尔伸出手说："我是罗尔。阁下是邦德先生吗？这位是……"

"拉尔金先生，从纽约来的，我的代理人。事实上我是英国人，但是我的生意都在美国。"他们相互握了握手。邦德说："罗尔先生，很抱歉打扰您，关于海滨房子的事情，我认为你能够帮忙租到。"

"哦，是的，当然。"罗尔友好地微笑，同时露出了他那整齐的牙齿。"绅士们，到我的休息室坐一坐吧。很抱歉我没有穿正式的服装接待你们。"那双庞大、棕色的手整理着自己的着装，似乎没有让人拒绝的理由。"来参观的人通常都会在岸边预约。但是如果你们原谅我的不正式的话……"罗尔说到这里停了一下，然后带领他们通过一个低矮的阀门，沿着楼梯，进入了船舱。橡皮制造的阀门在后面发出阵阵噪声。

那个内部休息室装修得很华丽，也十分宽敞，地上铺的是白色与红色相间的地毯，旁边摆放着舒适的深蓝色皮革椅子。太阳通过船舱的玻璃照射进来，让人感到十分清醒、惬意。中心部位的长形桌子上摆放着大量的纸张和图表，前面的壁橱里还有很多钓鱼用具，还有一些枪、其他武器；黑色的潜水服适当地悬挂在那里，给人一种十分考究的感觉。空调吹出的风使人感到凉爽，邦德觉得被汗水浸湿的衬衫渐渐变干了。

"绅士们，请坐。"罗尔漫不经心地将图表和纸张推到桌子的一边，好像那些东西并不重要。"吸烟吗？"他将一个银色的大烟盒放在两个人之间。"现在我想知道你们要喝点儿什么？"他走到藏酒的壁橱。"凉爽一点儿的，不要太烈的行吗？还有很多种啤酒，你们选择一下。你们在炎热、露天的汽艇上可能已经航行了一段距离，如果我事先知道的话，一定派船去接你们。"

他们都选择了比较清爽的酒。邦德说："罗尔先生，很抱歉这样拜访你。因为之前没有想到，如果事先给你打个电话就好了。我们刚好今天早晨到达的，在这里逗留几天就会离开。我来这里的目的就是为了找一些不错的房产。"

"哦，是吗？"罗尔把杯子和酒瓶放到桌子上，然后坐下来，他们好像已经形成比较舒适的谈话氛围。"很好的想法。这个地理位置太好了，我已经在这里待了六个月，可能还会再待上一段时间，但是你们预计的价格是——"罗尔放下了他的双手，"这些海湾的大街上有很多海盗，还有很多百万富翁，但是你能在这个季节来到这里，看来十分明智。可能有些主人因为没有卖出好的价钱就失望，或者知道了结果后过度惊讶。"

"那也是我想到的情况。"邦德小心翼翼地回话，然后点燃了一支香烟。"或者可以和我的律师谈谈。拉尔金先生，给点儿建议。"雷德十分勉强地摇着头说："我已经做了很多调查，我可以坦诚地做出合理的建议，这里的房产价格高得几乎让人发疯。"邦德礼貌地看着罗尔先生，说："难道真是那样吗？罗尔先生，商量一下吧，再好好考虑一下。这些地方要比佛罗里达糟糕得很，更别说世界上的其他地方了。我不会建议我的任何客户到这里投资——以这样的价格而言。"

"确实如此。"罗尔显然不想继续讨论这个问题。"你提到关于巴尔米亚，有什么我能帮忙的吗？"

邦德说："罗尔先生，我了解，你有十分雄厚的财产。有人说，不久后你会离开那所房子，当然这可能只是传言。你知道它们就在这些小岛上，但是听起来这或多或少就是我正在寻找的，我指的是房主可能会出售，如果他看到合适的价格的话。这正是我要请教你的地方。"

邦德看起来有点儿抱歉的样子，继续说："其实我就是想知道，我们能否驾船到那里看看。当然只要你方便，任何时间都可以。"

罗尔温柔地笑了，他挥着手说："我的朋友，当然，没有问题。任何你们想去的时间都可以。除了我的侄子和佣人，没有人居住在那里。快艇随时都能带你们到那里去，需要的时候打个电话就可以了，我会告诉快艇上的人你们的要求。事实上，那座房子真是十分迷人——相当令人神往，整个设计十分经典。要是所有富有的人都有你们这样的品位就好了。"

邦德站起来，雷德也穿上了外套。"罗尔先生，那好，真是太感谢你了。现在我们得马上离开了。我们或许会在某个时刻在城里见面。你一定要过来和我们一同吃午餐。但是，"邦德的声音充满了敬意，同时还带有很多奉承的色彩，"就像这样的快艇，我不能想象你会让它仅仅停在岸边。可能这是大西洋上仅有的先进快艇了。难道没有人愿意开着它在威尼斯等地航行吗？我好像记起来在某个地方看到过关于它的报道。"

罗尔微笑着表示对邦德的话十分满意，"是的，你说得很对。它确实在意大利的湖面上出现过，为了运输乘客。现在很多人在南美地区购买这样的快艇。对于大海来说，这样的设计真是精美绝伦。它的发动机是最好的，各项功能在世界上都处于领先地位。"

"但是我想它的容量一定不大，是吧？"

爱慕虚荣是人类的天性，就像女人喜欢物质上的享受，而男人喜欢夸耀自己的财产一样。

这时，罗尔带着一丝自负的语气说："不，不。我认为你会发现情况不是那样的。只要你花五分钟就能知道，可以吗？这段时间我们这里总是有很多人来。你没有听说我们要去寻宝的事情吗？"他好像打算用语言讽刺这两个人，但是严肃地看着他们，"但是我们现在不会讨论那方面的事情。毫无疑问你们不相信这些事情，但是我的所有合作伙伴为了此事都已经上船了，和所有船员一起，我们现在就有四十个人了。你将会看到我们并不是乌合之众，你想要看看吗？"罗尔指向休息室后面的门说。

雷德显得有些勉强，"邦德先生，你知道，我们约好在 5 点钟的时候和哈罗德先生见面！"

邦德完全不顾雷德的提醒，说："哈罗德先生是一个通情达理的人。我知道他不会介意——如果我们迟到几分钟的话。罗尔先生，如果你确定愿意牺牲一点儿时间的话，我倒是非常渴望参观这艘快艇。"

罗尔说："来吧。我不会耽误你们太多时间的。哈罗德先生也是我的朋友。他会给予充分的理解。"他走到门口，将门打开了。

邦德一直表现出渴望和礼貌的样子。他严肃地说："罗尔先生，请在前面带路。当我们不清楚的时候，希望你能够为我们做出讲解。"

罗尔保持极其绅士的风度在前面带路。

轮船，无论多么现代，多少都有些类似的地方——通向舱口和发动机控制室的都是小门，罗尔解释着各个舱室的所在地，浴池和厨房里面有两个很活泼的意大利人，正对着罗尔微笑，他们准备的食物看起来很诱人。在发动机控制室里面，德国人似乎正在研究动力信息方面的内容。罗尔精心地解释，就像在访问陌生的船只一样。罗尔告诉邦德船员所处的位置时，他总是使用"顶级"这个字眼儿。

甲板后面的狭小空间摆放着水陆两用的双排座位的飞机，深蓝色和白色的涂装与快艇十分搭配。飞机的两翼现在被折叠起来了。为了避免太阳照射，发动机处也被罩上了。还有一个能承载二十个人的汽船，以及一个能够将它们都抬起的转臂起重机——马达在船的外面。邦德估算着船的排水量和干舷，小心翼翼地问："承载量是多少？有很多客舱吗？"

"仅仅有储藏室。当然就是放燃料的地方。它是一艘需要花费很多燃料的昂贵快艇。我们已经储备了几吨。对这样的船来说，压载物就是最重要的东西。当船被压弯的时候，重心就会转向船尾。我们有很多层面的重物都为了避免这种情况。"罗尔一直专业地向他们解说，现在带领他们来到客舱的入口。这是传播无线电的房间，这时邦德说："你说过快艇上安装了联络岸上的无线电装置。你们能够传递其他的信息吗？我猜都是些普通的短波或长波。我能看一看吗？无线电总是十分吸引人的。"

罗尔礼貌地说："如果你不介意的话，其他时间吧，因为我要求联络员一直工作，接收和发送报告，工作相当繁忙。他们在这个时刻对我们来说是相当重要的。"

"当然可以。"

他们爬到上面，罗尔简单地解释了从那里就可以到甲板上去。罗尔说："好了，这就是我的船了。迪斯科号快艇的全貌就是这些，它在航行的时候真像飞起来一样，我能向你保证。我希望你和拉尔金先生将会高兴地度过其余的日子。至于现在，"他微笑了，做出好像有些神秘的手势，继续说道："正如你已经听说的，我们现在相当繁忙。"

"寻宝真是太令人兴奋了。你认为你们会有那样的机会吗？"

"我们很想那样。"罗尔不以为然地说，"我只是希望能够告诉你更多的事情。"他做出了表示抱歉的手势，然后说："不幸的是，正如他们所说的，我不能再说那些事情了。我希望你们会理解我。"

"是的，当然。你有那么多合伙人上船讨论。我十分希望我也是其中的一员，这样我就能够经常来拜访了。我想这里没有为像我这样的访问者准备的房间吧？"

"哎呀，不是的。正如你说的，问题就在于要事前预订。如果你和我们在一起的话，我们会感到十分荣幸。"罗尔伸出一只手，"好的，我看，在我们短暂的游览过程中，拉尔金先生一直焦急地看手表，我们不要让哈罗德先生等更长的时间了。很高兴见到你们，邦德先生，还有拉尔金先生。"

十分礼貌地相互告别之后，他们沿着梯子走了下去，来到正在等候的汽艇上，然后向回去的路驶去。从快艇上下来，回到汽艇上的过程中，他们一直都在和罗尔先生挥手告别。

他们完好地坐在有掌舵人驾驶的汽船上，雷德摇着头说："绝对是否定的。对发动机控制室和无线电控制室的反应也是正常的。所有都是正常的，正常得有些奇怪。你怎么看待他和整个计划呢？"

"和你一样——正常得有些奇怪。罗尔看起来就是他说的那样，也表现得很正常，并且言行一致。但是船员并不多，我们看到他们不是普通的船员，更像演技高超的演员。仅仅两件事引起了我的注意，我看到没有通往储藏室的路，当然在通道的地毯下面有一个出入口，但是你如何像他说的那样获得燃料呢？有些空间是作为储藏用的，即使我不是很清楚海上设备。到岸上的时候我会向当地人核查这方面的情况，看看它能运输多少燃料。然而，奇怪的是我们没有看到任何合伙人。据说他们在3点钟的时候就上船了，他们之中大多数人可能都有午睡的习惯。但是确定的是，这十九个人不是都有这样的习惯。那么他们在客舱里面做什么？还有一件小事，你注意到没有，罗尔不吸烟，船上的任何地方都没有烟草的痕迹，那很奇怪。大约四十个人里没有一个人吸烟。如果有其他的事情发生的话，人们会说不是巧合而是纪律。真正的专业人士不喝酒，也不吸烟，但是我承认那是愚蠢的、没有希望的候选人。注意到领航员和回声传唤员了吗？他们使用的都是相当昂贵的设备。当然在这样的快艇上几乎还算正常，但是我期望罗尔向他们发出指示——当他正在对我们回话的时候。富有的人总是对他们的玩具十分自豪，但是那和抓住救命稻草不放的人没什么区别。我敢说，所有人员就像汽笛一样干净。如果罗尔没有完全向我们展示船上所有的地方，那么那段关于燃料和压载物的谈话听起来就有些巧言善辩的意味，你觉得呢？"

"和你的看法一样。至少船上的大部分状况我们没有看到。那再次证明了我们的疑问。罗尔的寻宝借口之下可能隐藏了很多机密，不想让任何人知道。记得战争期间的商船吗？意大利蛙人用它作为基地，在水下设置了大量的活动陷阱。我猜测他可能有很多方面和那很像吧？"

邦德严肃地看着雷德，说："迪斯科号的锚在水下四十英尺。假设他们将炸弹埋藏到沙滩下面……到饭店柜台办理入住手续了吗？"他突然提高声音问起饭店的事，让人觉得他们只是普通的游客。

"两个房间。我觉得在天黑的时候，可以到水下探测。但是詹姆斯，说真的，"雷德皱眉说："罗尔俊俏的外表，大概能够吸引很多女孩。但是所有方面都知道我们和他不是一路的吗？我可不想和他一起下地狱。你已经开始调查罗尔、合伙人和船员了吗？"

"是的，将所有情况都通过无线电紧急频率传给总部。今晚的情况我们也应该汇报了。伙计，看看这里，"邦德的声音有些变化，"那可是能够承载飞机和四十个人的快艇，没有人知道关于它的事情。在这个地区，很少有人能对这艘快艇的情况了如指掌。好吧，寻宝的借口看起来很不错。但是正如我们假设的，整件事情就像事前编造好的一样——借口表述得十分完整，但是那可能正是问题所在。再想想另一个问题，这些所谓的合伙人在6月3日就已经及时赶到了。在那天晚上，迪斯科号到海上探测，据说逗留到第二天早晨。假设它的目的地就是浅水中沉没的飞机，如果罗尔确实在执行计划的话，那么他就很可能卸下原子弹，将其安置在船下面的沙地里。无论如何，它可以安置在任何安全和方便的地方。假设所有的计划都被我们猜中了，将会怎么样呢？"

"詹姆斯，我觉得你说得有道理。"雷德先是耸了耸肩，然后说："我想我们能够按照这些假设采取一些行动。"他大笑起来，然后说："但是我宁愿向自己开枪，也不要将这些假设写到报告中。如果想要愚弄自己的话，我们最好不要让上司知道。你觉得呢？接下来会发生什么？"

"当你向总部汇报的时候，我打算向当地人了解一些关于舰艇的知识。然后我们会给多米诺女孩打电话，尝试着请她出来喝杯酒，以帮助我们好好观察一下罗尔的海滨基地——巴尔米亚。然后我们要到赌场去，探访罗尔的所有合伙人。再后来，"邦德严肃地看着雷德，说："我打算向政府借一个得力的助手帮我，戴上水肺，潜入水中，好好探测迪斯科号快艇，还要戴上你带来的感应器。"

雷德简洁地说："又是毁灭性的行动！好的，詹姆斯，我会和你一块儿去。仅仅因为和你是老相识，但是我不会陪你在海上玩耍，我明天可能要到皇家巴哈马的跳舞大厅上恰恰课呢。我们大可以尝试一下，我觉得，那会成为令人难忘的经历。"

旅馆后面，政府委派的人员在那里等候着邦德。他礼貌地向邦德敬礼，然后递给他一封来自女王陛下的信，让邦德签收。那是来自陆军总部的电报，特殊的标注字迹显示，这是上司直接给部下的密电。电文中这样写道："你的调查显示，1107号报告没有提出任何阻止报道的缘由，也没有重新指出否定霹雳弹的计划的原因。"这个电文已经签署了，表示 M 已经同意了。

邦德将电文递给雷德。

雷德看过后，说："看看我是怎么理解的，我们在这么差劲的局长手下工作。他简直是个浪费时间的人。我看到你之前出生入死地工作，也没有获得任何嘉奖。我会寄一张卡片给华盛顿，让我的上司也给我寄来一些，我现在还有很多时间可以接收卡片。"

第十四章

马 提 尼 酒

邦德的第一步行动是在晚上勘查快艇所停靠的海域。在电话中，多米诺对邦德说，夜间访问实在不太方便，快艇的守卫与罗尔的朋友都将上岸。事实上，他们很可能会在今晚的赌场派对上遇见。她可能在船上吃饭，迪斯科号在赌场附近靠岸。但是她如何才能在赌场派对上找到他呢？她对邦德外表的记忆有些模糊了。他或许可以在上衣口袋戴上一朵花，或者用其他的东西作为标志。

邦德听后笑了。他说那没有问题，他反倒能够通过漂亮的蓝眼睛一下子就认出多米诺来。那双眼睛让人难以忘怀，蓝色的丝带与它们十分匹配。话筒里传来了一阵快乐、性感的咯咯笑声，邦德突然间很渴望再次看到多米诺。

但是船的移动提醒他完成任务是更好的选择，以后在海滨上再去找多米诺大概也是十分容易的事情。这时邦德只要游上很短的路程就能进入水下，而且他还有海滨警察的身份作为掩护，邦德在快艇抛锚的地方停了下来。勘察快艇一直停靠的海域是比较容易的，罗尔如果总是不肯移动快艇的话，很可能就是由于炸弹的缘故。如果炸弹确实存在，难道真的隐藏在抛锚的位置下面吗？如果它们确实在那里的话，很显然，迪斯科号会一直对此保持警惕。邦德想首先应该获得更多关于这方面的信息，拜访更多专家，对那艘快艇的构造了解更多。

邦德回到写字台旁，给 M 写报告。写这份报告，应该说是令人十分沮丧的。他应该在报告中谈一些目前发现的事情吗？不行，只能等到获得十足把握时才可以向上司汇报，目前只是猜测而已。凭空而论、企图侥幸过关或者无中生有都是情报服务行业中危险的行为。邦德想：如果将对霹雳行动的猜测报告给指挥中心，会发生什么样的事情。M 可能会谨慎地说："我认为我们会再次思考发生在巴哈马的事情。绝对不能轻信任何事情，但是这个执行特殊任务的人在这些事情上是不会经常犯错的。当然我也会不断地核实，看看情况是否真的像他说的那样发展。"电台可能会这样回话："M 正在思考这件事情，警告你要听从 M 的指挥。巴哈马，是的，也不能例外。我认为我们最好向首相报告。"邦德对烦琐的程序有点儿厌烦。紧急任务执行中心可能会向他发出命令："解释1086 号报告，尽可能详细地表述，首相想知道你所说的事情的所有根据。"关于论证的程序可能像灾难一样接踵而至，雷德可能也会遭受来自中央情报局的类似质询。各方面都会陷入绝对的恐慌，然而，邦德的解释又带有很多猜测和闲聊的成分，这可能会遭到对方的讽刺："一定要严肃、认真地对待你的分析，请给出确凿的证据，要完全根据事实做出判断。"最终的结论是："继续证明 1086 号报告，对于即将发生的事情的判断一定要有据可寻，必须与来自中情局的代表紧密合作，不断交换意见，并随时向总部报告。"

邦德头脑一阵发晕，幸亏没有那样做。他从带来的皮箱里取出了新式的武器，打开包装，仔细检查，然后走进了警察局总部。他看到雷德正在接收密码，汗水正从他脖子上流下来。十分钟后，雷德拿下耳机，把它递给了邦德。雷德的脸上布满了汗水，随即拿出手帕擦拭，然后说：

"那是太阳黑子，我不得不接到紧急波段。在那里我发现他们在另一个终端发出声音——你知道，如果你在这个波段逗留足够长的时间的话，它里面说出的内容足以写成一部堪比莎士比亚杰作的名著。"他十分生气地摆弄着那些密码文件，然后说："现在我要去破译这些密码了。可能从这些工作中我们还能够赚出海岛旅行的出租车费用。"他坐在桌子旁，开始在机器上认真地进行破译工作。

邦德迅速地发送了报告。他能够从听筒中感受到总部的所有工作人员都正处于紧张的工作状态中。他也想起M再三交代的、电文中也有标注的话："直接向M汇报。"这时候一位女孩来到邦德身旁，手里拿着一份常用文件中的黄色表格。邦德询问是否有事要他去做，接着便按要求签署了一些文件，然后离开雷德，到局长办公室去了。

局长坐在桌子旁，没有穿上衣，正在向警察部门发出什么命令。看到邦德进来，便将桌子上面的香烟盒子推给邦德。邦德自己点了一支。局长突然问道："有什么进展吗？"

邦德告诉他，罗尔一帮人的可疑点已经被否定了，他和雷德已经见过罗尔，而且去过迪斯科号，但是没有什么特别的发现，也就是说所有的假设都被否定了。邦德说他并没有放弃，他想知道关于迪斯科号燃料的问题，还有储存燃料的特定位置。局长听到这话满意地点头，然后拿起了电话。局长接通了海军警察局总部的电话，他拿起听筒然后解释说："我们想询问一些燃料的问题。关于海上舰艇的，就是能够在深海中航行的那类渔船的燃料问题。如果搞错了，可能有发生火灾的危险。而且我们还想知道船上每个人所在的位置和燃料的所在地。知道这些，我们就可以做好灭火准备，或者在发生紧急情况时立刻采取行动。"他继续说道："听到我说的了吗？"他重复了邦德提出的问题，听了内容，然后表示感谢，将电话放下了。"它能够运载五百加仑的柴油。6 月 2 日那天就将所有的燃料运送到船上了。它还运载了四十加仑的润滑油、一百加仑的饮用水——所有这些都装载在发动机控制室，船身中部稍前的位置。这些是你想要的答案吗？"

这与罗尔说的话产生了矛盾，也证明了这方面确实存在问题。当然，他可能对寻宝情况向访客保密，不让他们看到更加详细的情况，但是至少船上有些事情是他要极力隐藏的。从他向邦德展示的情况来看，罗尔先生可能是一个富有的寻宝者，但是他是个不可靠的人。于是邦德明确了自己的想法，他需要一些关于快艇的资料。雷德提起以前意大利人掩人耳目的、地下行动的情况，看来迪斯科号可能也属于那种情况。

邦德若有所思地看着局长。他告诉局长，迪斯科号这天晚上可能会出现一些情况，并询问是否有可靠的人能帮助他到水下探测，是否能提供一个质量上乘的水肺，而且是完全装备好的、现在就能拿到的。

局长亲切地询问邦德，这是否是明智之举。局长知道擅自侵入某些地区将触犯法律，而且这些人看起来都是良好市民，当然他们也是挥金如土的人。罗尔十分受人欢迎。而且，任何丑闻，包括警察局在内，都会使这个地区的各项事务蒙上污点。

邦德严肃地说："长官，很抱歉。我很清楚你的担忧。但是这些是必须要冒的危险，也是我不得不做的工作。可以确定的是，国防部的命令绝对是权威的，它能够支持我的行动。"他继续说道："我能够从国防部收到最终命令，或者直接从首相那里获得命令，如果你觉得那是必要的话，大约一个小时之内我就能够获得命令。"

局长摇摇头，笑着说："邦德先生，不必那么兴师动众了，你当然可以做你想做的事情，我完全支持你。我确信任何行政局长都会这样警告你，要注意当地市民的反应，因为这是最敏感的问题，当然我们也没有必要和白宫对峙或制造冲突。毫无疑问，如果行动合理的话，我们将会全力支持。那么现在，是的，我们有许多准备工作要做。海滨救援组织中，有我们二十个人，我想你一定需要那些人。你可能感到惊讶，在这里，小船失事是经常发生的事。你要去的那个快艇抛锚的地方，可是一个极好的港口。当然，凡事都有偶然性。我们将会时刻与你保持联系。桑托斯，海军，曾经赢得游泳比赛的冠军。他会帮助你到达你想去的地方。现在，让我们详细讨论一下行动事宜……"

之后邦德回到旅馆，洗了个澡，喝了两杯威士忌，然后让自己轻松地躺在床上。他觉得十分困倦——飞机航行、炎热、在局长面前听他那些讨厌的唠叨，使自己有一种被愚弄的感觉，在雷德面前也是如此。所有这些只是在增加危险，可能都是徒劳无功的，无形中都在制造紧张气氛。邦德在床上睡着了——梦见多米诺好像正被长着巨大的白色牙齿的鲨鱼追赶，然后鲨鱼又突然变成了罗尔，罗尔反而向邦德伸出巨型的双手。它们越来越接近，眼看就要够到邦德的身体了，几乎要碰到邦德的肩膀，准备……但是就在这个时候电话响了，而且持续响个不停。

邦德伸出一只发麻的手拿起了电话的听筒，那是雷德打来的。他想和邦德一起喝点儿掺杂橄榄枝的马提尼酒。现在是9点钟了，邦德打算做什么呢？想要谁帮他变得更加清醒吗？

酒店的房间布置得十分考究，竹子摆设整齐地安放在适当的位置，桌子上新鲜的水果还散发出诱人的芳香，墙壁上红色的蜡烛发出淡淡的光芒，不仅能够照亮房间，而且使房间充满了浪漫的气息。所有服务人员都穿着黑色的裤子和精致的衬衫，随时准备为客人提供周到的服务。

邦德在拐角处的桌子旁、雷德的旁边坐下，他们将白色的餐巾铺到裤子上。邦德的穿着显得非常富有，好像处于上流社会的显耀地位似的。雷德笑了，然后说："我几乎要戴上那块特制的手表，以防发生特殊的事情，但是想到我可是一个充满和平气质的律师，总是戴着那样的手表可不太合乎身份。我刚刚想到要安排所有的事情，之后就是我的养老费了。服务员！"

雷德点了两杯干马提尼。"看看刚好。"他不满意地说。

马提尼酒上来了。雷德拿起一杯看着，然后告诉服务员把酒保叫过来。当酒保过来的时候，雷德的表情看起来很生气。他说："我说朋友，我要一杯马提尼，而不是一杯腌制的橄榄。"他用小手指从杯子里面取出了一个橄榄。杯子原来是满的，现在只剩下一半的马提尼了。雷德激动地说："你们还打算让我从各种饮料里找出牛奶吗？看到你们我才知道什么是生意场上的精明。一瓶酒究竟能以多大的纯度呈现给客人——你给我上的这种酒就是你们惯用的手段。现在重新给我调制两杯，记得调好水和酒的比例。在杯子里放这么多橄榄，结果就剩不下多少可以享用的酒了，而且还使马提尼变得酸酸的，失去本有的口感。这样的酒一杯要两美元，照我看也就值一美元六十美分而已。你现在加上百分之八十的马提尼，然后以一美元六十美分的价格给我们调制两杯。这样除了你们投入的用料之外，还有不少的赚头。这可是个不错的生意。虽然少放一点儿橄榄，但是一点儿也不影响整个酒店的生意。现在，我们的朋友，你还有很多利润——如果我不再为马提尼的容量和含量烦恼的话。如果你总是那样过于精明的话，早晚会遇到麻烦的。现在就去好好想想，然后给我们上两杯没有橄榄和任何其他水果汁的纯马提尼来。好吗？好的，那么我们还能再做朋友。"

酒保的脸上已经看不到任何尊严，像犯了错一样变得十分恐惧。他保持冷静，尽量克制自己的情绪，从桌子上拿走了那两杯马提尼，然后说："好的。先生，无论您说什么我都会照办。但是我们这里每天有很多客人光顾，大多数客人都不会像您那样抱怨。"

雷德说："好的，我就是那种只要你做得好，就会让你耳根子清静的人。一个好的酒保应该能够揣测不同身份客人的真正需求，这也是证明你们酒店实力的地方。"

"是的。"酒保恭恭敬敬地离开了。

邦德说："雷德，你已经教训了酒保了吗？如果我遇到这种事，通常都会保持沉默，但是我百分之百想过像你那样做——至少百分之八十。"

"年轻人，因为我从政府部门毕业，所以这些情况一直都在政府势力范围内。任何旅馆和餐馆中的生意经我都是一清二楚的，甚至比世界上其他种类的犯罪还要清楚。晚上7点钟之前还穿着餐服的人都像鳄鱼一样狡猾，如果不咬向你的钱包，他也会狠狠地向你的耳朵咬去。同样的事情对于所有消费行业都是适用的，甚至那些不穿餐服的人，有时他们提供的饮食真能令你发疯，甚至让你产生一种被愚弄的感觉。看看我们今天的愚蠢午餐就知道了，这些都是他们提供的所谓上乘服务而已。尽管这样，所有服务员有时都渴望从我们这里获得小费，天呀，就是这样。"雷德生气地用手整理了一下自己的头发。"真不想再谈论这些令人不愉快的事情了，当我一想到这些事情时，甚至都想开枪发泄一下。"

酒上来了。他们十分高兴，因为雷德安静下来，而且又要了一杯。这时雷德说："现在让我们开始谈论另一些令人气愤的事情吧。"他无可奈何地笑了，然后说："想象一下我就会感到更加痛苦，如果让我重新回到以前那个政府部门，再去监督纳税人的钱是否用于错误地方的话，你能够想象得到，詹姆斯。"雷德的声音有些歉意，然后说："我不是说所有的部门都不起作用，事实上也不都是没有效果，但是令我生气的是，在其他人从事惊天动地的行动时，我们却在这倒霉的沙滩上蹲点，就像在玩某种儿童游戏一样——你知道，有些地方能够让我们真正发挥个人能力——或者至少可能发挥。说真的，我觉得愚蠢的傻子才会使用我的那些尖端设备，去探索那些令人恶心的快艇。"他讥诮地看着邦德，"你说我们能不能跟这些工作说再见？我的意思是有战争爆发的时候可能会好些。但是看起来在和平的时候，就不会显得那么幼稚了。"那可是全世界范围内的和平。

邦德不确定地说："当然，雷德，我知道你的意思。可能那就是我们在英国不如在美国那样感到如此安全的原因。对我们来说，战争并没有真正结束——柏林、塞浦路斯、肯尼亚和苏伊士，更不用说曾经发生过很多起恐怖事件的地方了。某些地方看上去总有些危险的事情正在蠢蠢欲动。现在，这个愚蠢的生意——我敢说我是在十分严肃地表述，但是可怕的事情确实要在这里发生。我已经调查了关于燃料的问题，罗尔确实对我们说谎了。"邦德将他从警察局总部获得的关于燃料的信息详细地告诉了雷德。"我觉得今晚一定要采取行动了。你真的意识到只剩七十个小时了吗？如果我发现一些事情，那么我建议明天我们就乘坐一架小型飞机，真正、彻底地搜查那片我们能够观察到的海域。那架大型飞机可能就是隐藏在水下的最大秘密。你还有开飞机的执照吗？"

"当然，我有。"雷德耸着肩说："我会和你一起去的，当然这也是我十分愿意的。如果我们发现一些东西，可能今晚就能证明我们并不像以前那样愚蠢。"

这就是雷德的脾气，有时候比较容易冲动，但是很讲道理！邦德说：

"那是什么意思？"

雷德喝了一口酒，愁眉苦脸地看着他的杯子。"哦，对于我的钱来说，那仅仅是装腔作势，五角大楼里面那些有权有势的人无法想象到我的境况，但是我目前从事的事情却能够让我们的同事刮目相看，甚至连陆、海、空的工作人员都无法想象这工作的危险性。如果事情有了新的变化，那些部门总会全力支持中央情报局的工作。想象那些……见鬼！"雷德生气地看着邦德，说："想想那些燃料和人力资源的浪费，可能正在全世界范围内发生，或者所有的部门都在为此做准备！和你说这些，就是想要你知道像我这样优秀的人是如果思考的"雷德嘲笑道："想到之前发生在其他地方的危险工作，我总是全力以赴，并且——"雷德盯着邦德，十分坚定地说："我的朋友，那个东西，就是那个，我们最新式的潜水艇！"当邦德对雷德的行为表露微笑的时候，雷德似乎要进行更加合理的解释："你看看，其实那并不像你听到的那样愚蠢，这些关于潜水艇的工作无论如何都是我的职责所在。虽然偶尔会处于危险状态，但我总是能够时刻准备面对各种挑战。专门负责此事的工作人员，可能正在某个地区接受顶级的培训，我猜他们准备到南极水下去探索，或者海军预算之内的另一些愚蠢的工作正在等着他们。但是我想让你知道，如果获得来自皇家巴哈马旅馆 201 房间的雷德提供的资料，那听起来也不赖！"

邦德耸了一下肩说："对我来说，你的总统谈论问题比拿骚人严肃多了。我向上司报告，他已经与大西洋其他地区的工作人员取得了联系。无论如何，有这么大型的联合部队提供供给，可能没有什么危害，万一拿骚赌场碰巧就是 1 号目标的话。顺便说一句，你的同事对于这些目标有什么看法？你们已经知道寄出信件的幽灵组织的详细情况了吗？在巴哈马东部地区，我们已经组建了一个西北沙洲的联合火箭基地，距离这里大约一百五十英里。显而易见，我们和你们的人已经到达那里做好了各种准备，轻而易举就花费了一百万英镑。"

"在海军基地，我得知一些关于目标的事情，如果幽灵组织真在这个地区采取行动的话，很可能迈阿密就是2号目标，坦塔布很可能也是考虑的目标。幽灵组织说过：'属于西方国家的一部分财产。'这句话让我警觉——例如，可能在说刚果地区的铀矿工厂，但是，火箭基地成立得非常迅速。如果我们严肃地思考这件事情，我认为很可能就在巴哈马地区。我还有一件事情不明白，如果他们已经得到了原子弹，他们是如何将它们运送到固定目标，然后再发射的呢？"

"一艘潜水艇能够承担那些工作——刚好能够通过雷管盛放原子弹，他们也可能使用小舰艇做那些事。显而易见，使原子弹爆炸不是问题，只要他们从飞机上将原子弹卸下来就可以了。所以要考虑的问题是使用何种燃料做这些事情，看来一定要使用硝基甲苯和钚，还需要在适当的条件下让它们熔化，还得有足够的时间让他们躲到几百英里以外。"邦德谨慎地补充道："一定要有专家指导才能实现。当然，像迪斯科号那样的快艇，做这方面的航行绝对不成问题。它完全能够在半夜的时候携带原子弹离开巴哈马，然后再回到巴尔米亚吃早饭。"邦德笑着说："看看我说的有什么不妥当的？我想说的就是这些。"

"疯子。"雷德简洁地说，"如果你不想让我的血压升高的话，你一定要做好那件事。无论如何，让我们出发，到大街上吃点儿可口的蛋类和烤肉之类的吧。加上出租车的费用，要花费我们二十美元，但是不要紧，连可怕的密谋都不能令我们畏惧。然后我们就到赌场去，看看那些所谓的专家是否都坐在罗尔的21点桌子旁边。"

第十五章

我 的 英 雄

实际上，拿骚赌场曾经是英国管辖地区唯一的法定赌场。没有人知道这个赌场是如何获得联邦法律的承认的。每年，它都被租给加拿大的赌博联合会，据估算，冬季的时候它们的运营利润能达到十万美元。赌场中有种转轮盘游戏，轮盘与常见的不同，不是一个零，而是两个，它获胜的概率非常低；还有 21 点游戏，它赢钱的概率只有百分之六或七；还有些使用筹码的游戏，获胜的概率只有百分之五。这个赌场就设在西大街上的一个壮观的私人住宅里，里面通常还有令人兴奋的舞蹈表演，还有摆放着古董的三层精装房间，当然包含优质的酒吧服务。这里是一个生意兴隆、环境优雅的地方，很值得游客们消费或赌上一把。

防空司令部的领导已经为邦德和雷德弄来两张入场券，在酒吧那里，他们已经喝了一些咖啡和鸡尾酒，然后他们分开，各自走到赌桌旁。

罗尔正在玩一项赌博游戏。在罗尔前面放着很多一百美元的筹码，甚至有些是一千美元的。多米诺坐在他的旁边，惬意地吸着香烟。邦德则在远处观察着这场赌博的过程。罗尔已经在一旁赌上了，只要有机会让他的银行存款增加，他就绝不会放过。罗尔一直在赢钱，但是他仍然表现得很绅士，无论人们如何和他说笑或者为他鼓掌，他都非常冷静，很显然他是这家赌场中的佼佼者。多米诺穿着性感的黑色礼服，手上的大钻戒一直在喉咙附近晃来晃去，看起来她有些郁闷和厌烦。罗尔右边的那位女孩，已经帮罗尔开局三次了，但是都失败了，她站起来，离开了赌桌。邦德很快穿过房间来到一个比较空的地方。那有一个八百美元的庄家，而且每玩到一定时间，都会由罗尔来坐庄。对银行家来说，接连去三家银行未尝不是一件好事，因为那意味着银行运转很好。

邦德十分清楚这些，但他痛苦地意识到他的全部资本只有一千美元。事实上，每个人看到罗尔的幸运和胆量都会感到紧张。毕竟赌桌上没有后悔药可以吃。邦德自言自语地说，幸运总是吝啬地垂青那些讨厌的人。他感慨道："银行啊！"

"哦，邦德先生，我的朋友。"罗尔伸出了一只手，"现在让我们到赌桌上玩点儿大的吧！可能我会输掉银行，但只要是英国人都知道如何在这种东西上施展才华。但是，"他十分有魅力地笑了，"如果我一定要输钱的话，我当然乐意输给邦德先生。"

那只棕色的大手轻轻地在牌盒上拍了一下，然后调了一下桌上的设备，准备与邦德玩上一局。他取出一张牌给自己，然后将剩下的分发给了其他人。邦德首先拿起了他的第一张牌，然后扣在桌子上。那是九，钻石的九。邦德瞥了一下旁边的罗尔。他说："这是一个很好的开始——非常好，以至于我很想看看我的第二张牌。"他谨慎地将第二张牌拿起来，在半空中他翻了过来，放在九的旁边。那是一张令人感到快乐的十，发着光的十。除非罗尔的两张牌加起来到十九点，否则邦德已经获胜了。

罗尔笑了，但是他笑得有些僵硬。"你当然只是想让我能够再次向你挑战。"他满不在乎地说。他跟着邦德扔出了牌，它们是八点和国王。罗尔输了这局——十分自然地，一方刚好胜过另一方，这是输钱的最残酷的方式。罗尔大笑起来，然后说："没有人能够两次都这么幸运！"

他对着桌上的人大声说："我说过那些话吧？英国人能够从鞋里面拽出他们想要的任何东西。"

赌桌上的主持人将筹码推给了邦德。他有一大堆筹码了，他向罗尔做出了一个筹码已经堆积起来的手势，说："那么，看起来，意大利人也能够做到。今天下午我跟你说过，我们完全能够成为很好的合作伙伴。"

罗尔高兴地笑了起来，说："好的，让我们再赌一局。将你已经赢得的都作为赌注吧！我会和在你右边的来自银行的斯诺先生打好招呼。可以吗，斯诺先生？"

斯诺先生是一个长相粗壮的欧洲人，邦德记起来了，他也是那些合伙人之一。斯诺先生表示同意。邦德下注八百，他们每一个人都跟他下注四百。这次邦德又赢了，这一次是六点对五点——还是一点之差，邦德赢了这一局。

罗尔沮丧地摇着头，说："事实上，现在我们都已经看到事情发展的进程了。斯诺先生，你不得不单独应战了。这个邦德先生可能有神奇的手指，我投降了。"

现在罗尔只是张着嘴在那里笑。斯诺先生选出一千六百美元作为赌注，推到邦德前面。邦德想了想：两局后我已经赢了一千六百美元，超过了五百英镑。他撤回赌注说："不跟。"这时周围传来一阵嘶嘶的声音。罗尔惊讶地说："邦德先生，你放弃了？"然后他又笑着说，"那我过你的庄吧！"说完扔出一千六百美元的筹码。

邦德看到桌子上堆积成山的筹码，不由自主地说道："开庄！"然后告诉罗尔在他说过庄之前他正打算那样做！

罗尔转过身对着邦德，张着大嘴笑着，他将眼睛眯成一道缝，好像非常谨慎和好奇地看着邦德的脸。他小声地说："我亲爱的朋友,我觉得你今天像是和我较上劲儿了。你一直在和我搏斗,是这样吗?"

邦德想了一下,想想这些话是否真是指向自己的。他说:"当我来到这个赌桌上的时候,就像撞'鬼'了一样。"他小心翼翼地说出了"鬼"这个单词,想要表现得没有什么言外之意。

微笑突然从罗尔的脸上消失了,好像它们已经被"鬼"驱走了。但那只是一瞬,微笑重新回到他脸上,不同的是现在他的整个脸部都变得紧张、紧绷,眼神也变得十分警觉、刻薄。他将舌头伸出来舔了舔自己的嘴唇,说道:"真的吗?你什么意思?"

邦德轻轻地说:"或许是个带来失败的幽灵吧!我想你的幸运也该转移到其他人身上了。当然,也许我的感觉是错的。"他指向自己的鞋。"让我们看看吧。"

桌子上的气氛变得异常沉重。玩牌的人和观看的人都能够感觉到紧张的气氛——就在罗尔和邦德之间。这两个人为了哪个女人在吃醋吗?很有可能。周围的人都紧张地注视着。

罗尔突然大笑起来,高兴和虚张声势的表情重新回到了他的脸上。"啊哈!"他的声音再次变得张狂,"我的朋友,希望幽灵的眼睛就盯在我们的牌上,我们有方法处理这样的情况。"罗尔举起了手,伸出像叉子一样的小手指指着邦德,像是要发生重要的事情。对所有的人来说,这就像在剧院里面看戏一样,但是邦德笼罩在野兽般的敌视和埋怨之下,他并不高兴,因为那是以往的黑手党惯用的手势。看到这里,邦德仍然和颜悦色地说:"这种手法或许会把我迷惑住,但是不能迷惑纸牌。来吧!谁怕谁,你这个'幽灵'!"

罗尔的脸上又布满了怀疑的神情。为什么又听到了那个词?他在反复猜测其中的缘由。"好吧！我的朋友。我们已经激烈地角逐了两个回合了，现在让我们进入第三个回合吧！"

很快，他的两个手指弹出了四张牌。赌桌上十分安静，邦德看着手中的牌，他有五点——那是俱乐部的十点和心脏的五点。五点可是个边际号码，很少有人能够获得这样的号码。邦德将牌扣在桌子上，他对那些有六点或七点的人十分自信地说："不要牌了，谢谢。"

罗尔的眼睛眯成一道缝，显然想从邦德的脸部读出一些内容。罗尔在桌子中间亮出牌，脸上布满了厌恶的表情。罗尔也有五点，现在他要怎么做呢？要还是不要？他再次看了看保持自信微笑的邦德，最终还是要了牌。罗尔抽取另一张牌，而不是保持与邦德一样的五点，他现在是四点，对邦德的五点。

邦德无情地亮出了自己的牌。他说："恐怕你应该杀死黑暗中的恶魔，而不是我！"

桌子旁边的人以嘶嘶的声音做出评论。"如果那个意大利人还是保持五点的话……"，"我总能抽到五点""我绝对不会那样做""真是太倒霉了"。

现在，罗尔尽力抑制自己的愤怒情绪，显得尽可能大度一些。当然他做到了，微笑从他的脸上勉强地挤了出来，好像十分放松的样子。他深深地呼着气，还和邦德握手表示祝贺。邦德接受了罗尔的祝贺。正当邦德想要和罗尔做礼貌式的握手时，罗尔将大拇指卷到自己的手掌内部，那是十分坚定的握手方式，很少有人那样做。罗尔说："现在，我一定得等好运再次降临了。今天你彻底赢得了胜利。我本想为今晚的好运喝酒、跳舞，庆祝一番的，但是你将我所有的幸运都驱走了。"罗尔转向多米诺说："亲爱的，除了打电话之外，我想你和邦德先生还有别的交情。

恐怕邦德先生已经打乱了我的计划，你得找其他人好好招待你了。"

邦德说："你好吗？你还记得我们今天早晨在香烟商店见过面吗？"

多米诺转动着眼睛，冷漠地说："是吗？可能吧！我并不擅长记住人的长相。"

邦德说："噢，我能够请你喝酒吗？我现在刚好能买得起拿骚的酒，多亏罗尔先生的慷慨，我刚刚在这里赢得了一大笔钱，这种事情可不是经常会发生的，我一定不会浪费我的运气。"

多米诺站起来，很不客气地说："你做得可真好啊。"她转向罗尔，说："罗尔，我能带邦德先生离开吗？这样，你的幸运可能会再次降临。我会在顶层房间喝点儿香槟和鸡尾酒。我们努力将已经输掉的钱重新赢回来！"

罗尔笑了，再次变得神采奕奕，说："邦德先生，你看看，你可真是有本事的人。通常情况下，多米诺可是从不会随便和人这样联系的。我亲爱的朋友,待会儿见。我现在要回到赌桌上，重新找回我的幸运了。"

邦德说："好的，谢谢你和我玩牌。我会叫上三杯鸡尾酒和香槟的。我的幽灵也获得了回报。"他想再次看到罗尔听到那个单词时的神情，那对邦德来说是十分重要的线索。邦德站起来，跟着多米诺穿过拥挤的赌桌，来到顶层的房间。

多米诺向房间里面拐角处的桌子走去，邦德跟在后面。他第一次注意到原来多米诺的臀部曲线那么迷人，不过与他之前看中的那位性感而温柔的女孩相比，多米诺显然有些逊色。这时，他不禁想起了在灌木岛遇见那位女孩的场景，这让他久久不能忘怀，甚至很期待能够再次见到那个女孩。此时邦德装出一副十分惬意的样子，来应付这位罗尔的女人，希望能够从她身上获得一些想要的信息。

当名贵的玫瑰和价值五十美元的鸡尾酒端上来的时候，一切都准备好了，邦德对多米诺说："不知道你的酒量如何，就来一杯吧！"他又体贴地询问多米诺为什么走路有点儿瘸，"今天你在游泳的时候伤到自己了吗？"

她难过地看着邦德，说："不是的。我本来就是一条腿比另一条腿短一英寸。这令你不高兴了吗？"

"没有，还好。那使你看起来像个孩子。"

"而不是一个难缠的、衰老的、需要照顾的妇女，是吗？"她的眼神似乎有点儿挑衅。

"那相当明显，不是吗？无论如何，这都是拿骚地区所有人公认的。"邦德大方地看着多米诺的眼睛，但是带点儿同情的意味。

"无论如何，没有人告诉过我那些，我总是想象着其他人对我的看法。其他人的观点怎样才算是好的呢？所有动物都不会注意其他动物的感受，它们只是凭借视觉、嗅觉和感觉生存。关于爱与恨，两者之间的所有事情，那些仅仅是对事情的检验而已。但是人们总是不相信他们自己的本能，他们想要再次进行确认。因此他们询问其他人：他们看起来是否是个特殊的群体。随着世界上传来糟糕的信息，他们几乎总是得出错误的答案——或者至少他们认为有资格成为答案的答案。你想知道我是如何评价你的吗？"

多米诺微笑着继续说："每一个人都想听见有关自己的评价。告诉我，但是要使那听起来是真实的感受，否则我不会继续下去。"

"我认为你还是个年轻的女孩，比你假装的状态还要年轻得多，比你所穿的服装还要年轻得多。我想你受过高等教育，并以站在红地毯上的方式生存着。但是红地毯突然从你的脚下被拽走了，从此你流落街头。

可你重新站了起来，并且开始努力寻找到红地毯上的路，那是你曾经习惯和存在的地方。大概你对那些还算坚定，你已经那样去做了。你仅仅拥有一个女孩的武器，你或许完全使用了它。但是我想你使用的是你的身体，可以说那是十分美好的财产。但是在使用它获得你想要的东西的过程中，你的感觉已经被抛到一边。我不希望它们被远远地抛在地上并且被践踏。当然它们还没有完全萎缩，它们仅仅失去了原有的声音，因为你不想听到它们的声音。你无法承受再次听到它们时的感受。如果你想回到红地毯上面去的话，想要拥有你想要的一切的话，那么，其实你已经获得了想要的一切。"邦德突然握住放在桌子上的多米诺的手，"可能你已经几乎足够多地拥有了想要的一切，但是我本不应该说得太严肃，我不是在说那些非常微不足道的事情，你知道的。对于我来说，你是漂亮的、性感的、让人有欲望的、自立的、机智的、温柔的和残忍的女孩。"

多米诺若有所思地看着邦德，说："我并不十分清楚所有的事情，而且我已经告诉过你大多数的事情了。你知道关于意大利女人的事情，但是为什么你说我是残忍的呢？"

"如果我正在打赌，并且和像罗尔那样的人赌博，有一位女孩坐在我的身旁观看，她没有给我任何温柔和鼓励的话语，我会说她是一个残忍的人。因为男人不喜欢在女人面前失败。"

多米诺笑了，说："我一直都坐在那里看着他赌博和炫耀。我想你能够获胜，我不是假装的，你根本没有提及我唯一的美德——那就是诚实。我喜欢狡猾，但是也讨厌狡猾。刚才在和罗尔赌钱的时候，我也有这样的想法。我们是爱人，我们现在更是能够相互理解的好朋友。当我告诉你他是一个保护者的时候，我就是在告诉你一个善意的谎言。我只是他持有的女人而已，我也是他笼子里面的小鸟，我厌烦了笼子，也厌烦了交易。"她自卫性地看着邦德。"是的,对于罗尔来说,这是残忍的,但是那也是一个人的本能。你能够购买我外部的身体,但是你不能购买到内部——有人称那些是心灵与灵魂。但是罗尔知道那方面,他觉得女人是拿来利用的,不是用来从内心喜爱的,在这方面他不知道有多少个女人了。他知道我们内心的感受,但他是一个现实主义者。与他长期的交易已经让我难以忍受了——难道要我为了出卖身体而歌唱吗?"

多米诺突然停了下来,说:"再给我一些香槟。所有这些愚蠢的语言让我感到口渴!我想轻松一下。"说完,她笑了笑,继续说道:"请你帮帮我,就是他们常说的建议。我已经厌烦仅仅吸烟了,我需要我的英雄。"

邦德从女孩那里拿来一根香烟。他说:"那个英雄怎么样?"

多米诺突然觉得紧张起来,好像被某种力量俘虏了一样。然后说:"啊,你不知道?我说的是真正的爱情!我真正梦想的男士!他是能够在我的大海里遨游的水手。你从来都不会感受到我的想法。"她向椅子旁的邦德走去,说道:"你不明白这种美好场面的浪漫之处——那个人是世界上伟大的杰作之一。"她强调:"我曾经糟蹋自己,将一位男士带进树林。我十分爱他,几乎在他身上花掉了我所有的金钱。作为交换,他介绍我到有绅士和小姐出没的上流社会,让我成长,并允许我与喜欢的男士交往。当我孤独和恐惧的时候,他总是在身边陪伴我。他鼓励我,给我自信。你无法想象那种场面的浪漫!你什么也看不到。"她渴望地抓着邦德的胳膊,说:"这就是英雄的故事,世界上最伟大的英雄。首先,他是一个年轻人,一头倔驴,无论如何人们总是那样称呼他。他在海上航行的时候,人们在他的耳边传递这样的称呼。对他来说,那是十分艰苦的时刻。无论遇到多大的风浪,他总能勇敢地抓住绳索化险为夷,让胜利的旗帜自由地在风中飘舞。他总是雄心勃勃。后来他长大了，开始长胡须。不久之后，他就长成潇洒的成年人，魅力十足。"她咯咯地笑了起来，"他可能已经在为美德战斗了。无论什么样的人称他是倔驴的时候，他总是能够看清楚自己的本质和表现——眼神里始终存在一种自强不息的感觉——那完全来自敏锐的头脑，他是一个坚持不懈的人。"她中断一会儿，喝了一口香槟，美丽的脸颊上露出可爱的酒窝。"你在听我说话吗？听我这样描述我的英雄你感到厌烦了吗？"

"我只是有点儿嫉妒，请继续。"

"可以说，他到世界各地旅行过——印度、中国、日本和美国。他认识很多女孩，用拳头打倒了许多人。他经常给家里写信——给他的母亲、他已婚的姐姐，她住在德沃尔地区。她们十分想念他，希望他早日回家，希望他遇见喜欢的女孩，然后结婚。但是他没有那样做。你看看，英雄总是让像我这样的女孩抱有幻想。然后，"她笑着说，"第一艘汽船来了，他被送到一个地方——非常美丽的地方。到现在为止，他还是一个水手长，无论那是什么样的职业，对他来说都是十分重要的。他总是从工资中节省出一些钱，从不出去打架或找女人。他成熟了，长了很多可爱的胡子，看起来更加有魅力。他点燃一支蜡烛，用斑斓的色彩刻画了美好的人生蓝图。你能够看到他做得多么出色——他第一次启航、最后一次带着救生圈装载。当他决定离开海军的时候，他画完了那幅图画。在人生的重要时刻他做得很好，难道你不赞成吗？甚至那时，他从危险地带逃出来，通过救生圈获得了逃生的机会，他不得不继续从事那个行业。在那里，你能够看到他做得非常好，任何细节都一丝不苟。后来他在一个美丽的夜晚，大约是在完成海军生活的时候，回到家中。那些日子是如此悲伤、美好和浪漫。他决定将这些美好的夜晚绘制成另一幅画，因此他用自己的积蓄购买了一个酒吧。每天早晨他都高兴地到酒吧工作，直到做好所有工作才回家。在那时，你能够看到小船带他回家，他通过苏伊士运河，那些美丽的海面和岸边可爱的贝壳好像都在陪伴他。任何一个平静而美丽的夜晚都让他流连忘返。就是这些。"她眉头紧皱地说："我不喜欢他常戴的那种礼帽，但是他总是那样戴着。成为我心中的英雄后，就是这个地方不令人喜欢和满意。但是你必须承认，那是曾经听到过的最典型的浪漫画面。当我在海上吸烟或者生重病的时候，我就会幻想那样的美好场景，逐步地将所有画面连接，希望成为完整的人生故事，然后我再想象新的故事。我总是让它们和我在一起，直到有些事情发生了变化，使我不得不回到意大利，然后我不能继续这样的梦想了。在意大利我只能靠吸烟来完成梦想了。"

邦德想要她保持刚才的情绪。他说："但是，英雄的图画后来怎么了？吸烟的人如何才能获得那些画面呢？"

"哦，好的，有朝一日你会看到一个戴礼帽的人来到英雄酒吧，和两个男孩一块儿，就在这里。"她将烟盒拿到一边，然后说："那些就是其中的一部分。你看看，烟盒上面写着现在的继承者在经营的生意。他们现在已经拥有顶级汽车，并且摧毁了英雄的酒吧。这个戴礼帽的人当然不饮酒——那些人不是居住在当地的受人尊敬的人。因此当私家司机在修理汽车的时候，他点了啤酒、面包和乳酪。先生和孩子们都喜欢悬挂在酒吧墙上的挂毯装饰。现在，这位戴礼帽的先生在做烟草生意。香烟被发明出来后，他决定从事制造香烟的生意。但是，他不知道如何称呼那样的事业，或者在烟盒上面画哪种图画。突然，他有了一个好主意。当他回到工厂时，对他的经理说了想法。经理来到酒吧，看见了英雄，然后给他一百英镑，让他将已经完成的两幅画复制到烟盒上面。英雄没有介意，毕竟他刚好在等一百美元做结婚的费用。"多米诺停顿一会儿，眼睛向远处望去，"她是非常漂亮的女孩，顺便说一句，大约三十岁，拥有顶级的厨艺。她年轻的身体总是让英雄在床上感到温暖。直到许多年后英雄去世了。她抚养了两个孩子，一个男孩和一个女孩。男孩像父亲一样参加了海军。好的，无论如何，曾经做生意的那位先生想要让带着救生圈的英雄，还有漂亮的夜晚等难忘的经历出现在烟盒上。但是经理觉得没有足够的空间放上那么多东西。"多米诺将烟盒翻了过来，接着说道："但是还是创造了很多家喻户晓的香烟品牌，并且十分受人欢迎。因此做生意的人说：'那好吧，我们会创造一个高于以往的品牌。'确切地说那就是他们想要的，我得说我认为这确实非常好，不是吗？虽然我想在看到裸体的美人鱼的时候，有人可能会相当恼火。"

"美人鱼？"

"哦，是的。就在救生圈的底下，它溜进了大海，英雄用一只手给小美人鱼梳头发，用另一只手示意美人鱼回家。那可能在比喻一位想要结婚的女孩。但是你能看到，无论如何她的乳房能够被看到。做生意的人是个非常聪明的人，认为那并不适当。但是他最终还是把它补充到英雄的图画上面了。"

"哦，他如何做到的呢？"

"哦，香烟生意能获得伟大的成功，那些图画起到了至关重要的作用。人们觉得，任何有那些美好图画出现的香烟都肯定是好香烟。做生意的人发财了，我想他也确实成功了。英雄变老以后，没过多久就去世了。之后，做生意的人让当今最好的艺术家将带着救生圈的图画刻画下来。那几乎与英雄的一样，除了不是彩色的，画面显得英雄老多了。做生意的人向英雄许诺，这幅画将一直出现在香烟盒子上面。这里，"她掏出香烟，"你看他看起来多老，不是吗？还有一件事，如果仔细看的话，船上的旗帜都是在桅杆的一半处飘扬着。做生意的人相当体谅人，难道你不想去问艺术家其中的原因吗，那意味着英雄第一次和最后一次坐船的样子让他记忆犹新。做生意的人和他的两个儿子将这幅画拿给英雄看——就在英雄去世之前。对他来说那可能是轻而易举的事情，难道你不那样认为吗？"

"我当然那样认为。做生意的人一定是一个考虑周到的人。"

多米诺慢慢从她梦想的天堂回到现实。她用一种不同的、庄重的声音说："无论如何，谢谢你能听我讲故事，我知道我所讲的都是童话故事而已，至少我认为它是。有些孩子喜欢将一些东西藏在枕头下面——洋娃娃或者小玩具等，直到逐渐长大，但是像那样的孩子是愚蠢的，我知道孩子都是同样的。据说我的哥哥小时候很喜欢金属玩具，直到十九岁的时候还那样。后来他就开始逐渐成熟起来。我从来不会忘记他讲过的故事——即使那时候他在空军工作，正好在战争期间，他说童年的那些东西为他带来了好运。"多米诺说话时的语气带点儿讽刺意味："他本不应该结婚，他做得很好，比我大得多，但是我敬佩他。现在我依然敬重他。女孩总是喜欢那样的人，尤其当那样的男士是她们的哥哥时。他各方面都做得很好，可能应该为我做些事情，但是他没有做，从来都没有。他说，在他看来，生命是每个人的。他说祖父是十分著名的偷猎者和走私犯，在当地所有人的墓碑当中，他的是最昂贵和考究的。我的哥哥说他打算建一个比那个还要好的墓碑，只要以同样的方式努力赚钱就能够做到。"

邦德稳稳地拿着香烟，长长地吸了一口，然后烟雾从口中逐步吐出来。"那么你的家族就是贝塔奇家族吗？"

"噢，是的。韦塔利是后来取的名字，那听起来更好一些，所以我就改了。没有人知道另外的名字，我自己也几乎已经忘记了。自从我回到意大利，我就称自己韦塔利，我想将每件事都彻底改变。"

"后来你的哥哥怎么样了？他的名字是什么？"

"哥斯普。在很多方面他都做错了，但是他是一名出色的飞行员。上次我听说他在巴黎执行高级任务，可能那可以使他安顿下来。每天晚上我都祈祷他会过得很好，而且已经得到他想要的了。尽管发生了很多事情，我还是十分爱他。你能明白吗？"

邦德将烟灰弹到烟灰缸里，叫了声"埋单"，然后说："是的，我能明白你的意思。"

第十六章 ✈

水 下 探 险

　　警察局附近的码头下面，黑暗的海水不停地冲刷着铁制的支架。格子形状的阴影因残月的照耀显得格外诡异。桑托斯将沉重的水肺装在了邦德的后背上，邦德顺势检查了一下手腕上的带子是否已经勒紧——这是为了能够让雷德的顶级设备正常运作。当然他已经将手表调到了水下运作的模式。邦德已经在牙齿之间咬上了橡皮做成的护齿套，然后开始调整阀门，直到空气的供给刚好合适。接着，邦德关掉了开关，随手取下了护齿套。夜间俱乐部钢管乐队奏出的音乐不时地传到水面上来，听起来就像有一只大蜘蛛在水面上跳舞一样。

　　桑托斯是一个身材高大的黑人，此刻他浑身赤裸，只穿了一条泳裤，在月光的照耀下身上的肌肉显得格外结实。邦德说："今晚我会看到什么呢？那条大鱼？"

　　桑托斯笑了，说道："一般情况下会看见一些海洋生物，可能会有一些梭鱼，甚至还可能有鲨鱼。但是它们吃饱了食物和淤泥之后会变得很懒惰，不会来打扰你的，也不会有兴趣将你作为晚餐。晚上，它们大都沉到海底休息了，只吃极少的龙虾和螃蟹。大多数海草总是缠住失事的船只上的一些东西，例如瓶子，但是，海水非常清澈，凭借月光和迪斯科号的灯光，你能够看见除了海水以外的很多东西。现在已经 12

点 15 分了，我敢说这将是一场非常有趣的航行。我正在寻找一个甲板上面没有守卫、驾驶室里面也没有人的好时机。你的呼吸可能会产生一些气泡，但是你要保持呼吸。当然，危险的事情随时都会发生，所以你一定要加倍小心！"

"好的，现在让我出发吧！半个小时之后我们再见！"邦德感觉了一下手腕上匕首的位置，然后调整了一下带子，接着将护齿套戴在了牙齿中间。身穿潜水服的邦德站在沉积的沙子上，打开氧气，走入了水中。邦德弯腰潜入了水中，脸上的面罩阻碍了水流的拍打，邦德总是不时地调整着面罩的位置，好让它处于最佳状态。然后他慢慢地开始游泳，逐渐地他习惯了佩戴设备在水下呼吸的感觉。进入水中之后，他只能通过耳朵来辨别事物。他安静地游着，使用自由泳的方式在水中穿行，手臂不停地向两边滑动。

海底的淤泥形成了很多斜坡，邦德继续深入，大约只差几英寸就能够到达水底了。他看了看手表上发光的数字，他没有让自己放松下来，而是继续自由地、有节奏地游动着。

皎洁的月光通过清澈的水直接照到了海底，邦德清楚地看见了摩托模型、易拉罐和酒瓶——它们不时地形成黑色的影子。一只小章鱼感觉到了邦德游动的振动波，逐渐地由黑色变成了浅灰色，接着便软软地向后退去，退到了布满油渍的鼓状物里躲了起来，看来那里应该是它的家了。海中有各式各样花朵般的生物，即使在夜晚依然能够看到它们生长的情况，当邦德黑色的潜水服触碰到它们的时候，它们也害羞地躲回了自己的洞穴。其他微小的夜间生物总是躲在淤泥里，好像感觉到邦德的经过可能会带来危险一样，邦德偶尔会撞到螃蟹，它便立刻钻到狭窄的外壳下面躲起来。就像借着月亮的照耀，在优美的风景中旅行一样，邦德看到了许多奇妙的景色。邦德仔细地观察着所有的事物,他非常谨慎,好像他已经成为水下作业的自然科学家一样。他知道在海底保持高度镇定的方式——将所有注意力集中到生活在海底的生物上,而不是想象可能会冒出蘑菇云的危险幽灵。

邦德平稳地在水中游动了很长时间,似乎非常顺利。他继续游动着,突然想到了多米诺,她可能就是劫持那架飞机的人的妹妹!也许罗尔知情,事实上如果罗尔已经卷入这个阴谋的话,难道会不知道这些?事情的真相到底是什么?巧合而已吗?也许真的没有什么阴谋。罗尔的行为看起来那么无辜。但是,如果罗尔就是那场阴谋中的一员,他那个可恶的、瘦小的下巴就会是最好的证明,还有他对"幽灵"这个词的反应。也许这一切都归结于意大利人的迷信——或者根本不是。突然,邦德感到毛骨悚然,将这些事情归结起来,就好像到达了几千英尺的冰山之顶——下面是一千吨的原子弹。他应该报告吗,或者不应该?邦德犹豫不决。怎样去处理那件事情呢?怎样将所有的事情有逻辑地组织起来,而不会违背常理呢?应该说多少,又应该省略哪些呢?

人体的第六感,是从无数年前的丛林生活中保留下来的,当人们知道濒临危险的时候,会下意识地变得非常敏锐。邦德将注意力集中在不远处的东西上,但是他下意识地想到,其实应该探测敌人的动向。顿时邦德感觉到——危险!危险!危险!

邦德紧张地将手伸向了匕首,头部本能地迅速地移向右边——不是左边或者后边,他的直觉告诉他要向右边移动。

果然不错,一条大梭鱼!如果它有二十磅重或者更重的话,它就是海洋中最具危险性的鱼类。那条大梭鱼极富攻击性,它的下巴上长着长长的嘴,那是充满敌意的武器。当它张开大嘴的时候,就像一条毒蛇一样，以九十度的角度，扭动着蓝色和银色的巨大身体冲向食物，这种攻击的速度和猛烈度，使得这种鱼成为海底最具杀伤力的五种大鱼之一。此时，这只大梭鱼与邦德平行游动着，邦德的手表显示在二十码的位置正在发生危险。手表指针滑动得十分缓慢——就像获得恐惧信号一样——那双金色和黑色相间的眼睛盯着邦德，富有警觉又漠不关心地看着他。梭鱼的嘴巴有半英尺那么大，借助月光邦德清楚地看见了它那锋利的牙齿——牙齿不会咬肉，只会将其撕成块，然后吞食，食物会不停地在像刀一样的牙齿上碰撞。

这时，邦德在努力回忆关于大型食肉鱼类的知识，他曾经遇到过这样的情况。最重要的原则就是不要惊慌，不要害怕。与大鱼直接冲突不是明智之举，对待大鱼要像对待狗和马一样。其次，在水中要保持平衡，不能显得行动笨拙或者慌乱。在海中，身体失去平衡就意味着自身已经脆弱了，因此很有可能遭到意想不到的危害，所以一定要保持游动的节奏。一条具有攻击性的大鱼能够猎捕很多海底生物，螃蟹或者贝类会被海浪冲过来，因此顺理成章地成了大鱼的食物。这样的鱼可以称为死亡之鱼。邦德有节奏地游动着，在心中祈祷着能够免受大鱼的攻击。

现在，恶劣的局势发生了改变。软软的海草出现在邦德的前方。海草在水流中慢慢地、有节奏地摇摆着，就像睡着了的长着毛皮的动物一样。这种催眠的感觉让邦德有点眩晕。前面的海域布满了像海绵一样的生物——拿骚的海上运输船队就曾因为这些生物毁于一旦，它们流出的黏液能够使很多生物丧生。邦德黑色的身影小心翼翼地掠过那些犹如蝙蝠一样恐怖的海草。而邦德的右边，梭鱼仍然安静地移动着。

一群浓密的鱼群出现在邦德的前方，它们在水流中悬浮着，好像已经打包好了准备烹饪似的。当两个平行游动的身体接近它们的时候，那一大群鱼突然分开了，为两个大型敌人留下了宽敞的通道，接着它们重新组成团结的队伍，也许这样能够提高所有鱼儿的安全系数。鱼群游过之后，邦德又看到了梭鱼。它威风凛凛地游动着，忽视了身旁的食物，就像狐狸看到小鸡的时候就会忽视兔子一样。邦德继续控制着自己游动的节奏，不时地给大鱼传递信息：我是更凶猛的鱼。梭鱼可能因此放过邦德。

在波动的水草之间，船锚的黑色倒钩深深定在水底，就像邦德的另外一个敌人，由于水中淤泥的影响，倒钩在水中若隐若现。邦德立刻游到前面打探情况，他甚至忘记了过于兴奋可能引起身边梭鱼的警觉或攻击。

一想到这里，邦德又开始慢慢地游动起来，他不时地观察着月光照耀下的那只巨大的白色梭鱼，看看它的反应和状态是否发生了变化？邦德刚刚向下看去，便发现大梭鱼的信号消失了，也许前面的铁锚和铁链更像充满了敌意的威胁，所以引起了梭鱼的注意。皎洁的月光下，快艇的倒影在水中呈现出来，已经蜷缩起来的快艇的两翼在海水中看起来并不美观，好像它并不属于快艇似的。邦德很快地游到右舵的凸缘边上，牢牢地抓住了它。在左边很远的地方，那些旋转螺丝安然地悬挂着，在水中闪闪发亮。快艇安静地停泊着，只是偶尔进行必要的排水。邦德缓慢地朝外壳移动，开始去追寻他想要的东西。他有点儿紧张！是的，就是那里，在那宽大的阀门边缘，大约距离他十二英尺，分布在快艇中心位置。邦德在心中估算着如何才能抓住它？停顿片刻之后，他便开始猜想封闭的门内到底是什么？他按了一下身上的探测按钮，表盘随即动了起来，他不时地观察左边手腕上表盘刻度的变化，让他感到惊讶的是感应器开始有反应了。邦德关掉感应器。他确信，那里面的确有他想要寻找的东西，现在可以安然返航了。

邦德耳朵里面的感应器与左边肩膀上的同时发生了反应，有危险！邦德迅速地从快艇外壳上弹了回来。在他的身体下面，那个像长矛一样锋利的铁锚装置慢慢地向海底盘旋着。邦德蜷缩起来，黑色潜水服在月光下闪闪发光，邦德成功地躲避了另一只长矛形状的旋转物，他利用身上的装置顺利地让自己进入了安全状态。邦德在水中挥动着脚上的鳍状脚蹼。就在这时，一个装载着水肺的人向他冲了过来，打算利用锋利的匕首将他置于死地，同时还能水中发射的手枪向邦德射击。邦德看见那个人正拿着明晃晃的匕首从下面向他刺来。马上，邦德感到匕首顶在了黑色的橡胶服上，而枪柄正好打到了邦德的耳后，一只白色的手正在袭击邦德背后的氧气设备。邦德猛地用匕首刺向那个人，只见那个人在水中拼命挣扎着，好像要将某种东西彻底撕裂似的。慌乱中，邦德一时看不见任何东西，突然，邦德的头部再次被枪柄重击。这时，邦德的面罩滑落了，从中涌出许多黑色的烟雾，那是一些浓重的、黏稠的东西。邦德痛苦地支撑着，他缓慢地游动着，随即抓住了面罩。片刻之后，邦德又能够看清水中的情况了。那个人的胃部位置涌出了很多黏稠的液体。他痛苦地想要举起手枪射击，但是手枪仿佛有一吨重似的使他无力举起，他的嘴里不停地吐出黏稠的液体。现在，刚刚那个十分强劲的对手，那个几乎要将邦德打倒的人，缓慢地向水下沉去，刚好漂浮过邦德的脚边。他在水中悬浮着，好像被封在坛子里的漂浮物一样，一旦有点晃动，就不停地死气沉沉地挤压坛子上面的盖子，然后又被盖子的力量重新压回坛子里。邦德几乎无力挪动自己的手臂，它们就像灌铅了似的。邦德摇了摇头，想让自己变得更加清醒一些，但是手和脚并不听他的话，好像所有的精力都在减退。这时，他看见那个人的护齿套脱落了，露出了牙齿。事实上，那个人的头部、咽喉和心脏都被刺到了。邦德将手移向胸部做了一番检查，然后蹬着脚蹼慢吞吞地移动着，就像折断翅膀的小鸟一样，在那个人的下面毫无生机地游动。

突然，那个人的后背像是被人踢了一脚一样，再次向邦德冲来。那个人的胳膊以奇怪的姿势抱住了邦德，枪在他们的挣扎中坠落，然后消失得不见踪影。黑色的血液从那个人的后背涌到海里，他的手模糊地在水中拍动着，然后头部下意识地向后仰去，仿佛想要看看究竟是谁在这样对待他？

这时，邦德看见那个大梭鱼在身后几码远的地方，大鱼的下巴上悬挂着黑色的橡皮护齿套。这只银色和蓝色相间的水中杀手叼着那个人的护齿套，不停地在邦德身边游动。血液形成的烟雾在水中弥漫开来，大鱼也许在这场猛烈的搏斗中感受到了肉的滋味。

凶残的梭鱼的冷酷的眼神死死地停在邦德和那个正在缓慢下沉的人身上。它摆动着头部，将嘴里的橡皮护齿套甩开，看似慵懒地将头部转动了一下，但是水中立刻泛起一道白光，让人感觉异常恐怖。它用张开的下巴撞击着那个人的右肩，晃动着那个人的身体，就好像一只狗要吃掉眼前的老鼠一样，然后它离开了。邦德觉得胃部的东西就像熔化的火山岩一样要喷出来了，他努力地控制自己不要吐出来。一切困倦在看过那个恐怖的场面之后都荡然无存了，他好似在梦境中一样无精打采地游动着。

邦德没有游动多远，就有东西撞到他的左脚脚面上，在月光的照射下他发现那是一枚银色的海蛋，它懒惰地翻过去，逐渐沉了下去。这对邦德来说没有什么特别的地方，但是片刻之后，他胃里面的东西好像再也无法忍受了一样，突然冲向嘴边。邦德总是觉得很恶心，他努力抑制，开始在水中快速地游动。与此同时，邦德还不时查看水底的动向。这时候更多的水中生物出现了，邦德继续游动，逃离了一个又一个水中陷阱，那个人流出的血液还在水中飘荡，随着邦德游得越来越远，迹象也逐渐消失了。

海底呈现出与先前一样的宁静——海草友好地摆动着，像海绵一样的东西和那些成群的小鱼似乎都从搏斗中感受到了鲜血的滋味。邦德全力以赴地游动，暂时将舰艇抛到了脑后。他发现，有人一个接一个地俯身跳进水里。幸运的是，他们并没有找到邦德来过的痕迹，因此他们得出结论：水下的那个人是被梭鱼杀死的。邦德想，罗尔向海滨警察局报告的场面也许有趣极了。带有武器的水中看守在和平的海滩上和美丽的快艇上活动，并且身亡，这确实是很难解释的事情！

邦德小心翼翼地穿过繁茂的海藻，头偶尔有些发晕，邦德下意识地用手摸了摸头部，发现有两处水肿。虽然皮肤是完好无损的，但是由于水压，这两处由枪柄重击造成的瘀伤不时地让邦德感到疼痛。就在那个时候，邦德觉得很不舒服，但是当邦德看到海藻惬意的状态，以及皎洁的月光下美丽的海底景象时，他又变得异常兴奋。所有海底的生物组成了美好而又和谐的场面，这些足以让邦德暂时忘记身上的疼痛。这时，一条大鱼，还是梭鱼，正在从邦德身旁经过。看起来它已经变得疯狂了，它的身体在水中嚣张地摆动，银色的光芒像一把锋利的利刃让人毛骨悚然，大嘴不时地张开好像在吓唬周围的生物，给人不可一世的感觉。邦德觉得看到这样的水中国王，他竟然没有受到特别的礼遇，好像有点儿说不过去。突然，他想起刚刚发生的事情，那种感觉就像拳击手在最后时刻被对手击倒，不得不挣扎站起来一样。之前发生的争斗好像已经压迫了大鱼的神经，竟然奇迹般地令这条大鱼失去了平衡，在水中丧失平衡等于自杀。但是，那并没有持续多长时间，一条比它更大的水中猎手——鲨鱼发觉了它。鲨鱼可能会跟随白色的梭鱼，直到梭鱼的痉挛暂时消退，它便发起猛烈攻击。一场猛烈的争斗之后，鲨鱼继续安静地航行。鲨鱼的血盆大口一直在水中追踪黑色和黄色的鱼类，还包括一两条鲫鱼，以及一些和它们在一起的寄生虫们。

此刻，邦德身边出现了灰色的摩托模型、瓶子和易拉罐，这些都是从码头上扔下来的。邦德穿过沙子斜坡，在浅水处滑行。所有的景观都与之前看到的一样，熟悉的感觉让邦德明白就快到达码头了。邦德扛着沉重的水下装置，终于在历经了一场惊险的探测之后回到了安全的岸边。

第十七章
复 仇 者 号

邦德一边穿着衣服，一边听着桑托斯的唠叨。看起来在那里真有某种水下防卫系统，一旦遇到紧急事件就会浮出水面，它就在快艇的附近。已经有几个人在甲板上出现了，那可能就是某种暗示。一艘小船已经在边上隐藏起来，人们在岸边是看不见它的踪影的。邦德说他对此一无所知。在船的附近，邦德的头部还遭到重击，好像是可恶的人专门在那里防卫，知道他的踪迹一样。邦德已经看过想要看的东西，可以说最终探险是成功的。桑托斯确实为邦德提供了很多帮助，邦德非常感谢他，当然这对邦德来说是一个惊心动魄的美好夜晚。邦德现在想到的是，明天一早就要去会见当地的行政领导了。

邦德小心翼翼地在街道上行走，来到已经停在那里的雷德的福特汽车旁。邦德开车回到旅馆，打电话到雷德的房间，然后他们一起驾车到行政领导的总部。邦德并不在乎结果，他打算向上司如实报告已经发生的事情，还有已经发现的东西。当时是伦敦上午8点整，还有4个小时到达正午。邦德的怀疑就像在烧水的压力锅一样不断升温，终于达到沸点了。他不能再像这样将所有的事情压在心底！

雷德下定决心说："你就去做吧！我会将报告复制一份发给中央情报局，请求批准进一步的行动。而且我还会打电话给我的上司，报告这些好像发生在地狱里的事情"。

"你会那样吗？"邦德对雷德的改变表示惊讶，"你怎么突然转变了看法？"

"会的。我已经在赌场细心观察了所有可疑的人物，我想那些人可能就是所谓的寻宝人或者罗尔的合伙人。大多时候他们都是集体行动的，有的时候会站在一旁观察事情的进展，好像这也让他们乐在其中——想象一下就好像是在度过阳光明媚的假期或者在从事美好的事业，但是他们并没有做得那么漂亮！罗尔布置了所有的工作，看似天衣无缝，其实还有很多幼稚可笑的地方。其他人看起来好像都在例行公事或者快乐地玩耍，但是他们的行为让我想起了以往听说过的，黑帮进行大屠杀之前的境况。在我的生活中，从来没有看到过那么恶心的家伙——一个个衣冠楚楚、抽着雪茄、喝着香槟——假装绅士般地要一杯或者两杯，好像在显示他们独有的高贵精神。我觉得所有人都只是在遵守命令。但是他们都已经察觉到有人在追查他们。你知道，谨慎、冷酷、深思熟虑就是那些人一贯的作风。好的！单从那些人的脸上我没有看出任何东西，直到我遇到一个家伙——这家伙总是眉头紧锁，戴着一副水晶制作的眼镜，看似很有学问，让人感觉他像误入妓院的摩门教徒一样不知所措。他紧张地四处张望，每当其他家伙跟他说话时，他总会脸红，然后他会说："在一个很不错的地方，正在度过快乐的时光。"我跟着他，凑得更近地听他说话，发现他对两个不同的家伙说了同样的话。其余的时间他总是四处转悠，好像很无助的样子。他的举止让我感觉有些不对劲！那种表情我好像在某个地方看到过似的。你知道那是什么样的吗？我疑惑一阵之后，来到接待的柜台，高兴地和服务员聊天，我说自己似乎找到了曾经移民到欧洲去的老同学，但是由于时间过去很久，我无法记起他的名字。后来服务员跟我一起去看那个家伙，然后他回去在访客名单上面逐一查找，这位服务员一心想要帮我找到那个人的名字。那个人也许就是艾米尔，瑞士护照，来自快艇上罗尔先生那群人中的一位。"

邦德打断了他的话："好的，我原本猜想他就在瑞士，看来确实如此！"雷德看着邦德，"记得有一个叫克兹的东德的物理学家吗？大约五年前他到西方去了，然后将他所知道的都告诉了联合科学部门的人，最后，他便消失了，他的行为带来的丰厚的好处足以让他在瑞士获得安身之处，后来他改名为艾米尔。好的，詹姆斯，告诉我你对此事的看法，那就是那个家伙！当我在华盛顿中央情报局工作的时候，他的档案就在我的办公桌上，现在我全想起来了。那就是我看到的那个紧张的家伙！我在档案中看过他的照片，现在我可以完全肯定他就是我看到的那个人。那个人就是克兹！难道那个罗尔笼络了很多物理学家在迪斯科号上工作吗？真是那样吗？"

说着他们便来到了警察局总部，此时只有一楼的灯还亮着。邦德等了一会儿，直到他们向值勤的工作人员说明了情况，才被带到房间里面。邦德站在房间中央，看着雷德说："那是弗莱克斯，现在我们要做什么？"

"那是你今晚的成果，我刚才还在怀疑所有的事情，看来现在没有任何怀疑的必要了。"

"怀疑什么？罗尔会到律师那里，然后大约五分钟之后他们就会出门。这只是法律方面的民主过程而已！我们那些简单的事实，难道罗尔不能否认吗？好吧！你见到的那个人就是物理学家克兹。他们正在寻找财宝和绅士，他们需要了解海底矿藏的专家。这个人为罗尔提供了这方面的专业服务，他的名字是克兹也没有什么大不了的。毫无疑问，他仍旧担心俄国人超过他。下一个问题是什么？是的，我们已经知道了迪斯科号的水下秘密。他们打算通过它来获得财宝。检查它吗？好的，如果必须这么做的话！水下的装置，可能只是一个小型的探测深海的舰艇。那个人难道是水下守卫？这很有可能！我们也许要花费六个月的时间，寻找他们到达那里的原因，以及后来都做了什么。他们是专业人士，是绅士。他们总是要隐藏他们的行踪。无论如何，有问题的是邦德先生！富有的绅士来到拿骚寻找想要的财产，却在半夜的时候偷偷跑到罗尔的船下去勘查？哥斯普？从来没有听说过。韦塔利小姐家人的名字又有什么关系，根本没有人在乎！人们只知道她是韦塔利……"邦德做了一个无可奈何的手势。"看看我的意思是什么？财宝寻找者的伪装真是完美！它能够帮罗尔解释所有的事情！我们还剩下什么没有讨论？罗尔集中全部精神，然后说：'谢谢，绅士。'那么他现在可以做点什么？在既定的时间之内，他又能做什么呢？他会为他的工作寻找其他的基地，我将会收到来自他的律师信件——那是关于擅自侵入的拘留令。祝你的旅游好运，先生。"邦德无可奈何地笑了，说："看看我的说法对不对？"

雷德耐心地说："那么我们做什么呢？拜托别绕圈子了！将它公布于众——不可以吗？"

"不是的，我们应该等待。"邦德伸出一只手，对着雷德说："我们将发出报告，以非常谨慎和警觉的方式，那样就会得到来自空军驻扎部队的消息。我们会对你的上司说这里的确需要帮助，那就是我们要做的。至于迪斯科号，我们会继续监视它，当然我们也乐意那样做！我们将会保持以往的隐蔽状态，继续注意快艇的动向，看看究竟还会发生什么事。目前，我们还没有被怀疑。罗尔的计划，如果确实有的话，那就是，好好利用寻宝的伪装完好地隐藏所有的事情，他们也希望所有的事情都能够顺利进行。现在他要做的事情就是带着原子弹前往 1 号目标，为大约三十个小时之后的行动做好准备。我们绝对不能打草惊蛇，直到将一个或者两个原子弹暴露出来，我们不会等待太久了！复仇者号也不会再隐蔽，如果它确实在附近一带的话。明天我们需要找来水陆两栖的工作人员，搜寻方圆一百英里以内的海域，他们已经被分配给我们待命了。我们得搜寻海域，而不是陆地。它可能就在珊瑚礁海域的某个地方，被大意地隐藏起来了。在风平浪静的日子里，我们应该能够准确地找到它的位置——如果它在这里的话。现在，来吧！让我们去发送那些报告吧！然后好好睡上一觉，也就是说我们暂时不再交流。当你回到房间的时候，也不要使用电话。无论我们多么小心，信号都可能被检测到，那会影响我们整个计划进程。"

六个小时之后，他们在早晨的水晶灯光下走出住处，看到准备配合他们的水陆两栖工作人员已经到齐，正在外面等候。雷德发动了飞机的启动装置，这时一位身穿制服的、骑着摩托车的快递人员朝他们驶过来，但是他们并不确定是否是冲他们来的。

邦德说："准备好！快点儿！烦冗的程序来了！"

雷德启动了飞机，后面的摩托车快递真是来找他们的。那个人好像十分生气地在后面呼喊。雷德抬头仔细看了看天空，今天万里无云。他缓慢地推动飞机的驾驶设备，这架小飞机顺利地起飞了，越来越快地离开地面向远处飞去。无线电仍旧在呼叫他们，但是雷德将它关掉了。

邦德一边看着膝盖上的图表，一边钦佩雷德的驾驶技术。此时他们正在向北飞行。他们已经决定从大巴哈马群岛开始，首先查看 1 号目标可能存在的海域。他们在一千英尺的高度飞行，他们下面的棕色的狭长地带一览无余。"猜猜我打算怎么办？"邦德说："向下飞行到五十英尺的高度，你能够看到海域上的任何东西。像复仇者号那样的大飞机无论在哪一个航线都能观察到。我们准备去的地方就是飞机最可能降落的地方。从那里可以看见通常看不到的东西。单纯假设一下，迪斯科号在第三个夜晚动身前往东南方向，那只是一个花招罢了，向北或向西可能更加合理！它会在八个小时之后离开。抛锚处的两个人可能正在做营救工作。他们可能会离开五个小时，其中有一小时将会花费在那些错误的追踪上。我已经标注了从大巴哈马群岛到另一个群岛的海域。如果有发现的话——应该就在那里。"

"你已经和地方行政长官打好招呼了吗？"

"是的。我会委派精锐部队日夜检查迪斯科号的动向。如果它准备从巴尔米亚离开的话，一定是正午的时候。如果那时不能及时返回的话，它会被来自巴哈马空军总部的飞机盯上。我现在很担心即将听到的消息。地方行政长官想知道这么做的缘由，但是我没有说。他是一个好人，只是不想因为其他人的行为受牵连而已。我用了总理的权威让他保持安静，直到我们回来。他会将事情办好的！你想你的上司什么时候能够来到这里？"

"我会说的，只是不确定是哪个晚上。"雷德的声音有些不适，"昨晚我一定是喝多了，而且是那个时候发送的报告。詹姆斯，我们可能会有麻烦！在昏黄、冷漠的灯光下那感觉不怎么样。无论如何，我们都要遭到打击了吗？前面就是大巴哈马群岛了。想要我给火箭基地带个口信吗？虽然禁止在这片海域上飞行，但是我们并没有听从那些命令，我们仍然在海域的上方自由飞行。刚刚听到了一些声音，可能再花费两三分钟就能抵达了。"他继续开着飞机，然后打开了收音机。

他们在漂亮的海域上方向东飞行了大约五十英里，看起来正前方是一片小城市般的地方，建筑主要以红色和白色为主色，银色的结构构成了小型大厦。"就是那里！"雷德说，"在基地的拐角处看到了黄色的、用于发警报的球状物。今天早晨有一场飞行测试。回到海上面，然后向南飞行可能更好一些。如果那是完整的测试的话，他们可能会向海岛发射——大约向东五百英里的地方，离非洲的海岸比较近"。

"仔细观察左边——竖起的、红色和白色相间的就是起重架，像铅笔一样！主要用于陆地之间的交流，也可能是一种探测装置。另外的两个支架可能是雷达。那个大型的、像枪的东西就是雷达追踪系统。两个像香肠一样的反应器就是雷达的显示屏。不好！有一个转过来对准我们了！顷刻之间，我们可能就要在地狱相见了。它正在从孤岛的中央地区观察我们的动向，上面的导弹可是能够随时发射的。如果他们发疯了的话，就会看不见监视、督导和攻击目标的中心控制上的显示了。他们可能都在下面——在某个房间里谋划什么事情。军官们可能正在某个地方坐着闲聊，谈论已经发生的事情，或者某个人，某架飞机，以及整个任务的完成状况。"

在他们的头部，雷达系统正在紧张地监控目标。金属机器不时地发出阵阵噪声，向雷德传达他们已经飞入禁区的提示："你们能够听见我吗？立即改变航线向南飞行！立刻！这是大巴哈马火箭基地。请避开！请避开！"

雷德接着说："哦，天呀！干扰世界进步是没有用的。无论如何我们已经看见了我们想要看到的一切。向有关部门报道的时候，增加这些麻烦没有任何好处。"雷德快速驾驶这架小飞机离开了。

"但是你看看我的意思是什么？如果那点金属设备价值不到一亿美元的话，我就不再叫邦德，并且它正好在距离拿骚一百英里的地方，对迪斯科号来说是最好的攻击目标。"

雷达系统再次提示："注意了，注意了，你们已经闯入禁飞区域，你们的航行知识出现了错误。请避开此地向南飞行，改变你们的航线。"雷达的声音停止了。

雷德说："这意味着他们想进行重要的发射测试。现在认真地看看动向，让我判断一下他们准备什么时候行动。我会切断他们发动机的旋转杠杆。看到纳税人一千万美元的投入就这样泡汤并没有什么危害。等着瞧吧！雷达扫描仪显示飞机重新回到东边的航线，它上面的指针正在规范地摆动。我已经看到它了！灯光一直在那个海岛上面闪烁，看来他们开始采取行动了。我倒要看看他们能做什么？声音将会从通讯系统传来。灯标联系……警报系统准备……测量仪器联系……坦克压力准备好……火箭压力正常……通讯正常……一切准备就绪……十，九，八，七，六……开火！"

尽管雷德非常担心即将发生的事情，但是最后什么也没有发生。随后，邦德看到一股气流正在从火箭基地冒出来。接着巨大的气流和烟雾构成了云雾，明亮的灯光突然全都变成了红色。当时的景象非常恐怖，几乎让人无法呼吸，邦德不时地对雷德说："看看那里，发射台上的情况好像很糟糕，正在喷射火苗！看起来有什么事发生了。基地可能正处于水深火热之中。现在，离开！上帝，快点儿离开！除了天空中秘密的火光，我们看不见任何东西。现在,正在发生可怕的事情！""为什么？"雷德问道。邦德眉头紧锁，说："记得几年以前我曾经接受的那项工作吗？看到人们从前面的铁锯中逃亡真是惊心动魄啊！"

"是的，很幸运你从那次危险的任务中生存下来了。"雷德想起邦德说到的当年的事情。"下一步我们可能要到另一个群岛上空去看看。它大约在西南方向七十英里处。如果我们错过了这次的目标，我们可能会以迈阿密蓝色的温泉作为终点。"

一刻钟之后，可爱的海上岛群出现了，还有很多珊瑚礁。那看起来可是隐藏飞机的最佳地点。他们下降到一百英尺的高度，慢慢地沿着这些海岛盘旋。海水是如此清澈，以至于邦德能够看到黑色的珊瑚群，以及明亮的沙子上面茂密的海藻。一个大型的钻石形状的金属东西被埋藏在沙子里面，那个黑色的身影好像就是邦德他们要找的飞机。除此之外，附近没有其他任何东西，更没有隐藏什么的可能性。绿色的海水看起来那么清澈和无辜，好像它们都是公开的食物一样，根本不怕任何人的检验。飞机向南飞行到迈阿密的北部，这里能够看到几所房屋和一些小型的钓鱼旅馆。昂贵的深海渔船停泊在外面，高高的桅杆竖立在那里。甲板上快乐的人群正在向这架小飞机摆手。这时，一个有着健康肤色的女孩，正准备从小艇舱里爬到甲板上。"绝对的金发美女！"雷德评价道。他们继续向南飞行到海湾处，继续盘旋搜索，这里偶尔能够看到渔船。雷德赞赏道："这地方真是太美了，不是吗？这些渔夫可能已经发现飞机了，如果它确实在这里的话。"邦德告诉雷德要继续向南飞行，向南三十英里的地方，正是地图上显示的那个斑点大小的地方。很快，由于珊瑚礁的原因，深蓝色的水域再次变成绿色。他们看到三只大鲨鱼正在毫无目的地游动，除此之外没有看见其他东西——除了那些令人乏味的沙子，另外在水草的下面，偶尔能够看到珊瑚的触角。

他们小心翼翼地驾驶着飞机，通过的海域再次变成了蓝色。雷德无精打采地说："好的，就是那里！三十英里了，那里有很多人。有人可能听说过那架飞机——如果真有飞机的话。"他看了看手表说："11点 30 分。伙计，接下来做什么？我们仅仅剩下能够支持两个小时的飞行燃料了。"

邦德的直觉告诉他有些重要的事情就要发生了，他们正在接近渴望的目标。有些迹象，一些细枝末节，已经表明要发生重要的变化。那是什么？鲨鱼！一共三条大鲨鱼！在大约四十英尺远的水面上兜圈子！它们在那里做什么？那里一定有什么东西——死亡的东西，已经将它们招揽到沙子和珊瑚聚集的特定区域。邦德急切地说："雷德，再回到刚才的那个地方。就在珊瑚礁上空，好像有些东西——"

小飞机急速地转弯。雷德努力把握好操纵杆，刚好保持距离海面五十英尺的高度飞行。邦德打开飞机的门，探出身子观察，眯起眼睛来看着前方。是的，那里有很多鲨鱼，有两条还把鱼鳍露出了水面，另一条在水下潜伏。它好像正在闻某些东西，它将牙齿放在某个东西上面，正在用力拽那个东西。在黑色和灰色的区域之间，一条极细的、笔直的线显露出来。邦德大声喊道："再开过去一点儿！"飞机小心翼翼地向前开了一些。奇怪！为什么它们要游动那么快？邦德已经看到海底的另一条笔直的线，与第一个大约成九十度角。他砰的一声关上了飞机门，安静地说："雷德，就在鲨鱼们的下面。我想那就是我们要找的飞机了。"

雷德突然瞥了一下邦德，说："见鬼！那么，好吧！希望能够做到。要达到真正的良好飞行视角真是该死的苦差事！水面就像玻璃一样。"他拉动了飞机的驱动器，向后弯曲，然后开了出去。飞机有点儿轻微的猛冲，然后碰到水面，发出短暂的摩擦声。雷德继续谨慎地操纵着飞机，飞机好像经过了精确的测算一样，刚好就在距离水面十码的地方出现，那正是邦德想要的距离。两条在水中穿行的大鲨鱼并没有注意到它们的上空，它们还是不停地在水中转圈，然后再缓慢地游动。飞机与水面的距离调整得如此接近，以至于邦德都能够看到鲨鱼了无生机的、粉红色扣子形状的眼睛。通过调整望远镜的焦距能够清楚地看到两个大型鱼鳍在水中的情况。是的！水底的那些所谓的"岩石"是赝品，它们都是伪装的东西，与所谓的"沙子"区域一样。此时，邦德能够更清楚地看到大型防水布的外延。第三条鲨鱼已经嗅到味道，现在它正在用它的头部撞击防水布，尝试进入防水布里面。

邦德坐了回去，他转向雷德，雷德点了点头："可以，那好吧！一大块防水布作为伪装盖在飞机上面。让我们去看一看！"

当雷德将飞机向邦德所坐的方向倾斜的时候，邦德的内心正在进行激烈的思想斗争：我们要接通警察局的波段，向他们说明情况吗？还是向伦敦发出电报呢？不，如果迪斯科号的联络员也在做这项工作的话，他可能也在时刻注意警察局的波段情况。因此，继续飞行，去下面看一看究竟！看看原子弹是否仍旧在那里。让我们在那里找点儿证据出来。

雷德向后坐了坐，脸部闪现出兴奋的神情。"好的，伙计，哦，伙计！让我们好好干一场吧！"他拍了拍邦德的后背。"我们已经找到它了！我们已经找到那架倒霉的飞机了！谁能想象得到呢？耶稣基督吗？"

邦德取出了雷德带来的新式武器，将感应手表戴在了左手腕上，等候两条鲨鱼再次游回来。前面的一条个头非常大，那个像锤子一样的脑袋几乎有十二英尺那么长。它那恐怖的头颅正缓慢地从一边扭动到另外一边，好像正在让水爱抚自己一样，同时它观察着下面正在发生的事情，等候肉类出现的信号。邦德以那些恐怖的鱼鳍作为探测目标，它们就像黑色的利刃一样不停地割断水域。鱼鳍完全是竖直的，这是那些大鱼发出的紧张和警觉的信号。鱼鳍的下面正好就是鱼的脊椎，坚挺的似乎无坚不摧。

邦德扣动了扳机，子弹飞速穿过水面射到鲨鱼的背部，鲨鱼继续在水中游动，子弹丝毫没有影响它的前进，好像也没有引起它的注意一样。邦德又射了一枪，水面泛起了泡沫，那条大鱼将自己直挺挺地竖了起来，微微地俯冲，然后向一边倒去，就像被打成两段的蛇一样。那是短暂的恐慌。子弹可能已经穿过了鲨鱼的脊椎。现在那个棕色的影子开始漫无目地在水中盘旋，圈子也越来越大。那只骇人听闻的大鼻子从水中出现，邦德看见血盆大口正上气不接下气地喘着。过了一会儿，它翻了过来，肚子向上，白色的肚皮暴露在阳光之下。那样的姿势比较适合它，可能它已经死掉了，只能用这样的方式继续它机械的、嚣张的游泳了。

后面的鲨鱼看到了所有情况。现在它谨慎地靠近，短暂地嗅了一下死掉的鲨鱼之后，便离开了。感觉安全的时候，它可能还会再回来，但是现在它看到死掉的鲨鱼有点儿恐惧了。随后它便用它的大鼻子在水面上用力地呼吸着，竭尽全力用刀一样的牙齿去碰撞死去的鲨鱼，它碰到了，但是鲨鱼肉是十分粗糙的。鲨鱼摇了摇头，就像一只担心嘴里的食物的狗一样，然后生气地离开了。大量的鲜血从海里漂浮出来，就像天上浮动的云彩一样。现在另一只鲨鱼从下面游了过来，它似乎看到了前面两只鲨鱼发生的情况，很显然它还不想死，还不想在大海中消失。

最后，这只可怕的鲨鱼匆忙离开了，像是有什么紧急的事情要处理似的。随着它的离开，海域的水流渐渐恢复了平静，再也没有泛起大的波澜。

邦德将枪递给了雷德。"我会到下面去看看，那也许是相当漫长的工作。他们可能花费了半个小时做隐藏飞机的工作。如果鲨鱼回来了的话，你就倾斜飞机，以此来暗示我。另外，出现任何让我必须回到水面的事情，就直接向水中射击，或者持续射击我就知道了。这些振荡波足以让我知道有事情发生。"

邦德开始整理衣服，在雷德的帮助下，他戴上了水肺。这将是非常危险、困难的探险。当他回到飞机上的时候，也许已经筋疲力尽了。但是邦德为了查清事情真相，选择亲自到水下看一看。雷德生气地说："我在向上帝祈祷，希望能够和你一起到那里去。都是那些该死的钩子，它不能像手一样游泳，并且还必须戴上这么多橡皮设备。以前我从来没有做过这样的事。"

邦德说："你在驾驶飞机的时候一定要时刻观察周围的动静。我们已经在一百码的位置飞行了。让它向后一点儿，就像一个好人应该做的一样。我不知道我要找谁和我分享失事的飞机。它已经在这里整整五天了，其他的旅客或许已经返回家中了。"

雷德按下了驱动器的按钮，使飞机尽可能地向后退去。他说："你知道复仇者号的结构吗？你知道要到哪里去寻找原子弹和飞行员装载的爆炸物吗？"

"是的，我在伦敦的时候对此做过简单的了解。好的，反正也花费了很长时间了！告诉他们我正在玩死亡游戏！"邦德来到飞机的门口，跳了下去。

邦德在水下悠闲地游动着。现在他能够看见整个海域中成群的鱼——大鱼、小梭鱼、各种类型的海底小生物、食肉动物等。它们总是礼貌地为大型的、冷酷的竞争者让路。邦德游到防水布那里，防水布已经被大鲨鱼撞得离开了原处。他取出长长的螺旋形状的叉子，将它安全地固定在沙子里面，随后打开防水手电筒，另一只手上的匕首在一边滑动。

邦德一直以来都在期待这个时刻，但是海水让他感到有点儿恶心。

他将嘴唇闭得紧紧的，他在飞机的外壳上滑动，掀开防水布，进入那个拱形的帐篷里面。他站了起来，手电筒在发光的机翼上晃来晃去，他看到下面有成群的大螃蟹栖息，还有很多可爱的生物，这些景观和邦德想象的别无二致。他俯下身去，开始探测工作。

那并没有花费很长时间。他打开了身上的尖端设备，将黄金的手表暴露出来，之前的旧伤在海底生物和海底压力的影响下仍然很痛。他将手电筒照在金属印章上，上面写着："哥斯普。15932 号。"他从上面找到了一些有关哥斯普的资料。机身在黑暗中隐约可见，看起来就像重型潜水艇一样。他探索机身的外部，外壳已经由于某种原因损坏了，虽然外面有像帐篷一样的防水布，但邦德还是能够清楚地看到。接着邦德通过开着的安全阀门进入了机舱里面。

机舱里，邦德的手电筒发出微弱的红色光芒，像红宝石一样在黑暗中发光，他向四周搜寻，缓慢地移动和探索。他用灯光上下照射机身，每一处都有章鱼，虽然很小，但是可能有一百只，缓慢地摆动着它们的触角，柔软地滑向一边，进入能够保护它们的暗影处，本能地将它们的颜色从棕色变为磷光的颜色，在黑暗中发出微弱的光芒。整个机舱看起来都布满了章鱼，让人毛骨悚然，邦德将灯照向机身的顶部，结果更加糟糕。在那里，微微的水流流过飞行员的尸体。由于沉积的作用，它已经从地板上升到机舱顶部了，章鱼悬挂在尸体身上，就像蝙蝠一样，死气沉沉的，简直难以想象它们活力四射的样子。飞机的前后左右都是死一般地寂静，只有章鱼发出一点儿微弱的光亮。手电筒向黑暗的角落照去，邦德在水底几乎要窒息了，但是他仍然继续在压抑的气氛中探索着，然后搜查了座位的下面。

邦德强忍着恶心的感觉，向前方挥动着手电筒，继续仔细地搜查。

邦德看到了红条状的圆柱体，然后扒开进入里面观看。他找到了尸体的残骸，注意到原子弹隔间开着的阀门，这证明原子弹已经被运走了。他看到飞行员座位下面开着的容器，从里面搜寻能够存放原子弹那种致命燃料的可能的位置，但是它们也不见了。他还发现了飞行员的金属磁盘。口袋里面的笔记本没有记录特别的内容，都是例行飞行的细节而已，没有紧急暗示，也没有组织下达的命令。此时，章鱼的触角不止一次地抽打到邦德裸露的腿部，邦德感觉他的神经快要崩溃了。他原本还有很多事情要去做，但是他已经无法忍受在地下墓穴般的地方蠕动了。他从阀门口滑出来，几乎拼尽全力地游向防水布透出微弱光亮的出口。邦德绝望地在水下滑动着，一想到那些恶心的章鱼在后面，他就觉得难以忍受，必须马上离开这里，他赶紧浮到水面上拼命呼吸了一会儿，休息了一会儿，然后，邦德抓住漂浮物，将装置撕掉，同时从身上拿下来的还有很多肮脏的水中浮游物。邦德面无表情地看着它们缓缓地掉落在水底的沙子上。邦德用海水清洗自己的嘴唇，接着向雷德的方向游去，当时雷德正驾驶飞机在离水面很近的距离向邦德招手。

第十八章

情 定 海 滩

回拿骚的路上，邦德让雷德去看一看停在巴尔米亚的迪斯科号快艇。它现在应该还在昨天停靠的地方。唯一不同的是，它的铁锚抛下的位置不仅仅是停船位置那么简单。邦德正在思考，它看起来很漂亮，安静地停泊在那里，美丽的身躯在如镜般的海面上呈现出来。这个时候，雷德兴奋地说："我说，詹姆斯，看看海滩的位置！在海边有个船库。看到那些痕迹了吗？是直接通向船库的大门的。如果他们看到我们的话，可能会觉得很奇怪。目前岸边的人们正在睡觉，要对他们做点儿什么呢？"

邦德拿起望远镜，他发现脚印都是平行的。有东西、非常重的东西曾经在船库与海域之间被拽动过。但是那实在是不可能的呀！邦德紧张地说："雷德，我们快点儿过去看看！"然后，他们向那块陆地飞去。"我真笨，我无法想象是什么东西留下了那样的痕迹。我真是太笨了！那一定是某些东西留下的，一定是快速滑动某些东西时留下的痕迹。"

雷德简洁地说："人们总是在不停地犯错误。我们已经彻底勘查了那个地方，以前本应该就那样做的。那还是个不错的地方呢！我想我会让罗尔先生提出邀请，邦德你仍旧以尊贵客户的身份到那里勘查一下。"

他们回来的时候已经是整点了。无线电控制台在半小时之内一直在搜寻他们。现在他们一定要接受上级的命令，向空军总部的领导解释已经发生的事情，领导可能因为他们没有听从总部的指挥而感到气愤。但是，领导只递给邦德一个厚厚的信封，里面记录了他们两个人行进的信号。

记录内容包含邦德和雷德的飞行状况，他们没有听从陆地上空军总部的命令。（那是对雷德离开拿骚地区向其他群岛飞行的评论，完全不顾总部的任何消息和命令。）雷德的上司在晚上5点的时候展开调查，通过咨询国际刑警和意大利警察局，确认了哥斯普其实就是韦塔利的哥哥，韦塔利的个人经历是邦德从其他途径获得的。通过同样的方式，他还确认了罗尔是一个十足的冒险家，想要通过技术实施犯罪行为也是确定的。罗尔财富的来源还没有调查清楚，但绝对与意大利设立的基金息息相关。迪斯科号是用瑞士法郎购买的，建造者确认确实存在水下客房。快艇包括一个电子起重机和小型的水下飞行器，能够根据情况调整状态。在罗尔的要求下，适当修改了外壳，因此完全符合水下勘查的要求。虽然已经对那些所谓的"合伙人"展开了调查，但是还没有任何线索——那些人的背景和专业的资料大都只能追查到六年前。这显示他们的身份可能都是近期才修改过的。无论如何，从理论上说，他们很可能就是幽灵组织的成员——如果这样的组织确实存在的话。克兹已经在四周前离开瑞士了，前往何地没有人知道。这个人最近出现在美国飞机上。然而，霹雳计划的战时指挥室不得不接受罗尔的加入，以寻宝者的身份来掩人耳目——除非能够得到进一步的证据。当前的目标是持续在世界范围内搜查，只是在分配力量方面优先考虑巴哈马海域。对于优先性而言，极端紧迫的时间因素是非常重要的，伦敦和华盛顿等各级部门都在全力以赴执行这项任务。近日，美国全体委员会主席的秘书将会乘坐飞机到达可疑地点，配合当地人员加紧完成任务。邦德与雷德的合作将继续下去，直到上级军官到达，其间每过一个小时都要向伦敦总部报告已经发生的事情，并复制给华盛顿一份，这是联合签署的声明中规定必须要做的。

雷德和邦德彼此沉默地看着对方。最后雷德说："詹姆斯，我建议我们不要那么做，发送形式上的报告就可以了。我们已经错过了四个小时，我不想再将时间浪费在整理报告上。那需要做很多工作，浪费很多时间！告诉他们什么呢？我确实会告诉他们最新的情况，还会说会抓紧时间完成这项紧急的任务。然后，我建议以你为代表，继续按照我们以往的身份，重新回到巴尔米亚监视，我还建议去查看一下那该死的船库，看看那些讨厌的痕迹到底是什么造成的，好吗？那么，下午5点的时候我会与上司联系，准备询问上级领导是否会来，以及什么时候来。至于总统部下的其他专业人士，只要保护好白宫就好了，不要将时间都放在这些例行公事上面。你说呢？"

邦德思考了一会儿。他们会通过一些由普通人家组成的小镇，来到百万富翁们聚集的地方，到可疑地点勘查。邦德已经很多次不遵守命令了，但是这回他将违背英国首相和美国总统的命令——具有无限权威的两个人。事情就是该死地发展得这么迅速！当然违背也是没有办法的事情。M先生已经表明了正误的标准，他很可能会支持邦德，正如一如既往地支持其他成员一样，即使那意味着M先生也要承担必要的责任。邦德说："雷德，我同意！我们能够按照我们自己的方式成功地完成任务。关键一点就是要知道原子弹出现在迪斯科号的时间，对此我已经想到了办法，但是是否奏效还无法确定。那意味着会让韦塔利变得难受一点儿，但是我会尝试好好处理这件事。先去旅馆，然后我就准备出发了。我们在下午 4 点 30 分的时候再见吧！我会打电话给地方长官，看看他是否已经获得关于迪斯科号的消息，如果确实发生了不同寻常的事的话，我会让他到楼上告诉你。你已经知道了那架飞机的事情了吧？我会把证明哥斯普身份的金属印章保存起来。伙计，待会儿见！"

邦德几乎是跑到旅馆的。当拾起放在服务台上的房间钥匙时，服务员递给邦德一张电话留言。邦德边上电梯边看着上面的内容。那是来自多米诺的便条："请尽快打电话给我！"

邦德回到自己的房间，然后向旅馆服务人员要了一份三明治，还有两杯鸡尾酒，接着打电话给警察局的领导。迪斯科号在天刚刚亮的时候就已经航行到储油的码头了，并且已经加满了储备用油，接着再次回到巴尔米亚那里停泊。半小时之前，正好是下午 1 点 30 分的时候，海上的飞机刚好降落在它的旁边，罗尔和其他人员相继上了飞机，然后飞机向东航行了。听到来自侦察员的报告后，长官来到当地的控制台，命令对飞机进行必要的雷达监控。但是现在它已经飞走了，在大约三百英尺的地方，他们已经看不见它了。除此之外，没有发生其他事情，只是海岛上的最高长官已经警觉，并渴望美国的潜水艇——具有核动力的那艘潜水艇能够在晚上 5 点左右到达。这就是已经发生的事情。

在邦德看来，那些发生的真是太早了。行动看起来好像已经达到白热化阶段了。一旦海上的侦察员看到迪斯科号返航，他会马上发送消息回来吗？这是非常关键的！长官愿意将这些消息告诉此刻正赶往雷达控制室的雷德吗？邦德能够获得许可租到一辆汽车，或者任何形式都行——只要能够将他带走的工具吗？是的，只要能够在陆地上行驶的汽车就足够了，只要是四个轮子的那种就可以。

　　然后邦德打电话给在巴尔米亚的多米诺。她似乎很渴望听到邦德的声音。她说："詹姆斯，整个早晨你去哪里了？"——那是她第一次这样称呼邦德——"我想让你下午和我一起去游泳。我已经被告知现在就收拾行李，今天晚上就上船了。罗尔说他们今晚就准备出发去寻宝。难道带上我不是非常好的事情吗？但是，那绝对是个最高的机密，所以不要告诉任何人，可以吗？但是罗尔并不知道我们什么时候回来。我想——"她犹豫了一下——"我想当我们回来的时候，或许你已经回到纽约了。我见到你的机会可能就很少了。昨晚你离开得如此突然。为什么呢？"

　　"我突然觉得头有点儿疼。我想是因为太阳晒得太多了，一整天都那样炎热。我本不想走的，我真想跟你一起去游泳。去哪里呢，你说？"

　　多米诺很仔细地介绍了游泳的地方，那是一处海滩，距离巴尔米亚约一英里远，沿着海岸看去，路边的景色很美，与大海交相辉映。那个海滩比巴尔米亚地区的还要好，而且，那里没有多少人。它原本是瑞典一位百万富翁的私人财产，不过他现在不在那里。多米诺问邦德什么时候能到那里，最好在半小时之内，那样他们就可以多玩一会儿了。

　　挂了电话，邦德的饮料和三明治送上来了。他坐下来一口气把它们吃光了。他出神地看着墙壁，心里想着这个令他兴奋不已的女孩，但是他也知道今天下午他将要干一件多么棘手的事情。那可能是很糟糕的事情——也可能是非常好的，现在还说不定。邦德记起第一次看到多米诺的时候，讽刺的态度从她的鼻子表现出来，蓝色的丝带在风中飘舞，那时她正在大街上急速驾驶。哦！太令人难忘了……

　　很快，邦德租来的车到了，但是它的样子有些笨拙，行驶在拿骚坑坑洼洼的公路上颠簸得很厉害，而下午的骄阳也照得人睁不开眼。邦德到达了海滩，发现有另一条并行车道开往一处浓密的树丛。他将车停在了海滩边，唯一的愿望就是赶快钻进水里，不再出来。海滩上有很多竹子和松树，还有棕榈树，它们高大的树干在海滩上形成宽大的影子。树下面有两个写着"男士"和"女士"的更衣室。女士的更衣室里有柔软的衣服和白色的凉鞋。邦德换了衣服后，重新来到阳光下。在这个炎热的下午，沙滩上白色的沙子让人感到阵阵眩晕，那些大块的岩石也给人郁闷的感觉。四周一片寂静，邦德没有看到多米诺的踪影。海滩下面的坡很陡，海水一下子由绿色变成了深蓝。邦德在浅水里走了没几步，便投身在碧波里向深水处游去，那里能够让人感觉到凉爽。他尽情地在水中嬉戏，想让自己凉快一点儿，整个身子泡在冰冷的海水中，感觉到令人难忘的凉意逐渐侵蚀着皮肤，甚至空气也变得凉爽起来。过了一会儿，邦德懒洋洋地向海上张望，希望看到美丽的多米诺，但是依然不见女孩的踪影。十分钟之后，邦德重新回到了岸边，选择了一块比较坚硬的沙地，爬在上面，将整个脸埋在了双臂里。

不知过了几分钟，邦德偶尔抬头，看见海里有一条泡沫痕迹正从远处向这边沙滩伸近，当气泡由深蓝海水伸进绿色浅水的时候，邦德看到一个黄色的氧气筒漂浮在水中，还有闪闪发光的面罩和穿着潜水服的黑色身影。多米诺游到浅水区，用一只手摘掉了脸上的面罩。她一本正经地说："不要在那里发呆了。过来拉我一把！"

邦德站了起来，走了几步来到女孩跟前，说："你不应该独自潜水的，发生什么事情了？有鲨鱼来袭击你吗？"

"别开那么愚蠢的玩笑！我的脚上刺了一些海胆刺。无论如何，你得帮忙将它们弄掉。首先，邦德，快帮我把这些潜水用的东西解下来，背着这么重的东西，还要站着真是太痛苦了！"她伸手按在胃部的按钮上，然后将氧气筒上的钩带松开。"现在可以把它弄下来了。"

邦德一一执行她的命令，随后将黄色的氧气筒扛到了树荫下。而她就坐在浅水的地方查看她右脚的脚底。她说："一共有两根刺！它们都刺得很深，恐怕很难拔出来！"

邦德从树荫那儿回来了，在女孩的旁边跪下。她脚底板上两个黑色的斑点挨得很近，在脚趾中间的地方弯曲着。他站了起来，伸出一只手。"来吧！我们到树荫下去。这得花费一定的时间。不要让你的脚着地，否则海胆刺会越刺越深。我来抱你过去。"

她冲着邦德笑。"我的英雄！好吧！但是不要把我掉下来。"她伸出了两只胳膊。邦德弯下腰，将一只胳膊放在她的膝盖下面，另一只放在她的腋下。她的两只胳膊紧紧地搂住邦德的脖子。邦德很容易就抱起了她。他很轻松地在水中站起来，低头看了看女孩美丽的脸庞，她那明亮的眼睛似乎在告诉他"我很好"。他低下头，用力地亲到她半张的嘴唇上，等待着嘴唇的回应。

柔软的嘴唇迎了上去，随即缓慢地挪开了。她带着微微的喘息说："你不应该事先就索取回报的。"

"那只是时间早晚的问题而已！"邦德将手紧紧地按在女孩右边的乳房上，然后从水中走了出来，来到岸边的树荫下。他轻轻地将女孩放到柔软的沙子上面。她将手放到头后，以免自己的秀发粘上沙砾，然后躺下了，在她黑色的眼影下面，水汪汪的大眼睛微微眯着。

多米诺穿着一件比基尼泳衣，小山丘样的V形，好像在往上看着邦德的眼睛，而圆润的乳房被胸衣包裹着更加惹人遐想，邦德觉得自己快要吃不消了。他粗鲁地说："快翻过身去！"

她按照邦德的要求做了。邦德跪下，抬起她的右脚。这只小脚柔软极了，握在手里就像握着一只刚被捕获的小鸟一样。邦德将上面的沙子清理干净，然后把她的中趾扳直。小巧的、粉红色的脚趾就像美丽的花蕾一样。邦德抓住它，然后弯下腰，将他的嘴唇放在脚上的伤口上面。他吸了大约一分钟。一小段黑色的刺终于被他吸进嘴里，然后又被吐了出来。他说："还剩一根刺了，恐怕要动些小手术，否则，可能要花费一整天时间，我可不能浪费那么多时间在一只脚上面。准备好了吗？"

邦德从女孩肌肉的变化中知道她很疼。她像在做梦一样地说："是的。"

邦德用牙齿深深地咬进另一支刺旁边的嫩肉，咬的时候尽量使动作轻点儿，然后拼命用力吮吸。她的脚挣扎着想要躲开。邦德停了下来，吐出一些碎片。她脚趾上留着白色的牙印，而两个小洞里也渗出了一些血。他将它们清理干净，现在几乎没有黑色的瘀血在皮肤里了。他说："这是第一次，我吃一个女人，感觉相当不错。"

多米诺斜视着他，满脸不高兴，但什么也没说。

邦德知道她承受了极大的痛苦。他说："多米诺，还好吧？你很勇敢。坚持住，就剩最后一口了。"说着他亲吻了她的脚底，希望能够给她些勇气，然后又开始吮吸起来。

一两分钟之后，邦德吐出了最后一段海胆刺。邦德告诉多米诺差不多完成了，然后将她的脚小心翼翼地放了回去，说："你现在不准再把沙子弄进去。来吧，我抱你去穿鞋。"

她扭动着身体，黑色的双眸里面流出了一些眼泪。她将手搭到邦德的肩上，看着邦德认真地说："知道吗？你是第一个让我流泪的人。"她将双臂伸向邦德，现在，她是整个地被他征服了。

邦德弯下身，将她抱起。这次他没有亲吻正在等待的嘴唇。他将多米诺抱到更衣室的门口。该进男更衣室还是女更衣室呢？最后，邦德将多米诺带到了男士更衣室。他腾出一只手拿来衬衫和短裤，然后将它们扔到床上。他温柔地放下多米诺，让她站在衬衣上面。她的胳膊仍旧抱着邦德的脖子，四目相对，她缓缓地解开了胸罩上唯一一颗纽扣，上面的带子瞬间滑落下来。邦德迫不及待地解开了自己的泳裤，将它踢到了一边。

第十九章
缠 绵 之 后

　　邦德侧身躺着，一只胳膊撑着头，看着身旁这张美丽的脸，她的双眸和太阳穴之间还有一滴润湿的汗水，脖子上面的动脉跳动得很快。美丽的轮廓在爱意的抚慰之下变得更加迷人，脸部是那么的温柔、甜美，泛着些许红色。湿润的眼睛更加水汪汪的，令人怜悯的眼神不时留恋地看向邦德身上，看起来像对邦德充满了无限的好奇和喜爱。他们痴情地望着对方，女孩的双目不停地在检查邦德的反应，好像他们初次相见。

　　"很抱歉。我本不应该那样做。"邦德说。

　　这句话将多米诺逗笑了，嘴边的两个深深的酒窝重新出现在美丽的脸颊上，"你那样子就像个初涉情场的小伙子，现在你害怕会使女孩子怀孕，所以不得不赶紧去告诉自己的母亲。"

　　邦德倾斜身体，然后亲吻她。他亲吻她的嘴角，性感的双唇，说："我们去游泳吧。然后我还得和你谈谈。"他起身伸出双臂，她勉强地抓住了它们。他将女孩拉起来，然后抱起她。她用自己的身体抚弄着邦德，挑逗着，她知道此刻那样做是安全的。她满足地朝邦德微笑，变得更加妩媚动人。邦德强压住自己的激情，不让她乱动，因为他知道他们能够在一起度过的美好时光已经不多了。他说："别那样，多米诺。

来吧！我们不需要任何衣服。沙子根本不会伤到你的脚，我刚才是骗你的。"

她说："我也是装的。那些海胆的刺其实并没有刺到让我连路都不能走的地步。而且，如果我愿意，我自己完全能把它们拔出来，就像渔夫所做的那样。你知道渔夫们是怎么个弄法吗？"

邦德笑了笑，说："是的，我知道。现在，到海里去游泳吧！"他再次亲吻了多米诺，然后重新站起来，看了看她的身体，仿佛要把她这美丽的胴体永远记住一般。然后他突然转过身，向大海的方向走去，很快俯身冲到海里去了。

当他回到岸边的时候，多米诺也已经出来，正在女更衣室里穿衣。邦德擦干身子，对隔壁多米诺的谈笑声只是漫不经心地应着："是的""不"或是其他的单字。终于多米诺发现不对劲，她过来问他："你到底怎么啦？邦德！发生了什么事？"

"是的，亲爱的。"邦德正在穿裤子，那金属印章在裤袋里跟银币相撞发出隐隐的叮当声。他说："到外面来。我想和你谈点儿事情。"

邦德小心翼翼地选择了一块沙地，就在他们刚刚临时躺下的小屋旁边。她走过来，站到邦德的面前。她用眼神打量着邦德，尝试看出究竟是什么事情。邦德躲开了她的眼睛。他双手抱着膝盖，望着海面。她坐到邦德的身边，但是有一定的距离。她说："你是打算要让我难过吧？你打算离开我吗？快点儿说吧！干脆一点儿，我不会哭的。"

邦德说："多米诺，恐怕比那个还要糟糕。那不是关于我的，那是关于你哥哥的事情。"

邦德感觉到她的身体顿时变得紧张起来。她用十分低沉而紧张的声音说："快点儿，告诉我！"

邦德取出了口袋里面的金属印章，默默地将它递给多米诺。

她拿着它，几乎不敢正视。她将身体稍微移到一边说："那么，他死了。这究竟是怎么一回事？"

"那是一个十分糟糕的故事，一个很长的故事，它还牵扯你的朋友罗尔。那是一个惊天动地的阴谋。我来到这里就是为我的政府来调查这件事情的。我其实是个警察。不仅如此，我还要告诉你更多的秘密，因为有千万条性命正处于危难之中，除非你肯伸手帮忙阻止它，使它不要发生。我之所以要把这枚金属印章给你看，而且不惜伤你的心，就是为了使你相信我。无论发生什么，无论你决定如何采取行动，我都相信你不会告诉别人我打算跟你说的事情。"

"那么，那就是你和我做爱的原因吧——让我按照你的意愿来做。现在，你想要用我哥哥的死来和我进行交易。"这些话是多米诺咬牙切齿地说出来的。然后，她小声、绝望地喊道："我恨你！我恨你！我恨你！"

邦德以一种澄清事实的口吻冷静地说道："你的哥哥是被罗尔杀死的，或者是他命令手下杀死的。我一到这儿就想把这件事情告诉你，但是，"他犹豫了一下，然后接着说："你是那样可爱，而且我真的爱上了你。当我们的关系即将发生质的飞跃的那一瞬间，我本应该悬崖勒马，可是我没有做到。我知道只有这个机会可以表达我对你的爱，或许以后都不会有了。我知道，也十分清楚，这件事情对你来说太可怕了。但是我绝不是有意要伤害你。这就是我唯一想请你原谅的地方。"

邦德停顿了一下，继续说："现在请你暂时先忘记你对我的仇恨，冷静地听我把事情原原本本地告诉你。过一会儿，你可能会意识到我们之间没有值得仇恨的地方。我们之间完全是情感交流。"邦德不想等待她说什么，就开始从最开头的地方说起，一五一十地将整个事情告诉多米诺，其中只保留了美国顶级舰艇到来的事情，因为如果被罗尔知道，他可能会改变计划。最后，他对多米诺说："那么，现在你看到了，很多事情我们都是无能为力的，除非等到那些武器真的放到迪斯科号上面去。在这之前，罗尔有充分的理由说明自己只是到拿骚地区寻宝的，与原子弹无关。至于那架飞机的失事和幽灵组织，目前我们还没有直接证据能够证明与罗尔有牵连。如果我们现在就惊动了他，例如以某些借口逮捕船上的人，到上面进行搜查，阻止它进一步航行，都只不过是拖延幽灵组织实施计划的时间罢了。只有罗尔和所谓的合伙人知道原子弹藏在哪里。如果他们通过飞机将它们运走的话，可能会一直通过无线电与迪斯科号保持密切联系。如果迪斯科号这边出了问题的话，飞机就会把原子弹留在原地或者另外找个地方藏起来，比如将它们沉在浅水的某地。当一切风波平息之后，他们再把原子弹找回来。就迪斯科号本身来说，也可以承担存放和取回原子弹的工作，就算不用它，将来换一条船或者一架飞机照样能够完成预定的工作。无论幽灵组织的总部在何处，只要向英国首相通报一声，说计划发生了改变，或者他们可能什么也不说，只是通知改期，那么，从现在开始的几周内，他们随时会再次威胁首相。到那时，我们可能要二十四小时密切关注，情况将变得十分糟糕。我对那些都无能为力。原子弹已经消失了那么长时间，而我们至今还没有找到，威胁一直存在，你明白吗？"

"我明白。可是，我能做些什么呢？"多米诺声调很沉重，眼神里闪烁着可怕的愤怒，犀利的眼神穿过邦德，望向远方。邦德知道，此刻在她心里，不是想着那个最大的密谋者，而是让她哥哥丧命的人——罗尔。

"我们必须在那些原子弹出现在迪斯科号的第一时间得到消息，这是至关重要的一点。之后，我们才能够按照既定的计划展开行动。因此我们渴望你能够帮助我们。我可以确定，罗尔至今为止仍然毫无防备，仍旧认为这个计划是天衣无缝的。这是我们的优势，也是我们唯一的优势，你知道吗？"

"可是，你怎么能够知道原子弹是不是已经被运送到快艇上了呢？"

"那就得通过你来向我们报告了。你现在必须告诉我，你能够做得到。"

"可以。"她的语气平淡而冷漠，"但是我又怎样才能知道快艇上是不是有了原子弹呢？然后我又要通过什么方式告诉你呢？罗尔可不是个傻瓜，他唯一愚蠢的地方就是好色。"她顿了顿，"这些人让罗尔来领导他们真是愚蠢的选择，罗尔离开了女人甚至都无法活下去。他们应该知道的。"

"罗尔要你什么时候回到快艇上？"

"下午 5 点。有船会到巴尔米亚接我过去的。"

邦德看了一下手表。"现在已经 4 点了。我这儿有个顶级的感应器，使用方法很简单。只要原子弹一被送到船上，它马上就会有显示。我希望你现在就戴上它，如果它显示船上有原子弹，你就在自己的船舱房间的窗口发出信号，将你房间的灯一开一关，让它们闪动几下，或者使用任何能够发光的东西做几下闪光信号。我们这里一直有人在监视那艘快艇，他们会立即报告发生的事情。你发出信号后，就将这个感应器解下来，扔到海里去。"

她轻蔑地说："多么愚蠢的计划，那都是低级作家写的侦探小说里的情节。在现实生活中，谁会在白天的时候在船舱里开灯？这样吧，如果原子弹确实在艇上的话，我会到甲板上面来——也就是说，只要看到我在甲板上，就说明那玩意儿在船上了。这样做比较自然。如果原子弹不在那里的话，我会一直待在船舱里面。"

"好吧，就按你说的方法行事吧！不过，你真的愿意这样做吗？"

"当然。前提是我看到罗尔的时候，能够控制住自己的情绪不去把他杀死。但是，我有个交换条件，以后你们去抓他的时候，一定要让我亲眼看到他被处死。"她说话的时候表情非常认真，可她看邦德的眼神却异常平和，好像他就是一个乘务员，而她想要向他预定火车上的一个座位似的。

"我想你最好先不要杀死罗尔，反正船上的每一个人都会被关进大牢，等待审判的，他们都逃不过无期徒刑。"

她思考了一下，说："好吧！法律会制裁他们，那种刑法比死刑更加难受。现在告诉我怎么用这个机器吧！"她站起来,在海滩上走了几步，看起来是在想着什么。她低头看了看自己手中的金属印章，转身向海边走去，望着宁静的海面站了一会儿，说了几句话，邦德离她比较远，没能听清楚她说的是什么。最后，她向后一仰身，用尽全力将那个金属印章扔向蔚蓝色的大海。在强烈的阳光下，金属印章发出耀眼的光芒，然后"咚"的一声掉进水里，溅起一小朵浪花。她安静地看着大海，直到它再次恢复平静，就像镜子一样明亮。多米诺转过身，走回沙滩上，她的脚步有点儿蹒跚，在沙子上留下了深浅不一的足迹。

邦德告诉多米诺怎么使用这台机器。他打开了手表上面的显示器，告诉她要时刻观察指针的变化。"无论在船上的任何地方，它都能够很好地探测到目标。"邦德解释道："但是，最好让感应器离目标近一些。你可以借口要在船上拍些照片，这个东西和一台真的相机没什么差别，它的前面有具备照相功能的镜头和装置，只要在必要的时候按下按钮就可以操作了。你可以借口说想在临别前用它为拿骚和快艇拍些照片。这样可以吗？"

"可以。"多米诺聚精会神地听邦德讲解，现在看起来都明白了。她尝试性地将一只手抬起，放到邦德的胳膊上面。抬头望了邦德一眼，又迅速地避开了。她内疚地说："我刚才说过，说过我恨你。那并不是真的。我只是还没弄清楚状况。我怎么也没有想到会发生那么可怕的事情！现在我仍旧不能相信，不相信罗尔会与那么可怕的计划有关。我们已经在一起很长时间了，他是一个有魅力的男士，几乎每个女孩都想和他在一起，将他从所有聪明的女孩手中抢出来，这可是个不小的挑战。当然，他曾经告诉过我关于那只船以及海上寻宝的美妙旅行。那听起来就像一个童话故事。我满怀期待地和他来到拿骚。谁不会有那样的想法呢，毕竟那是一段美妙的旅程！"她又急忙瞥了邦德一眼。"我现在感到非常后悔，但是生米已经煮成熟饭了。当我们到达拿骚的时候，他让我从快艇上下来，待在海滩上，我当时很吃惊，但是并没有生气，在这个美丽的岛屿上玩已经感觉非常愉快了。不过在听了你告诉我的一些事情之后，我心中的许多疑问现在都有了答案。在船上的时候，我从来不被允许接近雷达控制室。船上所有的人都沉默寡言，对我毫无友好可言——他们对待我的态度，就像对待一个不希望在船上看到的人一样。他们与罗尔的关系也令人十分好奇，看起来不像是简单的金钱交易关系。他们都很暴戾，但似乎又受过良好的教育，绝对不是普通的船员会具有的素质。那么现在看来，所有的事情都已经很明白了。我还记得，上周二以来的一周之内，罗尔都表现得十分紧张和易怒。我们之间的关系也受到了很大的影响，彼此厌倦，我也把那种状态归结为你说的原因。当时我甚至准备独自一人飞回家去。但是，在最近这几天里，他又变好了许多，他叫我收拾行李，准备今晚和他一起上船航行。当然，我本来就对寻宝的事情非常感兴趣，我想要看看那到底是什么样惊奇的旅程。但是……后来……"她望着海面，"你出现了。就在今天下午，我们发生关系之后，我已经决定告诉罗尔不和他去航行了。我想要留在这里，和你一起走。"她直直地盯着邦德的脸和眼睛，不再闪躲。"你愿意让我这样做吗？"

邦德抚摸着她，双手捧着她的脸颊说："当然，我愿意。"

"詹姆斯，我心里乱极了。我现在该怎么办呢？如果今晚我上了船，不知我们何时才能再见？"

这正是邦德担心的问题。让她回到船上，还戴着感应器，无疑是将多米诺置于最危险的境地。多米诺很可能会被罗尔发现，到那时她必死无疑。如果快艇逃跑的话，美国来的舰艇一定会用火枪或鱼雷击沉迪斯科号，在那之前可能不会给予任何警告，这样多米诺还是免不了一死。

邦德将所有的危险都考虑到了，那些几乎已经占据他整个头脑。他强迫自己不往下想，然后对多米诺说："这件事一结束，我就会带你到你想去的任何地方。但是现在你即将面临前所未有的危险，这你是知道的。那么你真的甘愿冒这个险吗？"

她看了看手表，说："现在4点半了，我得走了。不要送我。再吻我一次吧！别担心，你要我做的事情我一定会很好地完成的。罗尔不是受到法律的制裁，就是被我一剑刺死。"她伸出双臂，"再见。"

几分钟后，邦德听到多米诺车子引擎发动的声音。他一直等到声音沿着西部海岸的公路逐渐远去，才回到自己的车子里，跟着上路了。

沿着海岸前进一英里，有个标志表明那是巴尔米亚的入口处，多米诺车后带起的尘土仍在空中飞扬着。邦德小心翼翼地跟在多米诺的车后，他的内心其实很想阻止她到快艇上。但是他终于还是克制住了自己的冲动，车子开得更快了。岸边的警哨里，工作人员正密切监视着岛上发生的一切。那里有两个警察，一个人在帆布椅子上读着报纸，另一个人坐在那儿通过望远镜仔细地注视着海面上的动静。邦德路过那里看到他们之后，将最新的情况简明扼要地告诉了他们，然后打电话和警察总局局长通话。局长向邦德转告了雷德带来的两则信息。一则是巴尔米亚的访客已经不在那儿了，佣人说那个女孩的行李已经在下午运送到迪斯科号上了。船库里面没有任何特别的发现，只有一些小船而已，它们确实在海滩上留下了踪迹；第二则是美国的舰艇将在二十分钟后到达，停靠在港口，雷德希望在那儿和邦德会合。

蒙塔尔号美国潜艇从十分隐蔽的海上航道缓缓驶进了港口，几乎任何陆地上的侦察装置都不能在短时间内勘查到它的位置。它的样子比较笨拙、厚重和丑陋。金属外壳上没有什么显著的装饰，潜艇的头部圆圆的，用柏油布遮着，不让拿桑的人们知道它的秘密。拿骚地区的侦察员没有收到关于潜艇的任何消息，可是据雷德说，它的潜航时速可以高达四十海里。"但是他们不会告诉你这些的，詹姆斯。这都是非常机密的消息。现在所有的人都处于高度紧张状态，甚至连打嗝儿的时候都很小心，就好像打嗝儿也会泄露机密似的。"

"你怎么知道蒙塔尔号美国潜艇的性能呢？"

"嗯，你可千万别去问船长有关性能的问题！我当然是从中央情报局那里学来的。我们在局里已经掌握了关于保密方面的基本常识，这对我们的侦察工作有很大的帮助。这艘蒙塔尔号属于乔治·华盛顿等级的舰艇，排水量大约四千吨，有一百多个船员，价值约一亿美金。说到它的航行能力，如果配上足够的粮食和稳定的原子反应器，至少十万海里以上。如果它的装备跟其他乔治·华盛顿级别的潜艇相同，那么它就应该有十六门垂直式导弹发射管，两边各八门，用来发射北极星固体燃料导弹。射程直径一千二百英里。船上的人称发射管为'绿色森林'，因为那些发射管都漆成绿色，而导弹舱看起来就像一排排粗大的树干。这些绿色的导弹能够从舰艇上发射出去，具有无与伦比的杀伤力。所有这些关于目标的要素，都是自动输入导弹里的。导弹射手只要一按按钮，一支导弹就借压缩空气的动力从水里喷射出来。它刚刚钻出水面的一瞬间，固体燃料火箭就会立即引燃，推动导弹快速射向目标。这真是一种出色的武器！你只要一想到那样的尖端武器就会感到极其兴奋。想象那些东西从世界某处海上发射的情况，或者此刻正在将炮口对准某个首都城市……现在，这样的舰艇我们已经有六艘了，我们打算打造更多的舰艇。当你想到它们的时候，你可能会感到巨大的威慑。你不知道它们在哪儿，也不知道它们什么时候会出现。不像原子弹基地和火箭基地那样固定，你能够根据设备的反应情况随时移动，并采取必要的行动。"

邦德干巴巴地说："人们还是会找到勘查的方法的。他们甚至可以制造深水原子炸弹，在海底爆炸，冲起巨大震荡波，把庞大半径范围内的任何东西都炸掉。不过，蒙塔尔号上还有比导弹更小的武器吗？我们怎么能用这么好的武器来对付迪斯科号，没有比它稍微差点儿的东西来对付它吗？"

"它前面有六个鱼雷管，我敢肯定，它还带了更小的武器，就像机枪之类的东西。现在的问题是如何才能让司令官下达开火的命令，他可不愿意向没有武器的公民舰艇发射导弹，尤其是不能接受两个非军方的家伙给他下命令，更何况这两个没有穿制服的人里有一个还是英国人呢！希望来自海军总部的命令就像你我一样坚定。"

重型潜水艇缓缓地停靠在码头上。缆绳被扔了下来，铝板梯也放好了。一群衣冠不整的人挤到码头来观看，欢呼着，却被拦起封锁线的警卫拦了回去。雷德说："好了，我们上去吧！这可能是个糟糕的开始，我们连一项礼帽都没有，怎么对高级官员敬礼呢？"

第二十章
关 键 时 刻

　　潜水艇的内部空间令人意想不到的宽敞。有一个台阶，但是没有进入内部的梯子。没有特别的嘈杂声，所有工作人员的制服都是统一的绿色，几乎可以和医院中一致的白色相提并论。一位二三十岁的年轻值勤官领着邦德跟雷德走下了两层甲板。那儿的空气凉爽怡人，据值勤官介绍，这里温度是华氏七十度，湿度是百分之四十六。走到台阶的末端，值勤官向左转，走到一扇舱门前，一边敲一边向他们介绍："这就是美国海军司令官皮德森的舱房。"

　　船长大概四十岁左右。他长着方形的、相当警觉的脸，黑色的平头，下巴和嘴显得有些凶狠。船长坐在整洁的金属桌子后抽着烟斗，前面放着空的咖啡杯，便笺本上好像刚刚写下了一些东西。看见他们进来，船长便起身和他们握手，然后指着桌子前面的两个椅子请他们坐下，同时对站立在一旁的值勤官说："请拿点儿咖啡来，还有，请将这个送过去。"船长从便笺本上撕下最上面的一页，递给值勤官，"紧急文件！"

　　船长坐着说："绅士们，你们好。欢迎来到艇上！邦德先生，很高兴有你这样一位英国皇家海军军官来到我们的艇上参观。以前到过这样的潜水艇吗？"

　　"是的。"邦德说："不过当时我在情报部门里的英国皇家海军的特别行动组工作，我当的是货物管理员，严格来说，就是个买巧克力的。"

船长马上笑了，说："那很不错！那么，雷德先生，你呢？"

"船长，我没有到过。但是我自己曾经拥有过一艘潜水艇，是用橡皮条和橡皮管做的。问题是他们从来都不肯让我贮满整浴缸的水，所以它潜到最深的时候究竟是怎样的，我从来都没弄清楚过。"

"这真是典型的海军部的作风，他们也从来不让我将这艘潜艇降到最大深度。只是在试航的时候做过一次。每次我想要潜到稍微深一些的地方，那个该死的指针就指到红线处，而仪表旁的那些警告事项又不时地提醒着我。嗯，两位先生……"船长看着雷德，"究竟是怎么一回事呀？自从韩国的事以来，好久没有参与过这样顶级的、高度机密的任务了。我不介意告诉你，刚才我还接到了来自海军总部的私人密令，上面说要我必须听从你——雷德先生的指挥从事。如果雷德先生不幸遇难，或是失去行动指挥能力，我就需要按照邦德先生的命令行动，直到海军总部的人在今晚 7 点到达为止。这到底是什么意思？真不知道他们在搞什么！我所知道的所有密令前头都加上了'霹雳行动'的字样，这项行动究竟是怎么回事？"

邦德已经深深地被这位皮德森长官吸引住了。他欣赏船长的幽默与直率，总之，一切可以用来形容老海员的词语都用在他身上也一点都不过分。当雷德简要地向船长介绍整个事件的时候，邦德一直默默注视着皮德森那傻傻的可爱相。雷德开始讲述快艇在 1 点 30 分时离开的事情，以及邦德为多米诺布置任务的经过。

雷德说话的时候，周围总是传来一些杂乱而柔和的声音，船上的机械运转的时候发出来的声音不断地被一阵背景音乐似的歌声盖住——"我爱咖啡，我也爱茶"。船长桌子上的对讲机也不时地发出咔嚓声，其间夹杂着接线生间断的报告："罗伯特呼叫船长""蓝队请接下舱房"。此外，不知道从哪里传来像水泵一样的一收一吸的声音，每两分钟就响一次。

　　大约十分钟之后，雷德讲完了，皮德森船长往椅背上一靠，拿起烟斗，漫不经心地抽起来，过了好一会儿，他终于笑着开口说："噢，真是一部天方夜谭啊！如此离谱的故事，即使我没有接到海军总部的密令也会相信的，这就是它的妙处所在。过去我曾想过，总有一天会发生这样的事情。尽管我掌控着一艘核潜艇，还能带着导弹到处跑，但这并不意味着我不会被这样的任务吓倒。我有妻子和两个孩子，我没办法顾上他们。这些原子武器真他妈的太可怕了！举个例子来说，就像我这艇上的任何一枚导弹，我能够从这儿随便哪个小岛发射，对准迈阿密，甚至威胁全美国。现在，就在潜艇这里，我这个三十八岁的柏狄逊如果忽然心血来潮，把十六枚导弹全部发出去，那就完全可以把整个英国由地图上抹去。不过，"他将手放在前面的桌子上，"我只是随便乱说的。现在我们面临的问题看似不是很严重，但是就是这小小的东西，却足以影响整个世界的生死存亡。而我们能够做什么呢？依我看，你们的想法就是，那个叫什么罗尔的随时都有可能乘飞机回来，而飞机上有不知道从什么地方取回来的原子弹。如果他真的把原子弹取了回来并且放到了快艇上，那个女孩就会给我们通风报信。之后我们就靠过去，占领那艘快艇，或者将它逼到远海去炸掉。对吗？但是如果他没有把原子弹放到艇上，或者出于什么原因，我们没有收到女孩的暗号，到那时我们该怎么做？"

　　邦德冷静地说："我们必须紧跟那艘快艇，直到最后期限来临。我们大约还有二十四个小时，就是这样。我们不能做违反法律的事情，所以能够做的就只有这些。当最后期限到来的时候，我们就让政府当局来作决定，到底如何处置迪斯科号、失事的飞机以及其他的事情。当然，如果过了最后期限，快艇上就会有某个与我们素不相识的人偷偷将一枚原子弹放到美国海岸，将整个迈阿密炸上天。或者如果迈阿密平安无事，那么可能世界上的另一个角落就会轰的一声从地球上消失。他们要花很多时间将那些原子弹带到飞机上，然后将它们从这里带到遥远的地方。但是，那是最糟糕的，我们只能眼睁睁地看着他们这样干。就现在的情形来看，我们就像是一个侦探，目睹一个人一步步地去施行他的谋杀计划，甚至不能确定他身上是否带了枪。我们不能采取任何行动，只能跟踪那个人，然后等到他真的从口袋里掏出枪来，并且将枪口对准我们，这个时候，也只有在这个时候，我们才能朝那个人开枪或者逮捕他。"邦德转向雷德，"雷德，是不是这种情况？"

"情况的确如此。船长，我和邦德先生现在完全可以确定，罗尔就是我们要找的人，而他正打算立刻启程驶向预定目标区，这就是我们感到恐慌并急着向你求助的原因。我敢打赌，他一定会在晚上去放那枚原子弹，而今晚就是他采取行动的最后时限。哦，对了，船长先生，你的潜艇已经准备好了吗？"

"嗯，是的，我已经准备好了，潜艇在五分钟之内就可以出发。"船长摇着头说："不过，有一个棘手的问题，先生们，相信对你们来说也许是个坏消息。那就是我不知道如何能够跟在迪斯科号快艇后面。"

"这是什么意思？你的潜艇不是速度惊人吗？"雷德马上急了。

船长微笑了，说："从速度方面来看，我的潜艇承担这一追踪任务是绝对没有问题的，但是先生们，你们似乎并没有多少海上的实战经验。"船长指向墙上的英国海军的海域图表，继续说："看看这张图。你们曾经看过如此详细的海图吗？上面密密麻麻的，到处都是数字。这些数字指的是海底的深度。我可以告诉你们，如果迪斯科号一直坚持在深水航道上航行，拿骚西南的'洋舌水道'，西北的'普罗维斯顿西北水道'或'B水道'，我们绝对有把握追上并看住它，跟邦德先生讲的是一个道理。但是，这一带有许多地方，"船长挥一挥手，"在地图上看起来都是用一样的蓝色标注的，但是如果真的航行到那里之后，你就会发现那里不应该用这种蓝色了。那是因为这一大块洋面底下全是浅滩跟沙洲，水深只有十八英尺左右。除非船上这碗饭我吃腻了，想找个陆地上的官做，过一下安逸的生活，或是我得了精神病，否则我决不会将潜艇开到水深不足六十英尺的地方，去追什么潜艇或者快艇。而且，即使我那样做了，我还得去说服那些领航官，同时将所有的声呐系统关闭，让艇上的人都听不到海底的回响才行。再退一步讲，即使我们严格按照图表上所示的水深六十英尺以上的水道航行，那也是非常危险的，要知道，这可是一张非常陈旧的图表，是很久以前绘制的，那些海岸自从出现以来，五十多年的时间里一直在发生变化。再加上海水潮汐对这些浅滩的隐蔽作用，声呐对柔软的珊瑚礁头部是没有回声的，等你们听到船壳磨到或是螺旋桨打到什么东西的时候才意识到船已经搁浅了，那就太迟了。"船长回到桌子旁，说："先生们，那艘迪斯科号快艇的主人是个意大利人，他很聪明。他利用快艇的水翼板，可以在水深只有六英尺的海面上飞驶。如果他选择一直在浅水处航行，我们就一点儿机会也没有了。情况就是这样的。"船长的目光扫过他们两个人，说："你们是否愿意让我向海军总部汇报这个情况，还有，同时改请你们已经联系的喷气式战斗机去完成这一追踪任务？"

两个人彼此看了看对方，最后邦德开口说："快艇上的人一定会选择在晚上动手，而且不会放出灯光，因此飞机在空中也无法完成任务。

雷德，你觉得呢？可是，如果只有用飞机才能在美国海岸外边监视那快艇的话，我们也只好请飞机帮忙了。还有，我们还是要借用一下这艘潜艇。如果船长愿意的话，我们就向西北方向航行，向着巴哈马火箭基地行驶，如果罗尔将那里定为第一枚原子弹轰炸的目标的话，或许我们还能阻止它。"

雷德愤愤地说："该死！我们将蒙塔尔号调到这里来已经是很愚蠢的行为了，现在又要叫飞机过来，岂不是更加愚蠢？不过谁让我们面对的是罗尔那个鬼东西，还有他那个鬼快艇呢！来吧！就这么办吧！我们俩就和船长待一起。还有，我有个建议，希望这不是个馊主意！我想请船长帮忙发个电报并通知空军当局，同时将电报抄录一份，把副本发给中央情报局和你的上司。你觉得如何？"

"给我上司的电报可以直接发给 M 局长，而所有正副本上都请加上'霹雳行动'的秘密代号。"邦德用一只手揩了一下脸，"上帝，这封电报就是像将猫放在一群鸽子中间，一定会使他们心烦意乱的！"邦德抬头看了看壁上的钟，说："6 点了，在伦敦现在是半夜，正是电讯最繁忙的时刻。"

壁上的扩音器里传来一阵清晰的声音："监哨官报告船长。警察总局有一件紧急信件给邦德先生。"船长按住开关，朝桌子上的微型电话说："带他到下面来，同时预备解缆，全艇做出航准备。"船长等到对方回话之后才将开关关掉，对他们微笑着说："快艇上的那个女孩叫什么名字？多米诺？是的，多米诺，那是个好名字。"

此时，舱门开了。一名警佐脱掉帽子，向房间里面的人敬礼，之后伸出双手递过一个黄色的皇家信封。邦德拆开一看，是警察局长用铅笔写的一份通知，他把内容给大家念了出来：

"飞机5时30分返回并收进艇中。迪斯科号5时55分全速向西北方航行。女孩登船后没有在甲板上出现。"

邦德从船长那里借来一页纸，写道：

"蒙塔尔号将在浅水航行，航道西北方向。'霹雳行动'战时控制中心与海军部门将在两百英里外的佛罗里达海岸合作。蒙塔尔号也将与海军控制基地保持联系。各部门都在协同工作。请把蒙塔尔号美国舰艇抵达的消息通知行政长官和海军部门。"

邦德在电报上面签字，然后将它递给了船长，船长也签字，然后雷德也签了。邦德将电报装进信封里，将它递给了警佐，警佐向大家敬礼之后就离开了。

当舱门关上的时候，船长按下了桌上对讲机的按钮。他下令开始航行，径直向北，航速十英里。说完关上了话筒。三人陷入了短暂的沉默，外面传来跑步的声音和机械运作发出的噪声。整个艇仓充斥着压抑的气氛。船长冷静地说："好了，先生们，已经起航了。我希望这次追赶不是徒劳无益的，但也不要太紧张。我很乐意为你们去逮捕那艘可恶的快艇。现在，来发你们的另一封电报吧！"

听到"电报"那个词语的时候，邦德差点坐了下来，他一面推敲着警察局长的电报，一面十分担忧多米诺的安危。似乎情况不妙，看起来飞机还没有取回两枚原子弹，或者它们中的一枚，在那种情况下，出动蒙塔尔号与喷气式战斗机就是毫无意义的。真正的情况到底怎样，现在真是难以判断。罗尔这样的设计表面看起来是无懈可击的，似乎在任何方面都不可能出现错误。但是迪斯科号本身就足以引起邦德的怀疑。许多惊天动地的阴谋都是在看似天衣无缝的伪装下进行的，甚至连最微小的细节都考虑得十分周到。罗尔仅仅是以出海寻宝为借口，沿着寻宝位置去探测飞机，并且所有的事情在寻宝的掩饰下都能说得通，只需说他想知道海上渔船的情况，从而确定任何与寻宝有关的线索就行。罗尔航行的目的或许就是安放原子弹，调整时间，以至刚好有几小时用来撤离，如果在最后时刻英国和美国没有破坏的话，还可以拿到支付赎金，他们大可逍遥地远离这片海域，同时免于原子弹爆炸带来的危险。但是原子弹在哪里？它已经由飞机运送到船上了吗？多米诺已经因为某种原因不能来甲板上传递信号了吗？或者迪斯科号正打算改变航线去其他目标区域？拿骚以西的航线，可能就是西北方向通过海岛的航道，这是最有可能的。已经失事的飞机还在西边沉着，迈阿密和美国其他的海岸可能就是攻击目标。或者，在通过航道之后，就在拿骚以西五十英里的地方，迪斯科号突然转舵向北航行，通过有暗礁的水域继续航行五十英里，那将使我们的所有追踪都毁于一旦，他们再回到西北航道，径直向巴哈马群岛航行，那才是导弹的目的地。

邦德的头脑里充满这些无法确定的假设，恐怕他和雷德都在最大限度地愚弄自己，迫使自己面对一种确定性——他和雷德，还有蒙塔尔号美国舰艇都好像在进行疯狂的赌博。如果原子弹就在船上，如果迪斯科号向北转舵去大巴哈马群岛和导弹目的地，那么蒙塔尔号舰艇很有可能能够及时追赶上它。但是如果所有的猜测都是正确的，那么为什么多米诺还没有传递信号呢？难道她出了什么意外吗？

第二十一章

行　动　失　败

迪斯科号，就像一个黑色的鱼雷，在平静的水面上驶过，泛起了无数白色的水花。在艇上最大的会议厅里，除了发动机发出的轰鸣声和玻璃被水流撞击的声响之外，一片沉默，仿佛是暴风雨来临之前的平静。为了不让外面的人看见舱里的灯光，舱边的窗户全都被关上了，但是他们还是不敢点起明灯，里面唯一的灯光来自那盏悬挂在船舱顶部的红色的航行灯，仅做海上照明之用。昏暗的红色光芒正好照到坐在长长的桌子前面的二十个人的脸，桌子上红黑相间的影子随着那盏灯轻微地摆动着，让人感觉仿佛置身于地狱中恐怖的密谋场面。

坐在首席位子上的是罗尔，虽然舱里有冷气设备，但他的脸上还是不断地冒着冷汗。罗尔开始说话了，声音带有些许紧张和嘶哑："我不得不告诉大家，我们目前的处境非常危险。半小时之前，十七号发现韦塔利小姐在甲板上面，她正在用照相机拍照。当十七号走向她的时候，她举起照相机，假装为巴尔米亚拍照，但可笑的是她连镜头盖都没有打开。十七号对此表示怀疑，所以向我报告了。我到下面去，拉韦塔利到船舱来，她挣扎着不肯走，她当时的态度让我很疑惑，我不得不通过极端的手段让她顺从。我拿起照相机，仔细检查了一番。"罗尔停顿了一下，平静地说："照相机只是个伪装，它里面安装了顶级的感应器。这种感应器能够很轻松地将大范围内发生的事情记录下来。随即我让她恢复了意识，然后审问她，可惜她拒绝跟我说出真正的原因。我强迫她说出缘由，否则就将她杀死。那个时候正是航行的时间，于是我再次让韦塔利昏了过去，并用绳子将她绑在床上。现在我召开这个会议就是让大家知道已经发生的事情，并将此事报告给我们的二号主席。"

罗尔沉默了。一种富有威胁性的、夸张的吼叫从十四号所在的位置传来，那是一个德国人，他咬牙切齿地说："一号先生，你说什么？二号先生对此说了什么？"

"他说要继续执行计划。他说整个世界都充满了寻找我们的感应器。世界上所有特工组织都已经行动起来与我们对抗了。在拿骚地区有些从事这种事情的人，正在用雷达系统追踪所有海上的船只。可能韦塔利小姐被收买了，才将感应器带到了船上。但是二号说一旦我们将武器投放到目标地区，就没什么可怕的了。我让无线电员监听拿骚与海岸上的所有令人怀疑的信号。现在一切正常！如果我们被怀疑的话，拿骚与伦敦及华盛顿之间的无线电信号肯定会非常频繁，而现在没有出现这种情况，因此我们依照原定计划继续进行。当我们安全离开这片海域的时候，我们将会发射第一枚原子弹。让韦塔利那个女人在这里安息吧！"

十四号仍然坚持说："我们还是应该先听那个女人怎么说！否则我们有可能处于被动地位，想到我们可能被人怀疑就感到郁闷。"

"等到会议结束，我立刻就去审问她。我认为昨天来到船上的那两个人——邦德先生和拉尔金先生——可能是特工！那个所谓的拉尔金先生有照相机。我没有仔细查看那架照相机，但是那与韦塔利小姐挂的非常相似。我很自责没有留心那两个人。不过事情既然已经发生，明早我们回到拿骚的时候，我一定要更加谨慎，而韦塔利小姐将被扔到水里。

当然，司法当局首先会有一番询问，我会编造一个完整的故事。虽然这让人难受，但是不会有什么事情发生的。我们的证据可以证明我们是无辜的！那些钱币可以作为我们不在现场的证据。五号！那些钱币的腐蚀做旧工作，是否已有满意的结果呢？"

五号克兹就是那个物理学家，他平静地说："那是非常令人满意的。它们会被送去做一次粗略的检查。那些钱币——名叫达布隆的金币，千真万确是西班牙十七世纪早期使用过的。海水对黄金和白银并没有很大影响，我已经在它们上面使用了少量的酸。当然，它们一定会被送到执法官员那里，他们会宣布那些财宝应归寻觅者所有。要分辨这些钱币是不是真的从海里捞出来的，普通的专家是无能为力的。他们也不能强迫我们说出宝藏的来历，如果非要我们说的话，我们可以告诉他们宝藏所处的水深，比如可以说六十英尺。我认为我们的故事是不可能被推翻的。韦塔利小姐可能因为氧气筒出现了故障，在深海中消失了，据我们的声呐系统探测，当地的水深应该是六百英尺。我们曾经竭尽全力劝阻她，不让她参与这项研究，但是她觉得自己是个游泳的好手，不会出什么意外，不过现在看来她一定是在海里遇难了。"五号张开双手说："出现这样的事故也是很自然的。每年都有很多人因为游泳丧生。我们曾经着手进行搜尸工作，但是那里鲨鱼太多。寻宝工作也因此中断了，我们立即返回拿骚向警察报告这场悲剧。"五号坚定地摇着头说："看起来我没有理由为这样的事情感到沮丧。但是如果我能参加对韦塔利小姐的审讯，我将感到十分荣幸。"五号将头礼貌地转向罗尔，"我确定电刑能够起到作用，那方面我很精通。人类的身体是无法抵抗电流的作用的。现在这种情况如果用电刑结果肯定会不错的，怎么样，用得着我吗？"

罗尔的回答同样是礼貌的，听这二人的谈话，就好像是两位医生在讨论如何治疗晕船的乘客。"谢谢，我会尽量先使用劝说的方式，如果那样行得通的话，可能最终结果会令人满意的。但是，如果我审讯的时候她什么也不肯说的话，我也许还要请你帮忙。"

罗尔在昏暗的灯光里仔细观察着每个人的脸。"那么现在我将简单讲一下我们的计划。"他看了一下自己的手表。"现在是午夜时分。3 点过后有两小时的月光。到了 5 点，天就要亮了。因此我们必须要在两个小时内完成我们的计划。我们将从南向西行驶，正常地进入海岛，这样我们才能够进一步驶向目标地区。如果被雷达发现，他们很可能会认为我们只是稍微偏离航道的快艇而已。我们必须在 3 点准时抛锚，然后游泳小队将会花费半小时游到指定地点。游泳队将由十五人组成，按照原定计划,在前进时保持箭头型队形。一定要严格保持那种队形，以免走散。以我背上的蓝色手电筒作为信号，只要跟着灯光走就不会走失了。万一有人掉队，就迅速返回船上去。这些安排你们都清楚了吗？护航队的首要职责是警惕鲨鱼和梭鱼。我再次提醒你们，你们的枪支射程仅有二十英尺，你们打鱼的时候一定要对准它的头部。任何想要射击的人一定要先让旁边的同伴注意，而旁边的人也应该在一旁做辅助射击。不过，据我们所知，如果枪头上了毒，那么只要一枪就可以打死一条鱼。最重要的，"罗尔坚定地将双手放在桌面上，"千万要记住，在开火以前要把箭头的套子拿掉。请原谅我在这里一直强调这些要点。之前我们已经进行了多次训练，我相信所有的事情都会进展顺利。但是水下的区域仍然是我们并不熟悉的地方，大家还是小心为妙。另外，会议结束之后，游泳队的成员服用统一发放的"德克沙都林"药片，它们不仅能够缓解神经系统的紧张，而且还能够让你们感到异常兴奋和刺激。总之，我们所有的人都要为无法预料的事情做好充分的准备，知道如何处理那些事情。

现在还有其他问题吗？"

此时，罗尔回想起几个月之前在巴黎时，布洛菲已经警告过他，如果队伍中有人制造麻烦的话，那一定是那两个俄国人——十号和十一号引起。布洛菲曾经说过："那两个人骨子里尽是阴谋诡计。他们因为阴谋才跟你联系，但跟你一起行动的时候，他们的行为又充满着对你的不信任。他们时常怀疑他们将变成整个计划的第一个牺牲品，比如将交给他们最危险的工作，让他们成为警察的囊中之物，或者将他们杀死，并偷走他们所有的财物。他们总是会在讨论计划时提出异议，即使那是所有人都一致赞成的计划。在他们看来，所有人都有意要害他们，或是对他们有所隐瞒。我们必须不停地对他们保证又保证，说我们根本没有什么隐瞒着他们的地方。但是一旦他们接受了命令，将全力以赴，甚至牺牲自己的生命也在所不惜。这样的人是我们非常需要的，更何况他们都是具有特殊能力的人才。但是你一定要记住我说过的话，如果他们找麻烦的话，如果他们尝试在队伍中散播谣言的话，你一定要立刻采取行动，队伍中绝对不允许任何不忠诚的情绪存在。他们是潜在的敌人，甚至可能摧毁最坚不摧的计划。"

现在，那个曾名噪一时的、编号为十号的恐怖主义者开始说话了。他正好坐在罗尔左边的第三席的位置。他只是向全体致意一下，并没有与罗尔打招呼。他说："同志们，我一直在想一号刚才一再强调的那些令人感兴趣的事情，依我看，每件事情都被安排得十分完美。同时我也认为这个计划是完美无缺的，甚至都没有必要暴露第二枚武器，攻击二号目标。我从《游艇杂志》跟《巴哈马导游指南》里看到，离我们的目标区大约几英里，有一座新型的大旅馆，同时也是大市区的势力范围。所以，照我的估计，第一颗原子弹可以使两千人死伤。对苏联来说，两千人实在算不了什么，他们的死亡，与这项重要的导弹目的地的灾难相比，更是不值一提。但是，我想这种事情在西方人眼中一定算得上是惊天动地的大事了。埋葬死者与抢救幸存者对他们来说是一件极为悲伤的事情，所以很快他们就会被迫接受我们的条件，这样就可以避免二号目标受到破坏。事情的进展一定是这样的，同志们，"他的声音里面带有一丝兴奋，"对我们来说，在短短的二十四小时内，我们就将完成计划，将会有大笔的金钱落入我们的囊中。现在，同志们，那么多钱即将成为我们的囊中之物，我心中不由产生了一个非常可怕的想法。"罗尔突然偷偷地把手伸进衣袋，打开了他那支小型手枪的保险。而十号仍然在说着："我不会跟我的同志十一号一起执行任务，也不会和我们组织里面的其他成员一起。"

整个会议室内死一般的沉寂，预示着似乎要发生什么事情。这批人无一不是特务或阴谋专家，他们都已嗅出了叛变的气味。一只叛变的影子，正向他们逼来。十号到底掌握了什么？他准备要揭发什么阴谋吗？每个人都已处于紧急戒备状态，考虑着万一那只老虎由笼里窜出来，他们该向何处逃窜。罗尔从口袋里迅速掏出枪，紧贴着他的大腿上方。

"可能就在一定的时间之内，"十号继续观察所有人的脸部表情，希望从他们的反应中判断他们内心的想法，"行动即将开始，我们中的十五个人，将会离开船上的其余五位成员，以及六个次级行动员，而游向那……"他指着船舱的墙壁，"黑暗中的深海里，要从这艘船游至少半个小时才能到达的目标所在地。就在那个时候，同志们，"他的声音突然变得十分神秘，"如果留守在船上的那些人将船开走，将我们扔在水中不顾的话，将会发生多么可怕的事情。"十号站起身来，围绕桌子踱步，举起一只手说："或许我的想法听上去非常可笑，但毫无疑问你们也在那样想。但是，同志们，我们是幽灵组织的成员。我们意识到无与伦比的威胁，那可能来自我们最好的朋友和同志——当财产出现利害关系的时候。同志们，随着我们中的十五个人离开快艇到水中去，将会有更多的财产留给船上的我们的同志，这是多么大的诱惑呀！如果他们给首领二号随便编造一段故事，说我们到水中与鲨鱼搏斗，最后英勇牺牲了，那结果将会如何呢？"

罗尔平静地说："十号，那么你的建议如何呢？"

十号向右边看了看，并没有看出罗尔眼睛中表露的意思，继续说："我建议这样做，每个三人小组里，留一个人在船上，监视并保护他们这个小组的利益。如此一来，下到海里的人数将减少到十人。不过，也只有这样，那些冒着生命危险到海里去完成任务的人才不会有后顾之忧，因为他们知道我所说的那种情况不会发生。"

罗尔的声音十分礼貌，但却听不出任何感情："十号，对于你的所有建议，我的答案简单明了。"忽然，罗尔的大拇指在红灯的暗光中一闪，扣动了手枪的扳机，立刻有三颗子弹飞快地射向那个俄国人的脸部，速度之快就像是同时射出去的一样。十号抬起软弱无力的手，手掌向前指着，好像要抓住飞来的子弹，但很快他的腹部猛烈地顶向桌子的边缘，然后重重地向后倒去，撞击到椅子的后背上，然后躺在地板上一动不动了。

罗尔将鼻子凑到刚刚发射过的枪口边上，悠闲地嗅着火药的气味，将枪口在鼻孔附近前后移动，好像那是气味芬芳的香水瓶。在死一般的沉寂中，罗尔缓慢地观察着桌边的每一张面孔，然后再看向另一排。最终他缓缓地说："会议到此为止。请所有成员都回到船舱，利用最后的时间准备水下装置。现在船上的大厨房将开始为大家准备食物，如果有人想要的话，还可以给你们提供一瓶酒。我会安排两名船员来处理十号的尸体。谢谢大家。"

罗尔等到会议厅里的人走完后孤独地站了起来，他伸了一个懒腰，打了一个长长的大哈欠。随后走到食品柜边，从抽屉中找到一盒皇冠牌的雪茄烟，抽出一支点燃。接着又从冰箱里取出一只贮藏着冰块的红色橡皮袋。拿着雪茄跟冰袋，他走出会议舱，来到了多米诺的寝舱。

一进多米诺的寝舱他就立即将门锁上。这个船舱也像大厅一样只在舱顶点了一盏红色的航海灯。多米诺在灯光下像一只等待祭祀的小牛一样双手双脚都被皮带紧紧拴住，绑在了弹簧床的铁脚下面。罗尔将冰袋扔在衣柜上，又小心翼翼地将雪茄靠在柜面边缘，以免烟头烧到了油漆。一两点红色的光芒从多米诺的黑色眼睛里闪出，她狠狠地蹬着罗尔。罗尔说："亲爱的多米诺！你曾经让我非常快乐，现在是我报答你的时候了。不过，如果你不愿将给你那个机器的人的名字告诉我，恐怕我对你的报答会令你很不舒服，甚至还会让你感到痛苦。其实我使用的不过是这么两件非常普通的东西。"他拿起雪茄，将烟头吹得通红。"这个可以让你感到热，而那个冰袋里的冰块会让你感到冷。我想我对它的使用是非常科学的。用上它们，你就不得不开口说话了。等你叫喊够了我会停下来让你休息一下，那时你就可以告诉我实话了！好了，现在我先问你，你是愿意接受刑罚，还是自愿招供呢？"

多米诺用仇恨的眼神看着罗尔，狠狠地说，"之前你杀了我哥哥，现在又要杀我了。来吧！尽情享受杀人的快乐吧！哼！你的末日就快来了。我祈求上帝，到时候让你承受比我们兄妹俩还多千万倍的痛苦！"

罗尔发出一阵尖利而刺耳的干笑。他从衣柜走到床边，"嗯，太好了，亲爱的多米诺，我现在知道要怎么惩罚你了。我会轻轻地、慢慢地……"

说着，他俯身伸手将多米诺胸前的衣领钩住，然后缓慢而有力地将衣领连同乳罩一起从上面一直撕裂到下襟。之后他又将衣服拉开，于是多米诺的整个酮体就暴露了出来。他在她的裸体上小心而含义深刻地抚弄了一番，然后又走向衣柜拿来雪茄和冰块，回到床边安详地坐了下来。突然地，他猛吸了一大口雪茄，将烟灰敲落在了地板上，然后慢慢地俯下身来……

第二十二章
水 下 追 踪

在美国舰艇的作战中心，情况依然十分平静。皮德森船长坐在管理声呐的人员后面，不时回过头来对身旁的邦德和雷德做出一些解释。他们正坐在帆布靠背椅上，这种椅子是专为海军舰队制造的，能够避免因为船体晃动或加速而翻倒。他们的位置离潜航深度表和航速表不太远，这些东西都掩蔽在罩子下面，因而除了负责航行的人员外，其他人都看不见。共有三人负责航行，他们并排坐在包着红色表皮并装有压缩装置的铝制座椅上，操纵着方向盘以及前后水平翼。那架势就和航空客机里的驾驶员一样。

现在船长离开了那边，朝邦德和雷德这边走过来，高兴地说："这儿水深三十英寻，最近的暗礁大约在西向一英里外的地方。现在我们已找到了一条去往巴哈马的平坦航线，航行的速度也很理想。如果一直这样的话，大概再航行四个小时——天亮前的一小时就能到达大巴哈马群岛。现在吃点儿东西休息会儿，怎么样？在这一小时内，雷达可能不会发现什么——目前屏幕上全是贝利群岛的画面，等到我们驶过它之后才会照见海面。到那时我们可得注意，看看雷达是否探测到了一个像珊瑚鱼似的小东西，正从贝利群岛的末端出来，以与我们平行的航线快速向北航行。倘若我们在显示屏上看到的话，那一定就是迪斯科号了。如果它确实在那里，我们就潜入水下。到时候你们会听到警报的铃声，不过不必紧张，只需翻个身，再睡上一会儿。在确认迪斯科号开进目标区域前，我相信不会再出什么状况了。不过一旦确定，我们可得好好计划一番。"船长一边说着，一边向台阶走去，"我先带路，你们不会介意吧？小心，脑袋别撞到上面的管道，这里的空间比较狭窄。"

邦德他们跟着船长，沿着通道进入一间嘈杂的餐厅，里面灯火通明，墙上镶着粉红色与绿色相间的壁板。三人在远离其他军士的一张桌子旁坐下，那些大兵们十分好奇地看着他们。船长指着房间的墙壁说道："与旧式军舰全漆成灰色相比，这里略有不同，只是稍微改装了一下。这种设计十分必要，因为我们往往会在水下待上一个月或更长的时间，如果到处都是灰色，船员们的情绪就会变得十分低落。像现在这样，情况就会好很多。专家建议我们不要只使用单一的颜色，如果船员们长期面对一种色彩，而看不到对比的色调，那么他们的视力就会受到影响。"

"大厅是用来放电影和观看闭路电视的，有时候还可以进行小型的比赛或赌上几把，他们也会玩些只有上帝才知道的花样——这些活动至少能够让船员们从乏味而紧张的工作中解脱出来。你们或许已经注意到了，这里闻不到厨房或引擎的气味。因为船上的静电过滤器已经将那些讨厌的气味过滤掉了。"

一名服务员拿来了菜单。"现在，让我们尽情地享受一番吧！"船长愉快地说，"我要一份弗吉尼亚火腿加美味的番茄汁、苹果派和冰激凌，还有冰咖啡。喂，服务生，番茄汁可要热乎的。"随后转向邦德，"一出海，我的胃口就好得不得了。你知道，作为船长，讨厌的是陆地而不是海洋。"

邦德点了份水煮蛋和黑麦面包，外加一杯咖啡。船长那股快活劲同样也感染了他，尽管他自己没什么胃口。总有种折磨人的紧张感流遍全身，或许只有在雷达显示发现迪斯科号的时候，这种感觉才会有所缓和，那可能就是这次行动的唯一期望了。无尽的等待——这是邦德对于整个行动的看法，因为时常不能采取积极的行动，此外他一直在担心多米诺的情况。他对多米诺透露了那么多真相，这是否说明自己已经十分信任她了呢？她会不会中途叛变呢？会不会已经被发现？她现在到底是死是活呢？邦德一口气喝完一杯冰水，心不在焉地听着船长解释在海上如何通过蒸馏的方式获得水和冰块。

"很抱歉，船长。"邦德终于对谈话的内容感到有些不耐烦了，"打断一下，我想请教个问题。如果我们在大巴哈马群岛附近追上了迪斯科号，或者追上时它正朝着与我们相反的方向行进，那我们该怎么办？我现在还不清楚我们的下一步行动，虽然我有自己的看法，不过你们的想法是什么？是向它靠拢直接登船搜查，还是干脆让它就此消失在海里？"

船长灰色的眼睛显出逗弄的神色，"我很高兴能将所有的事情都留给你们去处理，这也是海军总部对我下的命令，指挥我的人可是你们啊！我只是开船的而已。只要你们愿意告诉我你们的想法，我会很高兴按照你们的要求去执行，只要不使我的船陷于极大的危险之中就好了。"他呵呵地笑着，"不过，如果在紧要关头需要牺牲本船，而海军总部又有这个意思的话，那我也只有服从命令了。正如我在作战中心里说过的，我接受上级的命令，也完全赞成这次的行动方案。这些就是我需要表明的意思。那么现在，请你来告诉我该怎么办。"

点的食物上来了，邦德吃了几口水煮蛋便推开了。随后点上一支烟，看着雷德，说道："我还不知道你有什么计划呢，雷德。不过我推测，在下半夜大约4点的时候，迪斯科号会在贝利群岛的掩护下向北航行，到达大巴哈马火箭基地外面的某个地点。根据这种假设，我已经仔细观察了那些海上地图。我想，如果迪斯科号打算尽可能地靠近目标安放原子弹的话，它应该会在距离海岸一英里、水深大约十英寻的地方停泊下锚。然后在半英里或者更靠目标处，将原子弹放在水深大约两英寻的地方，打开定时引信的开关，让目标所在地飞向地狱。这就是我关于即将发生的事情的思考。迪斯科号很可能会在天刚亮的时候离开。我从船员那里得知，那时正好是西部海岸快艇频繁出没之际。迪斯科号一定会暴露在当地的雷达显示屏上，但它会混在其他快艇中，因而无法辨识。假设原子弹的引爆时限是十二个小时，那么罗尔的迪斯科号就有足够的时间回到拿骚，或者开到更远的地方。这样，罗尔就会一面打着寻宝成功的幌子回到拿骚，一面等候来自幽灵组织的下一道命令。"邦德停顿了一下，避开雷德的目光，继续说道："倘若罗尔已经成功地从多米诺那里获得了我们的情报，事情很可能会是这样。"

"我才不相信多米诺会说出去呢，她可是个倔强的美人啊！"雷德坚定地反驳道，"难道她不知道说出来的后果吗？罗尔会在她的脖子上吊上一块铅，沉到海里喂鱼！然后再编个故事，说她的水肺在寻宝途中发生了故障，或者别的什么理由。罗尔肯定会马上回到拿骚，伪装得像摩根公司一样无懈可击！"

"先别管这些，邦德先生！"船长打断他的话，"暂且相信那位女孩不会说出去吧。那么你认为，罗尔会如何把原子弹运出快艇，到达目标地区呢？根据地图，他不大可能开着快艇到达更近的位置。如果他这样做了，那么火箭基地的水上护卫队会找他的麻烦。我从内部消息得知，火箭发射基地设有某种护卫船只，在进行发射试验的时候，用来赶走附近的渔船。"

"现在，我总算弄明白迪斯科号水下工作室的真正目的了！"邦德恍然大悟道，"罗尔那些人肯定搞了个水下拖驳一类的装置，大概是用来运输原子弹的。他可能将原子弹装载在这种装置上，然后派一队潜水者将原子弹带到目的地，将它安置好之后再重新回到船上。不然的话，他们的人为什么都有水下装备呢？"

船长缓缓地说："邦德先生，你说的可能是对的，听起来很有道理。不过，你想要我为此做点儿什么呢？"

邦德看着船长的眼睛说："只有唯一的一次机会能够抓住那些人——如果我们下手足够及时的话。否则，即使和他们相距只有几百码，他们也能够逃走，同时把原子弹往深海里一扔，我们的行动也就失败了。所以，只有在他们离艇护送原子弹前往目的地的途中，我们才最有可能截住他们，还有原子弹。这也就意味着，我们必须用我们的潜水队阻止他们的潜水队，截获第一枚原子弹。那么，即便第二枚原子弹还在船上，也无法发挥作用，因为我们可以把快艇连同第二枚原子弹一起炸掉。"

船长低头看着自己的盘子，将刀叉整齐地放在一起，顺手拿起勺子，搅动着咖啡里面的冰块，细碎的冰块在咖啡杯里叮当作响。船长将杯子放回桌上，抬起头，将目光扫向雷德，随后又看看邦德，若有所思地说道："你说得十分有道理，先生。我们船上有很多用于水下侦查的水肺以及其他的先进设备，还有十名在核武器基地受过严格训练的潜水健将，不过他们仅能够用刀子和敌人作战，我一定会再征募一些善于水下作战的志愿者。"船长停顿了一会儿，随后问道："那么，谁带领他们去呢？"

"我可以带他们。"邦德说，"潜水碰巧是我最喜爱的运动之一，我知道什么鱼类是我们应该加倍小心的，也知道哪些对我们没有危害。到时我会向你的手下简要说明那些情况。"

"你们休想把我一个人留在这里吃弗吉尼亚火腿。"雷德打断邦德的话，固执地说道："我会在这上面加上额外的脚蹼。"他举起装着闪闪发亮的钩子的手，"不论我是瘸腿还是健全的，总有一天我会超出你半英里的。或许你现在不相信，但当某个东西咬掉你的一只胳膊的时候，你就会明白的。医生说这是一种补偿作用，当人失掉某部分器官时，其他器官的功能会得到增强。"

"好吧，好吧。"船长微笑着站起身来，"我会满足你们这两位英雄参加战斗的迫切愿望。现在我要通过微型通讯系统从船员中招募志愿者，过会儿我们再一同仔细研究一下地图，顺便检查一下那些需要用到的水下装备。看来你们是无法安心睡觉了，我那里有些安眠药，你们一定用得着。"船长礼貌地欠了欠身，随即离开了嘈杂的大厅。

"你这该死的家伙！"船长一走，雷德就转向邦德，"你本想将老搭档抛到一边，是不是？上帝啊，你这个背信弃义的英国佬！原来是个不考虑朋友的家伙！"

邦德笑着说："我怎么会知道你也是这方面的志愿者和专家呢？原来你会如此严肃地看待生命。我还以为，你那肉钩子没什么用呢。"

雷德冷冷地回应道："你可别小看这玩意儿，被它钩住的女孩子可没一个能逃得脱。现在言归正传，说说我们的任务吧。潜水的时候，我们要注意哪些事情呢？我们的那些匕首能够改造成合手的鱼叉吗？你知道，在那种半黑暗状态的水下，我们怎么能够判断对方是敌是友？还有如何确定自己的方位？这次我们一定要做好周密的行动计划。那位皮德森船长是个不错的家伙，可不能因为我们所犯的某种该死的愚蠢错误，让他的部下送命。"

船长的声音从通讯设备中传出来："现在，请大家注意！我是你们的船长。在这次行动中，我们很可能会遇到危险。我们的舰艇被美国海军总部选中参与这次行动，这几乎和参加战争同等重要，我们都应该认真对待。我想有必要告诉大家已经发生的事情，在上级下达进一步的命令之前，这可能是最高机密。事情是这样的……"

邦德正在床上睡觉，忽然被一阵警报铃声吵醒。铁制的通讯系统传来这样的声音："各潜水站台就位！各潜水站台就位！"邦德感到床铺震动着，远处发动机的声响也足以令他顿时清醒过来。邦德不置可否地笑笑，从床上爬起来，沿着船舱来到作战中心。雷德已经在那里了，船长从船员那边转过身来。

"看起来好像被你说中了，先生。"船长显得有点儿紧张，"我们刚好看到它，大约在距离我们五英里的地方，就是船的右舷两点的位置，它正在以三十海里的时速前进。没有其他的船能够维持那样的速度，或者以它那样的状态行进——船上竟然没有任何灯光，就在这儿。想要通过望远镜仔细观察一下吗？看来他也提高了警惕，船上安了很多用于探测的高级设备。很遗憾今晚没有月亮，不过当你们的眼睛适应了黑暗的时候，你们就会看到那团朦胧的白色东西。"

邦德弯着腰，慢慢地凑到橡皮制的瞭望孔前，很快就看到了迪斯科号——一艘具有流畅线条的白色快艇，表面十分光滑。邦德重新站直身子，问道："那么，它的航行方向如何？"

"和我们一样——向着大巴哈马的最西端。现在我们要加快速度，到更深的地方潜水。我们的声呐能够很好地观察迪斯科号的动向，因此我们绝对不会让它消失在视线之内的。天气预报说下半夜会有风，风向偏西，这有利于我们的航行。但愿我们的潜水小队下去的时候，海水不要太平静了。不然的话，等我们用压缩空气把人放下去的时候，水面上一定会冒出许多气泡的。"

船长转向一位穿着白色军装的魁梧军官，向邦德和雷德介绍道："这位是贝狄军官。他掌管潜水小队，当然也会听从二位的指挥。所有顶级的潜水员都是此次行动的志愿者，贝狄已经从中挑选了九人，我已经让他们准备随时待命了。你们可能需要和队员们熟悉一阵，向他们交代一些水下的注意事项。我认为最重要的就是遵守纪律——例如识别信号之类的，对吧？我们的军械师现在正在为队员们准备武器。"船长微笑着说，"他已经征集到了十二把锋利的弹簧刀。当然，劝说队员们贡献出刀子是件十分困难的事情，但是他却做到了，并且把刀子磨得几乎如针尖般锋利，还在上面装了牢固的手柄。没准他会让你在那些拖把的报销单上签字，不然的话，等这事一完，他没法向供给官交代。那么好吧，待会儿见。你们随时可以提出任何要求。"船长回过身去，继续观察海面上的情况。

邦德和雷德跟着贝狄军官，来到下层甲板的发动机控制室，随后进入发动机维修室，中间他们经过一座反应堆，这个反应堆能够在人工控制下慢慢释放出令人不可思议的能量，它被及膝盖高的厚重的铅制墙严严实实地包着。当他们经过时，雷德小声对邦德说："是液态钠B型中能中子反应堆。"说完，一脸坏笑地在胸口画着十字。

邦德小心翼翼地用鞋踢了踢旁边的那个反应堆，说道："蒸汽时代的产物，我们海军用的是C型。"

维修室是个狭长而低矮的房间，里面配备了各种形式的精密武器，令人叹为观止。在房间的一端，整齐地站着九个只穿着泳裤的志愿者。看得出，队员们都有着强健的体魄。另一端站着两个身着灰色制服的人，那是蒸汽时代常见的着装。两人正在半黑暗的状态下工作，只能从正在打磨的刀刃上看些许白色的光亮，呼呼发出声响的车床正在紧张地运作，能够在黑暗中看到车床上蓝色和橘黄色的手柄。有些潜水者的手里已经拿到了特制的鱼叉。经过介绍之后，邦德拿起了其中的一只，仔细观察着。那的确是一种能令人即时毙命的武器，刀刃十分锋利，靠近刀尖的地方有许多倒刺钩，而刀尖却像针尖一般细。手柄不仅牢固而且便于抓握。邦德用拇指试了试钢制的刀锋，在他看来，就算是鲨鱼皮也无法阻挡这样锋利的武器。但是敌人会有什么样的武器呢？气枪无疑是他们最佳的选择。

邦德微笑地看着钢筋铁骨的九位年轻人，心里着实有些过意不去——他们将卷入一场巨大的灾难之中。而邦德所要做的，就是全力做好每一方面的准备，尽可能圆满地完成任务。但是九个人的肤色，还有他和雷德那白皙的皮肤，在月光下，距离敌方二十英尺就能够被发现——那刚好在枪的射击范围之内，但却超出了鱼叉的有效攻击距离。邦德转向贝狄军官说道："我想知道你们船上有没有橡胶制的潜水服？"

"当然有，长官。那是为了在冷水中逃生用的。"贝狄军官笑着说："我们并不总是在热带的棕榈树间航行。"

"我们所有人都需要那样的潜水服。此外还得在他们的后背涂上白色或黄色的大型号码，这样我们至少能知道谁是谁了。"

"当然，当然可以。"贝狄向自己的部下说道，"方达和约翰森，到仓库里去把黑色的潜水服取来，整个潜水队都要那样的服装。布莱恩，你再去取一桶油漆。在潜水服的后背上涂上号码，一英寸大小，从1到12号的数字。动作要快！"

不一会儿，所有黑色的潜水服都像蝙蝠一样悬挂在墙面上。邦德把队员们集中到一起，说道："各位，我们将会在水下经历一场地狱般的战斗，可能会是个大灾难，如果有人想退出，现在还来得及。"所有人都微笑着看着他。"那么好吧。"邦德笑笑,"现在,我们将要在水深大约十英尺的地方游上四分之一或半英里。这对你们来说,应该不会太吃力。水底可能会很亮,因为水底的白沙会反射月亮的光。大家一定要保持冷静,跟在我后面,组成三角形的队伍前进。1号在前面,这位雷德先生跟在后面作为2号,贝狄军官是3号,组成像长柄熨斗那样的形状,潜水的时候一定注意时刻保持这样的队形。你们所有人都要遵守纪律,紧跟在前面的号码后面,这样谁都不会迷路,请仔细检查一下身上的装备。就我手上的这张海图来看,这一带没有大型的暗礁,只有一些零散的小珊瑚丛。但要注意那些独立的珊瑚礁,千万别让自己受伤了。那个时候正是鱼儿们的早餐时间,所以我们很可能会被某些大鱼当成早点,因此必须时刻注意身边游动的大型鱼类。尽量避免成为它们的目标,不要过多地理会它们,除非它们非要攻击我们。如果真的遇上这种情况,你们中的三个人就一同用鱼叉刺向它。不过不要忘记,鱼是不会随便袭击人类的。大家尽量靠近一点儿游,那些鱼就会以为我们是一条黑色的大鱼,这样一来,我们就能在水中畅通无阻了。此外要小心珊瑚礁上的海胆,可别被它们刺到了。握刀的时候,手尽可能握住刀刃附近的位置。当然,一定要保持安静,使对手无法察觉到我们的存在。他们可能会有碳气枪,射程在二十英尺左右,但需要重新上膛。如果有人以你为射击目标,尽量躲避,最重要的是在水中要保持平衡。不要向下用力踢脚,那将会增加你们成为攻击目标的概率。一旦有人想要对你射击,你就以最快的速度——不等对方装好碳气枪,就用鱼叉将其置于死地。不管是身体的什么部位,包括头部都不要放过,全力向敌人刺过去。倘若受伤了,就只能自己照顾自己了。你可以立刻退出战斗,然后到珊瑚礁堆成的小山上休息。或者游上岸边,或者游到浅水的地方。如果鱼叉刺中了你，千万不要尝试将它拽出来，只需要捂住伤口，等待救援。贝狄军官会拿着从船上带来的信号灯。一旦战斗开始，贝狄军官就会朝水面上打信号灯。然后你们的船长会立刻派来救生艇，上面有武装的士兵和外科医生。那么现在，还有其他问题吗？"

"长官，从潜水艇一出来，我们先做什么？"

"尽可能地使水面保持原样，迅速下沉，快速游到十英尺深的地方，按照事先的安排，各就各位。轻微的海风或许会对我们有利，我们一定不要弄乱了海面。尽可能使自己的行动保持安静。"

"长官，我们在水下怎么交流呢？假设面罩脱落或者发生其他的情况，该怎样把状况告诉其他人？"

"拇指向下就代表发生了某种紧急情况；手臂竖直向上意味着发现大鱼；拇指向上意味着'我明白了'或者'来帮助我'。这就是你们要记住的。"邦德笑了笑，随后补充道，"如果双脚朝天，那就意味着你已经完蛋了。"

修理室里顿时响起了各式各样的笑声。

通讯系统突然传来通知："游泳小队立刻到应急舱口集合！再重复一遍，游泳小队立刻到应急舱口集合！做好准备！做好准备！邦德长官请到作战中心来！"

发动机里传来垂死般的呻吟声，随后便渐渐停熄了——那是蒙塔尔号美国舰艇的底部受到轻微撞击所发出的声音。

第二十三章

尖 峰 对 决

邦德被压缩空气冲出了应急舱口，射到海水中。由于邦德的俯冲速度很快，所以水面上仅仅泛起很少的气泡，水肺已经开始工作了。

邦德感到耳朵十分疼痛，为了能够减轻压力，他用脚蹼不停地在水中拨动。过了一会儿，邦德成功地潜到水下十英尺的地方，这已经达到了预定的要求。在他的下面，蒙塔尔号舰艇狭长的黑影看起来十分凶险。一想到里面正灯火通明，有上百人为那艘舰艇服务，邦德就感到毛骨悚然。

莱特被第二股压缩空气冲出来，射到了离他不远的地方。为了等待其余的伙伴，同时也为了观察敌人的动静，邦德游近水面，把头伸高探查。现在能够清楚地看到蒙塔尔号舰艇，这个黑色的大家伙好像要朝邦德他们射击似的，后面的雷德在潜水时产生的气泡正好被蒙塔尔号撞碎了。邦德按照预定的路线游动，谨慎地查看所有人潜入水中时所产生的气泡。在黑暗中仍旧能够看到迪斯科号，它就在左边不到一英里的地方。

目前，船上没有任何活动的迹象。向北一英里的地方就是大巴哈马海岛的狭长海岸线，白色的沙滩和细微的波浪仿佛是镶嵌在海岛周围的花边。在水中占据了大部分地方的珊瑚礁和沙洲似乎干扰了水纹的波动。在海岛上面，高大的火箭起重器显出醒目的黑色轮廓，红色的警示灯不停地闪着。邦德克服水中的压力，握着鱼叉，缓缓地潜入水中。他在离水面大约十英尺的地方停了下来，保持身体像指南针一样沿着航线游动，其他的人都紧跟在邦德后面，所有人拍打着脚蹼，保持在预先规定的位置上，按顺序组成队列。

十分钟之前，邦德还在作战中心的时候，皮德森船长显得异常平静，似乎正努力压制兴奋的情绪："不管怎样，一切都在你的预料之中。"他带着略显惊奇的口吻对邦德说道，"他们在大约十分钟之前就停航了。我们的水下声音探测器听到一些古怪的声音。正如我们预想的那样，那是来自水底的声音，显然他们动用水下装备开始行动了。但愿你们在水下一切顺利，不会遇到太多危险的事情，希望你们和其他队员都能够化险为夷。当你们出去后，我会将无线电的天线浮出水面，向海军总部发射信号，告诉他们警惕原子弹的发射，以免事情突然有变，造成无法收拾的局面。然后，我将上升到二十英尺左右的地方，安放两枚鱼雷，用潜望镜时刻观察水面的动向。我让贝狄军官随身带着几颗水中信号弹，告诉他如果真的发生了对我们这边极其不利的事件，就要马上发信号，好让我们能够及时赶去救援。不过对付这些突发事件，我现在还没有十足的把握。如果信号出现的话，我会尽力马上靠近。如果有必要，我非把迪斯科号打出两个大窟窿来不可。我也会像来自地狱的人那样粗鲁，直到原子弹已被找到或确认处于安全状态。"船长不确定地摇着脑袋，用手摸着自己的平头，"这真是处于地狱般的形势。我们简直就像被蒙住了眼睛，只能用耳朵去听。"他伸了伸胳膊，"好吧，你们最好现在就出发，祝你们好运。我希望船员们都能安然无恙地回到船上来。"

这时，邦德觉得有人在拍他的肩膀，他快速向后看了一眼，原来是雷德。他从面罩里咧嘴笑，还竖起了大拇指。后面的队员都按照预定的队形游动，他们的脚蹼和手臂在水中缓慢地摆动，正如事先计划的那样。邦德点点头，缓慢并一如既往地向前游着。每一个人都在用胳膊有节奏地拨动海水，另一只手则握住胸前的鱼叉。在邦德的后面，身着黑色潜水服的队员们就像一条气势凶猛的黑鱼，非常有规律地摆动着。

密封的黑色潜水服让人感到很闷热，也很沉重。从水肺输到嘴里的氧气有股橡胶的味道。但是邦德并没有在意这些不舒适的地方，因为他在全神贯注地保持均匀的速度，在死亡一般寂静的航线上任凭水流冲击着头部。邦德还在珊瑚礁水域停顿了一会儿——这是他在这次行动中首次接触到珊瑚礁。

舞动的月影照在这些人的身上，水底是白色的沙粒，偶尔还有黑色的斜坡，可能是海藻。其余的什么也没有，就像空旷而苍白的海洋大厅一样，在黑暗的夜晚更显得阴沉。寂静的状态足以磨炼邦德的意志力，他甚至希望有黑色鱼雷般的大鱼出现，好用自己的眼睛和感官去探索黑色入侵者的来意和力量。但是什么也没有，只有大片的黑色海藻所形成的斜坡，从五十到四十英尺，再到三十英尺，在海底的沙地上泛起阵阵涟漪。他缓缓地向下游着。

为了向自己证明所有一切都是完好无损的，邦德快速查看了自己身后的队伍。是的，所有队员都在那里，十一个戴着面罩的精英都在后面晃动着，脚蹼和双手仍旧在有规律地摆动。在明亮的月光下，鱼叉的刀刃发出冷冷的寒光。通过暗礁时，所有人都迅速做出了危险的伏卧动作！上帝保佑，要是我们都能够成功完成任务就好了！一想到这些，邦德的心就快速地跳动起来，但很快又被内心深处对多米诺的担忧抑制住了。如果她是敌人的话，事情就不妙了！要是在即将开始的战斗中遇到她，那可怎么办？难道用刀子对准她？但这仅仅是假设，邦德又感到这一想法十分荒谬。多米诺在船上，现在是安全的。任务圆满完成后，可能很快就能看到多米诺了。

出现在脚下的小型珊瑚礁，已经成为邦德新的思考焦点。现在他警觉地向前望去。越来越多的斜坡出现了，珊瑚礁上面不时出现大大小小的鱼群，如同由海底生物构成的森林一般。一丛丛的海扇形成潮汐般的景象，在水中的样子就好像少女飘逸的秀发。邦德放慢了速度，感到雷德或是贝狄撞到了他的脚蹼，随后用闲着的那只手做出放慢速度的手势。他谨慎地向前行进，朝着先前看好的一块突出的礁石游去。

他们渐渐游近那块礁石。邦德刚才就是以这块礁石作为航向的参照物，现在比原来向左偏了大约二十米。他游到那里，命令队伍暂时停止前进。队员们伏在附近待命，他自己则小心地通过那些波浪，慢慢探出头来。迪斯科号的身影渐渐出现在眼前。是的，迪斯科号还在那里，虽然月光很明亮，但是它仍然显得十分沉寂，仿佛上面没有任何生命的迹象。邦德极其缓慢地在水中游动，上下打量着快艇，依然没有看到半个人影。月光下，海面泛起阵阵的波澜。这时候，邦德悄悄爬到另一边的礁石处。五百码开外，清晰的海岸线和沙滩顿时映入眼帘。除了水面上的沙洲之外，没有发现其他东西。为了能够顺利游动，邦德仔细观察水面，看是否有异常的情况，或是活动的黑影。

那是什么？在一百码外的位置——就在那块大型沙洲的边缘，几乎是全由暗礁构成的水域，清澈的海水围绕着珊瑚礁丛，一个苍白的、戴着闪闪发光的面罩的人形正在其中时隐时现，不时浮到水面，在快速察看之后就立即潜入水下了。

邦德屏住了呼吸，他甚至能够感到在潜水服里猛烈跳动的心脏，仿佛快要窒息了一般。邦德握住吸管，好让呼吸能够更加顺畅些。他浮到水面上，摘下护齿套，呼吸了一大口空气，调整好自己的状态，然后将护齿套紧紧地压在牙齿之间，移动到适当的位置上。

很可能会发生更大的危险，现在需要做的是保持游动的速度和提高警惕。海中的鱼群悠闲地从他们身旁游过，而珊瑚丛仿佛都被这十二个紧急行动的身体产生的震动惊醒了。在大约五十码外的地方，邦德发出放慢的信号，作战队伍呈扇形散开。然后邦德再次小心翼翼地前进。他感到眼睛的神经有些痛，里面的血管好像快要爆开一样。队员们严阵以待，保持队形谨慎地前进。他们很快就发现了闪着荧荧白光的人，在很多地方游动着。邦德把胳膊蜷缩起来，那是发动进攻的信号。邦德向前冲去，紧紧握住手中的鱼叉。

所有队员都紧跟在邦德后面。正如邦德先前预料到的那样，不远处的幽灵组织的小队正有序地向前移动着，而那种速度实在太令他吃惊了，直到他看到他们背后的小型螺旋桨。罗尔的队员都穿着压缩空气型的急速潜水服，水肺的体积也只是邦德小队所携带型号的二分之一，上面的螺丝非常小。借助脚蹼的拍动，罗尔小队的速度在开阔的水域内能够达到普通速度的两倍。但在这片珊瑚礁水域，由于受到前面队员电子加速器的影响，他们都放慢了速度，这个小队可能要比邦德队员们的时速快上一海里。队员们顺着风浪快速前进着，避开了检查站的检查，他们个个都是来自地狱的凶狠的敌人。邦德停下来数了数，发现对方也正好是十二个人。他们中大多数人都带着碳气枪，腿上还别着刀子，闪着森森的银光。情况看来对邦德这一边很不利，最好在罗尔的幽灵小队发觉之前，进入鱼叉的袭击范围。

三十码，二十码……邦德向后瞥了一眼，有六个人几乎和他只有一臂之遥，其余的人都在他后面随时待命。罗尔的那些队员仍旧在向前移动，丝毫没有发觉正有一团黑色的物体穿过珊瑚丛向他们靠近。但当邦德与罗尔的小队中排在最后的队员平行时，月光将他的影子投射到了苍白的水底，显现在白沙上。这时，敌方有人快速地向周围看了看。邦德迅速在珊瑚礁的斜坡上用力一蹬，直接向前冲去，前面那个人还没有来得及做出反应，邦德的鱼叉就已经刺中了他。为了防止弄出声响，邦德把他拽到一边，用刀猛力刺着，并在他的身体里扭动刀柄。那个人带的枪很快跌落下来，整个人几乎缩成一团，紧紧捂住被刺的地方。罗尔的小队背着加速器，分布在不同的方向，这让邦德感到十分头痛。另一个人撞到他面前，他一把抓住对方的面部，以最快的速度将面罩击碎。对方挣扎着向水面游去，同时用力踢着腿，想要踢掉邦德的面罩。突然，一只鱼叉刺进了邦德腹部的橡皮衣里，邦德顿时感到一阵疼痛和潮湿，可能是流血或海水的缘故。那个人用尽全身的力量用枪托去撞击邦德的头部，但是那些力量大部分都被水压化解了，还导致他撞到了自己。邦德马上抓住那个家伙的头，给了他两下子。海面泛起黑色的波浪，邦德的队员们都陷入了各自的战斗之中，不时从水下升上来一团团血雾。

战斗的场地已经扩展到珊瑚礁所在的水域。在不远处，邦德看到一个拖驳的装置，上面有个狭长的、体积很大的东西，还被装在橡皮套里。在拖驳装置的前面，有一艘银色的小型潜水船，附近有几个人守着。其中一个大个头的家伙，正是罗尔。邦德赶忙隐蔽到珊瑚礁构成的斜坡后面，在距离沙地很近的地方，开始谨慎地绕行。没过多长时间，他就不得不停下来。一个长条形的物体藏在阴影处。那个人的枪已经举起来了，但枪口不是对着邦德，而是前面另外一个目标。邦德定睛一瞧，目标不是别人，正是雷德。罗尔的另一个队员正紧紧扼住他的喉咙。雷德用力扑动脚蹼，手上的钩子突然钩住了那个家伙的后背。邦德用力踢了两下脚蹼，离端枪的敌人还有六英尺的时候，他就把鱼叉投了出去。

鱼叉的柄很轻，尽管惯性还不足以让它击中目标，但已能够抢在碳气枪发射新的一弹之前刺入持枪人的手臂。这一枪射偏了，但他立即转过身，扑向邦德，用空枪刺他。邦德瞥见自己的鱼叉正漂在水面上，便抓住那个人的腿部，以笨拙的英式橄榄球队员的动作将那个人的腿抬起来。然后，当枪再次射空的时候，邦德腾出一只手伸向那个人的面罩，用力将面罩拽了下来，那样做已经足够对付他了。邦德游向一边，想看看那个人的情况，但因为海水的翻腾使他无法睁开眼睛，于是就用力将他推向水面。

邦德觉得手臂一阵疼痛。那是雷德，他抓住了邦德的氧气瓶。雷德在面罩里面的脸几乎是扭曲的，向上打出一个虚弱的手势，邦德马上意识到雷德需要帮助。他抓住雷德的手腕，快速通过十五英尺的距离将雷德送至水面。雷德拽下面罩，拼命地大口呼吸着空气。邦德使劲地抓着雷德，然后指导他到珊瑚构成的斜坡上面去。但雷德却生气地将邦德推开，告诉他应立刻回到该死的水下，他一个人留在上面就可以了。邦德竖起大拇指，再次向下俯冲。

邦德再次回到了珊瑚礁水域，与罗尔的队员展开战斗，他偶尔还会瞥见其他人搏斗的情况。有一次，邦德从一个漂浮的人的身下经过，那是来自蒙塔尔号舰艇的船员，正从水面向下盯着邦德。但是水下的这张脸呈现出一种特殊的状态，既没有面罩，也没有氧气瓶，唯独夸张地张着大嘴，这个人已经死了。在海底，就在珊瑚礁形成的斜坡之间，有很多由于双方激烈搏斗留下的痕迹——氧气瓶、破碎的潜水衣、碳气枪和鱼叉。邦德捡起两个鱼叉，继续加入水中的战斗。

拖驳装置装载的套着橡皮套的东西仍旧停在原地，由两个端着枪的幽灵组织队员守卫着，但没有看到罗尔的踪迹。邦德穿过厚厚的水中迷雾，惨白的月光将他的影子投射到海底的沙地上，影子一路掠过水下争斗的战士们痛苦扭动的身躯。珊瑚礁本来是贝类的栖息地，还有成群的鱼不时地经过这里。它们偶尔进入自己的藏身处躲避起来。由于人们水下的战斗，很多海底生物都纷纷逃离这个地方。邦德什么也看不到，也无法知道分散在各处的伙伴的战斗情况。水面上已经发生了什么事情？当邦德将雷德送到水面上的时候，海上一片红光。蒙塔尔号舰艇的救援船需要花费多长时间才能到达这个地方呢？我应该待在现在的位置继续监视原子弹的情况吗？

即使陷入极度的危险之中，邦德还是迅速做出了决定。在混乱的水中，邦德看到右边闪耀着光芒的、鱼雷形的电动潜水船正向这边的水域移动。罗尔两腿分开，就像坐马鞍那样坐在那个东西上。他弯下腰，背着加速器，左手握住两只来自蒙塔尔号船员的鱼叉，右手控制着唯一的驾驶杆。随着罗尔的出现，两名守卫将手枪扔到沙地上，拉住拖驳的接钩，准备把它接到潜水船上去。罗尔减慢了潜水船的速度，驶向拖驳。

那两人中的一个人抓住了潜水船的尾舵，用力把它拖向拖驳的接钩。他们准备出发了！罗尔打算通过珊瑚礁将原子弹带回去，或者扔到深水里！同样的情况可能也会发生在迪斯科号的第二枚原子弹上。随着事情的败露，罗尔很可能会说遭到了伏击，他怎么知道那些袭击他们的人来自美国潜水艇呢？他的手下不得不用水下碳气枪反击，仅仅因为他们是首先受到攻击的。如此一来，"寻宝"这一伪装将再次掩藏所有的真相！

这些人仍旧在连接拖驳，罗尔焦急地向后望去。邦德测量着距离，借助蹬踢珊瑚礁的反冲力，再次获得前进的动力。

罗尔及时抬起一只胳膊，挡住了邦德右手的鱼叉对他的攻击，邦德的鱼叉并没有碰到罗尔身后水肺上面的圆柱体。邦德向前俯冲，抓住罗尔嘴上的护齿套。罗尔迅速丢掉手中的两只鱼叉，松开了猛拉驾驶杆的右手，抬起手来保护自己。拖驳迅速向前俯冲，脱离了前面的两个守卫。在经过一阵混乱的射击之后，水面上浮出两具躯体，从后背可以看出，那两个人还在挣扎。

邦德一伸手，便抓住了罗尔背后的圆柱体，继续向水面上升，两人在潜水船上拼命搏斗着。像常规一样战斗是不可能的，双方都不能轻易将对方置于死地，他们咬在牙齿间的橡皮管是水下呼吸的生命线，一旦被打落，只有绝望的份儿了。罗尔再次牢固地抓住膝盖之间的船身，此时邦德不得不用一只手抓住罗尔的身体，防止自己被扔出去。罗尔将胳膊肘压到邦德的脸上，邦德从旁边躲开了，以保护嘴里的橡皮管，不至于被罗尔打掉。与此同时，邦德也用右手重击唯一的目标——罗尔的肋下。现在，那团棕色的部位是邦德唯一能够到的地方。

潜水船终于浮出水面，沿着宽阔的通路，驶到礁群外的大海中。它的前端翘出海面近四十五度，因为邦德全身的重量都压在了它的尾部。他的身体不时受到海水的冲刷，这个状态在罗尔成功地拨动控制杆之前，也就维持了几分钟。现在，如果能将罗尔干掉就好了！邦德抬起一只手，抱住潜水船鱼雷形的腹部，然后空出另一只手伸到罗尔的两腿间，紧紧握住操纵杆，用力往后一拉。此时，邦德的脸部距离尾部飞转的螺旋桨只有几英寸，被不停搅起的水花冲撞着。邦德又使劲把尾舵的翼板往右一拉，试图使其与舵根成垂直状。这一用劲，差点儿让他的手脱臼，只好放弃了。就在这时，潜水船开始向右急转。由于转势来得异常凶猛，骑在上面的罗尔顿时失去了平衡，身体一晃，砰的一声摔进了水里。罗尔翻了个身，又开始向邦德追来。

经历了长时间的战斗，邦德已经筋疲力尽了。现在，他唯一想做的就是马上离开，无论如何都要活下去。此时，拖驳已经顺水漂走了，形成一个螺旋状的漩涡，罗尔的计划落空了。邦德使出最后的力量，缓慢地向下冲去，寻找最后的希望——但愿能在珊瑚礁中获得转机。

罗尔的体力几乎没有受到消耗，他拍动着巨大的脚蹼，轻快地游动着，缓缓地跟在邦德后面。邦德钻进由珊瑚礁构成的森林里，很快就发现了一个分叉的路口。邦德依靠橡胶潜水服的保护作用，在陡峭的珊瑚礁中找寻狭窄的小道。但是，一个黑影在他的上面出现了。罗尔阴魂不散地也来到这一通路。他游动在珊瑚礁的上方，向下察看着邦德的动向，等待进攻的时机。邦德向上望去，只见罗尔护齿套间的牙齿发出森然的白光，他知道罗尔已经看到自己了。罗尔的手掌就像机械工具一样有力，邦德如何能够击败这么强大的双手呢？

现在，狭窄的小道渐渐变宽了，前面是白沙形成的空地，邦德知道罗尔埋伏在这里，一过去，他就要冲下来。但这里没有邦德可以回旋的空间，他仅仅能够在水中游动，没有任何可以用来掩护的东西。他停住站立起来——这也是他目前唯一能够做的事情。在罗尔眼里，邦德就像网中的老鼠一样，不过只有罗尔本人才能够抓到邦德。网中的猎物正警觉地向上望着猎手。

那具庞大的发着白光的躯体周围泛起银色的气泡，罗尔正在开阔的水域小心地搜索着。此刻他就像一只身手矫健的海豹，向坚固的沙地迅速地俯冲下来，正好落到了邦德的对面。邦德的眼睛转向旁边的珊瑚礁斜坡，用右手猛烈地拉动着什么。此时，邦德看到很多章鱼正在移动。罗尔伸手一抓，手里就多了一条小章鱼，就像一枝摇曳生姿的花朵。透过面罩，可以看到罗尔的脸上正露出冷酷的微笑。他抬起一只手，拍了拍面罩，示意邦德看他手里的东西，得意至极。邦德弯下腰，拾起一块布满海藻的岩石。罗尔顿时警惕起来。显然用岩石击打面罩可能比在面罩上爬来爬去的章鱼更有效。邦德并不担心章鱼，他正在思索如何对付罗尔的那双像钳子一样的大手。

罗尔向前走了一步，又走了一步。邦德蹲了下来，小心地靠后，渐渐挪入狭窄的小道，幸好没有划破潜水服。罗尔缓慢地跟上来，还没有往前走几步，就准备攻击了。

就在这时，邦德看到罗尔身后发着白光。难道有人来救他吗？可对方并没有穿着黑色的潜水服，那是罗尔的人！

罗尔继续向前。

邦德蹬了一下脚底的珊瑚礁，扔出了手中的岩石。但是罗尔早已做好了准备，躲开了石块，并同时用膝盖努力向上去撞击邦德的头部，右手快速地将小章鱼扔到邦德的面罩上，然后用两只手去卡住邦德的脖子，像举小孩子似的将邦德举起到一只手臂的高度，扔了出去。

邦德不能看到任何东西，恍惚中，他感到有柔软的触角在脸上爬动。他紧紧抓住了牙齿间的护齿套，将它拽掉。鲜红的血顿时从他的头部涌了出来，邦德知道，自己被击中了。

但是，为什么罗尔在下沉呢？发生了什么事？邦德被一道亮光刺痛了眼睛。章鱼正在他的胸前蠕动着，不一会儿又重新回到珊瑚丛中去了。躺在他面前的，正是罗尔。他倒在沙地上正无力地踢动着——鱼叉刺穿了他的喉咙。有人正向下看着罗尔抽动的身体，那是一个小巧的、苍白的身躯，鱼叉与她手里的水下手枪很相配。长发在她周围漂动着，在明亮的海域，她的脸就像戴上了面纱一般。

邦德缓慢地站起来，向前走了几步，突然觉得膝盖一软，一阵眩晕。他向珊瑚礁倾斜，嘴里的氧气管松了，海水不知不觉溜进邦德的嘴里。"不！"他对自己喊着，"不！我不能倒下！"

一只手及时抓住了邦德，面罩的后面就是多米诺的眼睛，一副茫然若失的样子。多米诺病了吗？她究竟怎么了？邦德突然再次清醒过来。在多米诺的潜水服上，他发现了令人恐惧的血迹。继续这样站下去，两个人可能都会死的，除非自己能够在这个时候做点儿什么。邦德拖着沉重的双腿，奇迹般地开始拍动后面的脚蹼，两人正缓慢地向上移动，毕竟这样做并不是很困难。现在，多米诺也有意识地摆动着脚蹼，帮助他上升。

两人的身体一同冒出了水面。但都是面部朝下，趴在波浪形成的浅洼里。

黎明时分，天边的鱼肚白逐渐变成了粉红色。美丽的一天开始了。

第二十四章

劫 后 余 生

雷德走进了整洁的房间，蹑手蹑脚地关上了门。他走过来，站在床前。邦德刚刚从麻醉剂导致的昏迷中苏醒过来。

"怎么样，老伙计？"

"不是很糟糕，仅仅是麻醉剂的作用。"

"医生不让我来看你，但是我想你可能希望听到最终的结果，是不是？"

"当然。"邦德竭尽全力地集中注意力，但是对于结局，其实他并不在乎，因为此刻他满脑子想的都是多米诺的情况。

"好的，我很快就要从这里离开。医生刚刚在病房外巡视，如果被他发现我在这里，将会严厉地斥责我。两枚原子弹都已经找到了，还有克兹——那个物理学家——现在还在不停地狡辩。看来幽灵组织真是一群不折不扣的流氓——包括前恐怖组织黑手党成员盖斯塔布——所有幽灵组织的头目都在接受调查。组织的总部在巴黎，头子是布洛菲，可惜让这个恶棍逃走了——逃到我们无论如何也找不到他的地方了。中央情报局还没有找到这小子，可能他一直没收到罗尔的无线电回话，所以决定走为上策。布洛菲这家伙还真是精明，克兹告诉我们，自从幽灵组织成立以来，这五六年赚了不少钱。他们这次的行动其实是最后一票，我们碰巧在迈阿密将其破坏了。迈阿密是幽灵组织要打击的2号目标，据说他们准备采取同样的方式，在快艇舱里存储第二枚原子弹。

邦德虚弱地微笑着，说道："那么现在所有人都高兴了。"

"哦，当然。除了我。直到现在我还不能从该死的无线电旁离开，开关几乎总是开着的。M那里已经有很多资料了，他希望你到时候能够做出一份详细的报告。感谢上帝，来自中情局的以及你们组织的精英们今晚将到这里接手一切事务，然后我们就要不停地向两个政府组织说明发生的情况——怎样公开做报告啦，如何处置幽灵组织的成员啦，是否给你授予男爵或公爵称号，或让我去竞选总统啦——都是这一类烦琐的事情，然后会安排我们离开，到哪里去跳舞放松一下。可能直到现在你都在担心那个女孩，真有你的！上帝知道那个流氓罗尔对她做了什么，可她没说一句求饶的话，一句也没有！女人能有那种胆量，可是不多见的！然后，当所有队员都去执行任务的时候，她不知怎么从船舱里面逃了出来，身上还带着枪和水肺，竟然在水下遇到了罗尔。她杀了罗尔，救了你的命，可真够厉害！我发誓我再也不会称呼那位女孩为'弱者'了——无论如何，她不是个简单的意大利女孩。"

雷德突然快速移到门口，将耳朵贴到门上。"哦，该死！"他抱怨道，"走廊里传来了那个医生的脚步声！詹姆斯，待会儿见！"随后他转动了门把手，一下子溜出了房间。

"雷德！雷德！等一下！"邦德软弱而绝望地喊道，但此时的门已经关上了。邦德往后仰了一下，躺在床上盯着天花板。邦德感到极其焦虑，还存有一丝恐慌。天呀，为什么没有人说关于多米诺的情况呢？为什么雷德只关心其他方面的事情？她还好吗？她在哪里？她是⋯⋯

这时门开了，邦德尽力让自己坐起来，冲着医生愤怒地喊道："那个女孩，快点儿告诉我她怎么样了？"

斯坦杰尔医生是拿骚地区最著名的医生，不仅医术高超而且为人友善。他是一名犹太医生。对于希特勒来说，这样的医生只能一辈子待在小城镇里的医院默默无闻地工作。然而，那些充满感激的有钱的病人已经在拿骚为他建立了一所现代化的诊所。在那里，他不仅要治疗那些身无分文的当地人，还要治疗百万富翁。他们的医药费是几先令与几尼的差别。

医生最擅长的就是开安眠药，那是富人和老人们经常依赖的东西。他还治好了不少外伤，以及只有古老的海盗时代才有的奇妙的刀伤、烫伤，但这次治疗这一类的伤病却是奉了政府之命，所以医生不能多问，此外还要做出十六具尸体的验尸报告。它们中的六具来自美国大型潜水艇，另外十具来自高级快艇，其中包括快艇主人的尸体。这艘快艇已经在海岸上停留了一段时间了。

现在，医生谨慎地说："韦塔利小姐会好起来的，她曾经遭受严重的惊吓，目前需要休息。"

"还有呢？她到底怎么了？"

"她已经游了那么长的距离，其实她本人并没有那么大的力气完成那样的事情，但是她还是坚持完成了。"

"为什么不能？"

医生向门房走去，然后说道："现在你也必须休息。你已经经历了那么多事情，应该每隔六小时就吃一粒安眠药，知道吗？好好睡上一觉，你很快就会站起来的，但是那需要时间。不要心急，邦德先生。"

"放松，别着急，邦德先生，你一定要放松"，这一类唠叨的词邦德实在听够了。他突然变得十分愤怒，猛地从床上站起来，尽管感到有些眩晕，邦德还是朝医生的方向摇摇晃晃地走了过去。邦德在医生的脸前挥动着拳头——邦德本应该再睡上几个小时才能恢复。"别着急？——上帝不会原谅你的。你知道什么是别着急？告诉我那个女孩到底怎么了？她在哪里？她的房间号码是多少？"邦德的手软弱无力地垂到身旁。"看在上帝的份儿上，"他哀求道，"快告诉我吧，医生。我，我需要知道。"

医生耐心而友好地说："有人虐待她了，她正承受着非同寻常的痛苦，仍旧沉浸在悲痛中，但是，"医生停顿了一下，"她在这里很好，就在隔壁的 4 号房间。你可以去看她，但是只能给你一分钟。事实上，她需要睡眠。你能够做到的，是吗？"医生说着，打开了房门。

"谢谢，医生，谢谢。"邦德以颤抖的脚步走出了房间，受伤的双腿几乎支持不住身体。医生看着邦德来到 4 号房间，打开了房门，然后小心翼翼地，就像担心吵醒喝醉了的人似的关上了门。医生沿着走廊离开了，边走边想：那不会对邦德有任何害处，反而可能对多米诺小姐有好处。那是多米诺所需要的——某种关怀。

在那个小房间里，从百叶窗的缝隙中滤进了点点阳光，邦德的影子正好落在床上。他跟跟跄跄地走到床前，弯下腰蹲在床边。床上的多米诺转过头，面向邦德，然后伸出一只手，正好抓住了邦德的头发，将邦德拽到离她更近的地方。她哽咽地说："你一定要待在这里。明白吗？你哪里也不要去。"

邦德没有回答。多米诺有气无力地摇着头："詹姆斯，你听见我的话了吗？你明白吗？"她感到邦德正向地板的方向滑去。当她松开邦德的头发时，邦德倾斜着躺在她床边的毯子上。她小心翼翼地转动身体，望着下面的邦德。邦德枕着一只手臂，已经睡着了。

多米诺注视着邦德，只见他脸庞微黑，身体极其虚弱。然后她用手轻轻地将枕头拽到床边，让他正好躺在枕头上，刚好在她的头下面。这样一来，无论什么时候，她都能看到他。多米诺心满意足地闭上了眼睛。